U0137518

最后
一任扶贫队长

ZUIHOU YIREN
FUPIN DUIZHANG

刘霄 / 著

内蒙古人民出版社

图书在版编目（CIP）数据

最后一任扶贫队长／刘霄著. —— 呼和浩特：内蒙古人民出版社，2022.4
ISBN 978-7-204-16771-5

Ⅰ.①最… Ⅱ.①刘… Ⅲ.①长篇小说-中国-当代 Ⅳ.①I247.5

中国版本图书馆 CIP 数据核字（2022）第 062147 号

最后一任扶贫队长

作　　者	刘　霄	
责任编辑	郝　乐　　张桂梅	
装帧设计	宋双成	
出版发行	内蒙古人民出版社	
地　　址	呼和浩特市新城区中山东路 8 号波士名人国际 B 座 5 楼	
网　　址	http://www.impph.cn	
印　　刷	内蒙古爱信达教育印务有限责任公司	
开　　本	880mm×1230mm　1/32	
印　　张	11.875	
字　　数	280 千	
版　　次	2022 年 4 月第 1 版	
印　　次	2022 年 4 月第 1 次印刷	
印　　数	1—32000 册	
书　　号	ISBN 978-7-204-16771-5	
定　　价	38.00 元	

如发现印装质量问题,请与我社联系。联系电话:(0471)3946120

目录

一 去吗?

"孙处长,你看你能去吗?"

"赵处长,不好意思啊,我儿子今年就高考呢,正是最要紧的时候,家里没有人照顾可不行。十年寒窗,九年都挺过来了,可不能在最后的关键时候掉了链子,你说是不?"

……

"小王,你看你能去吗?"

"赵处长,抱歉,我家里小孩儿上小学二年级,我每天得接送孩子呢!"

"你爱人不能接送吗?"

"不行,她单位太忙,每天下了班都走不了,连周末都经常加班。"

……

"老张,你看你能去吗?"

"赵处长,我老母亲今年快八十岁了,行动不太方便,家里得有人照顾啊!都说养儿为防老,我不能扔下她不管啊!"

……

"小李，你看你能去吗？"

"赵处长，实在不好意思，我爱人刚怀孕，我每天得照顾她呢。您也知道，现在不像过去了，现在怀一个孩子多难啊！尤其是前三个月，那可是保胎的关键期呀！好多年轻人流产，就是因为没有挺过头三个月啊！"

……

赵处长灰头土脸地坐在椅子上，右手手指不停地敲打着桌面，两眼直勾勾地盯着面前的电脑显示器。显示器的屏保画面里，几条鱼儿正晃动着尾巴，在鲜艳的珊瑚周围悠闲地游动。

"这群精致的利己主义者，评优、评先、评职称、提干时，一个个都削尖了脑袋、铆足了吃奶劲往前冲，现在组织需要你们到艰苦地区扶贫时，都他妈的往后退。实际困难，谁没有啊？！"赵处长嘴里嘟囔着。

这已经是赵处长第九次碰壁了。

根据上级的统一要求，每个厅局级单位必须派出人员到对口帮扶点进行驻村帮扶，帮助被帮扶对象尽早脱贫。选派人员的事情落在了人事处头上。赵处长是人事处的处长，物色人员的任务就由他来负责。之前的两拨帮扶工作队在完成各自一年的帮扶任务后，都回到了单位。在他们回来的同时，帮扶点吃住条件艰苦的消息像长了翅膀一样，在单位里翩翩起舞。他们每回来一次，这些消息就起舞一次。在派第一拨帮扶工作队时，还不怎么费劲，但当第一拨帮扶工作队回来后再派第二拨帮扶工作队时，就费了一些周折。每一拨人员的回来，都在不断加固着帮扶点生活条件艰苦的证据链，尤其是他们声情并茂的描述，更让单位里的同事脸上露出了惊恐的神色，并伴之以"啧啧"声，以示不可想象、难以理解、无法接受。

赵处长的第九次碰壁是在物色第三拨帮扶工作队队员的过程中发生的。根据上级的安排，这一次对很多单位的帮扶点进行了调整，赵处长所在单位的帮扶点也发生了变化。据他了解，这次更换后的帮扶点，比上次那个帮扶点条件更艰苦。

赵处长的右手手指依旧像因缺钙导致的抽筋一样在有节奏地敲打着桌面，他的脑子飞快地转动着，一个又一个的可能人选像过电影般闪过。

"有了，刘宇轩！"赵处长差点喊出声来。

二　刘宇轩

赵处长之所以想到了刘宇轩，是基于以下几个方面的考虑。

一、刘宇轩今年三十岁，参加工作五年，现为一个部门里的科长，尚未成家，听说谈了个对象，具体谈成没谈成不太清楚，至少有一点是可以肯定的，那就是他没有孩子。既然没有孩子，他就不用每天接送孩子。想到这里时，赵处长还额外嘀咕了一句：现在的年轻人为什么结婚都这么晚呢？

二、刘宇轩这个小伙子性格开朗、乐观大方、为人热情、乐于助人，还积极主动地献过几次血。

三、刘宇轩父母还很年轻，身体健康，不用他去照顾。

四、刘宇轩出身农村，了解农村的情况，这样能够快速适应工作环境，便于开展工作。

除了这些明显的优势外，有一点是赵处长吃不准的，那就是刘宇轩这么年轻，能不能吃得下苦，能不能耐得住寂寞，能不能完成这项艰巨的脱贫攻坚任务。

想到这里，赵处长那根右手手指又开始像因缺钙导致的抽筋一样有节奏地敲打桌面。

"行不行呢？能不能胜任呢？"赵处长在心里盘算着。

简单地定性为"行"或"不行"，恐怕都不合适。诸葛亮在出山前一直在家务农，也没有带过兵。所以工作经验这个东西，还是应当辩证地看待。有工作经验的话，不用走弯路，但容易形成思维定式，不利于创新；没有工作经验的话，需要一定的时间和精力去熟悉工作，把握不好的话，容易走弯路，但有利于开拓创新。各有利弊吧。赵处长在脑子里反复推演着。

"就他了！前怕狼后怕虎还能办成个事？关键是找了一大圈，都没人愿意去啊！"赵处长在又一番思考后，还是觉得刘宇轩就是最佳人选。

可新的问题又来了，刘宇轩会不会和其他人一样，不同意下去呢？

想到这里，赵处长突然停止了右手手指的敲打动作，这时他才反应过来，刚才自己的一番思考、分析、推理全是一厢情愿，刘宇轩到底是个什么态度，他心里还真的没底。

他拿起电话，拨通了刘宇轩的手机号。

三 谈话

吸取了被前九人拒绝的教训后，赵处长改变了谈话的策略。

"坐，坐，宇轩。"看着站在办公桌前略显拘谨的刘宇轩，赵处长微笑着，伸手示意刘宇轩坐在他办公桌对面的长条皮沙发上，并将自己的椅子从办公桌的后面拉了出来，直接与刘宇轩面对面地坐了下来。

刘宇轩的心脏"怦怦"地快速跳动着，心率明显在加快，"今天是什么情况？太阳从西面升起来了？"以往来人事处办事时，赵处长基本固定在他那把宽大的皮椅里，身体很少发生位移，一副喜怒不形于色的表情，庄严而肃穆。

刘宇轩还发现，赵处长这个庄严而肃穆的表情，在单位个别领导脸上，也有相似的呈现，仿佛考试时一个学生抄袭了另一个学生的答案——雷同。

"赵处长，您找我有事？"刘宇轩恭恭敬敬地问道。

"宇轩啊，是这样的。上面来了一个文件，要求单位选派一名政治觉悟高、工作能力强、敬业负责的年轻同志到咱们单位的对口帮扶点开展脱贫攻坚工作，单位主要领导非常重视这件事情，责成人事处一定要把好选人用人关。之前咱们单位也派出过两拨帮扶工作队，现在是第三拨。我首先想到了你。你各方面条件都很优秀，这么年轻就是单位的科长了，我相信你一定能够胜任这项工作。关键是到基层锻炼的机会可不多啊！现在提拔干部，都需要有基层工作经验，机会难得啊！"赵处长说完后，笑眯眯地望着刘宇轩。

"谢谢赵处长，之前倒也听说过单位派出帮扶工作队的事情，但没有太深的了解。主要是干什么，我还不是太清楚。再一个就是，您刚才说的咱们单位的对口帮扶点，在什么地方呢？"

"是这样的，脱贫攻坚是党中央确定的一项重大决策，到2020年底要让农村贫困人口全部脱贫。你也知道，贫穷不是社会主义，作为社会主义国家，是要消灭贫穷的，我们的目标是全面建成小康社会，实现共同富裕。你的主要工作就是与当地的干部一道帮助村里的贫困户早日实现脱贫。咱们单位新更换的帮扶点在 W 市 X 县 Y 镇 D 村，离咱们这里有两千多里吧。"

"这么远！"刘宇轩差点惊叫起来。

"现在交通这么发达，距离已经不是问题了。从咱们这里到那个地方，没有直达的火车，你去的时候只能坐飞机。现在机票也非常便宜，如果不是在旅游旺季，机票和火车票也没啥区别。对了，来回机票是可以报销的，一个月可以报销一次，文件上都有规定。"

"一个月可以报销一次？那就是说，一个月最多能回一次家？"

"是呢，文件上有要求，每个月在村里的驻村时间不能少于20 天。"

"去了以后，吃、住都在哪里呢？"

"我看文件里也写着呢，让当地村委会为驻村工作队员的吃住提供方便，到时候咱们和村委会沟通协调。"

这突如其来的消息让刘宇轩一下子没有反应过来，他坐在那里有些发蒙。

"是这样的，宇轩啊，按照上面文件的要求，驻村时间不能少于一年，你回去好好考虑一下，尽快给我一个答复。"

"好的，赵处长，我考虑一下，尽快给您回复。"刘宇轩边说边站了起来。

"我等你消息。"赵处长伸过手来和刘宇轩亲切地握了一下。

"宇轩啊，其实单位主要领导也有让你到基层锻炼的意思。你自己心里明白就行。"在刘宇轩即将转身的时候，赵处长又语重心长地补充了一句。

"谢谢领导。"刘宇轩微笑着走出了赵处长的办公室。

在回自己办公室的途中，刘宇轩琢磨着赵处长的最后一句话，不禁发出了笑声。这个赵处长，还单位主要领导有让自己到基层锻炼的意思，真会忽悠人！单位这么大，员工这么多，主要领导会知道刘宇轩这个小科长是哪根葱吗？

四　马晓倩

"晓倩，有个事我想和你说一下。单位想让我去 W 市 X 县 Y 镇 D 村驻村扶贫，时间为一年，每月必须在村里待够 20 天，每月能回一次家。"刘宇轩拨通了马晓倩的电话。

刘宇轩和马晓倩是在半年前的一次采访活动中认识的。

当时，刘宇轩所在单位召开了一个新闻发布会，马晓倩是过来采访的文字记者，在接触过程中，两人互相添加了微信好友，并留了手机号码。

随着双方交流了解的深入，两人渐生好感。

两人也都有那层意思，彼此心照不宣，但谁都没有把意思挑明。

成年人的世界就是这样，想说的话一大堆，却又都憋在了肚子里，一个字也不愿意吐露，甚而直至烂掉。不像成年前的世界，大家嘴里说出来的话都是心里想说的，嘴里没有说出来的话都是心里没有想到的。

"去那么远的地方？"电话那头的马晓倩显得有点儿吃惊。

"嗯，是有点儿远，离咱们这里两千多里。"

"为什么单位让你去呢？"

"这个我也不太清楚，人事处处长说要选派一名政治觉悟高、工作能力强、敬业负责的年轻同志去扶贫，还说我各方面条件都很优秀，可能是觉得我比较适合这份工作吧。"

马晓倩"扑哧"笑出了声："你呀，从我认识你到现在就是一根筋，连个弯都不会转。你们单位年轻人多了去了，优秀的也不少吧？扶贫的这个地方，穷乡僻壤的，又远，我猜测是没有人愿意去，找不到人了，才给你戴了个高帽。"

"可不要瞎说，脱贫攻坚是党中央的重大决策呢。"

"你可别听你们人事处处长忽悠你。咱们干的工作，哪一项不是党中央的重大决策？就拿我从事的这个工作说吧，'高举旗帜、引领导向，围绕中心、服务大局，团结人民、鼓舞士气，成风化人、凝心聚力，澄清谬误、明辨是非，连接中外、沟通世界'，是不是党中央的重大决策？肯定是党中央的重大决策。但也不一定必须由你去执行啊！"

"你就别玩文字游戏了，我觉得我还是去吧，谁让我是一名中共党员呢？"

"中共党员？嗨，刘宇轩，我敢和你打赌，你们人事处处长之前肯定找别人谈过，这些不去的人里面，肯定有中共党员，你信不信？"

"管他们呢，他们是他们，我是我。既然组织找我谈话了，那就是组织信任我，我怎么能拒绝呢？"

"人家找你谈话，估计也就是看到你傻乎乎这一点了。你也工作五年多了，每天像头老黄牛一样，勤勤恳恳、兢兢业业，怎么就不见组织找你谈话再提拔一下呢？现在有困难了，组织找到你了？"

"人要知足，我现在不也是科长吗？组织不也提拔我了。再说了，组织有组织的考虑，怎么能和组织谈条件呢？"

"你们单位是正厅级单位，科长也就是个起步，你到北京转一圈看看，那些部级单位里，处长也就是个起步。所以说，这也能叫提拔吗？再说了，组织是个抽象的概念，还得由具体的人来落实组织的意图，执行组织赋予的职能和权力。你看，人事处处长就能代表组织和员工谈话，单位的领导也能代表组织行使权力。组织和领导其实是两个概念，有些人当官当得久了，就把自己和组织混为一谈了，以为自己就是组织，组织就是自己。你看那些落马的官员，通报里都有这样的词汇——'凌驾于组织之上'，就是这个意思。"

"你们这些搞媒体的，嘴真损，挖苦起人来都不留死角。不过你这个大记者确实厉害，这理论都是一套一套的，听得我都有点儿蒙圈。"

"不要虚情假意地赞美我了，干我们媒体这一行的，必须啥也得关注，啥也得研究，否则怎么对得起'杂家'的称呼呢？"

"马大记者现在确实配得上'杂家'了，除了每天研究新闻传播规律，还要研究组织人事制度。厉害，厉害！佩服，佩服！"

"别嘴贫了，你走了，我怎么办呀？"马晓情突然娇滴滴地转换了话题。

"我每个月不是还回来吗？你平时不也在你父母家待着嘛！"

"那你的意思是我平时也应和你生活在一起？你想得倒美，咱俩还没有正式确定关系呢！你现在还处于被考验、被考察阶段。就像我们单位的实习记者，还没有正式转正呢。"

"考验吧，考察吧，让考验和考察来得更猛烈些吧！我可是久经考验的党的优秀干部，还怕你考验和考察?"刘宇轩笑了起来。

"还久经考验呢? 急着往两千里外的地方跑，说不定还有什么想法呢? 不会是那个地方还有一个女网友吧?"

"哎妈呀，快拉倒吧! 除了市和县的名字我知道外，那个乡的名字，我都是第一次听说。还女网友呢，那村子里有没有网都不好说。"

"你既然已经决定去扶贫了，我也不好说什么，具体什么时候走，提前告诉我一声，我给你饯行。"马晓倩语调又回归了正常。

"好的，到时候咱们联系。"

挂断电话后，刘宇轩觉得心里有点儿失落，但说不出是哪种失落。

电话另一头的马晓倩也闷闷不乐，觉得刘宇轩给她带来的这个消息非常令人讨厌，是讨厌得要死的那种讨厌。

五　回复

当刘宇轩来到人事处时，赵处长手里那个透明圆柱形双层玻璃杯正杵在其下巴处，杯沿与嘴唇若即若离，几粒色泽鲜艳的枸杞漂浮在杯中央，像几条静止的金鱼。

赵处长正若有所思地凝视着前方，像在思考一个深邃的哲学问题。一个在官场或职场待了多年的人，一旦到了一定的级别，行为举止一般会发生质的变化。

刘宇轩清晰地记得，一位已经退休的部门老主任曾语重心长地告诫他："小刘啊，当你日后走上领导岗位时，一定要学会处理与下属的关系，简单概括，就是四个字——恩威并施。什么意思呢？恩，就是当下属在生活、工作中遇到困难时，你要及时帮助他们，或者在条件成熟时，要及时提拔他们，下属会感恩于你。当然也有忘恩负义的，这毕竟是少数。威，就是要有威严，上级就是上级，下级就是下级，要保持一定的距离，不能没有了规矩。有句话叫'近之则不逊'，还有一句类似的话，叫'亲则生狎'。有些下属和你关系走得太近了，就会对你产生不敬……"

刘宇轩发现，单位一些带着个"长"字的大大小小的领导，对部门老主任讲到的"恩威"两字似乎都理解得非常到位，特别是对"威"字把握得更是相当了得，有事没事都绷着个脸，像是谁欠了他家五百万没有偿还一样。至于这些带着个"长"字的领导们对"恩"字把握得怎么样，他就不得而知了，因为他才参加工作五年，还没有机会大面积接触这些带"长"的领导们。

"赵处长，我想好了，我同意下去扶贫。"刘宇轩开门见山的一句话，让还处在凝思中的赵处长硬是没有缓过神来，那个透明圆柱形双层玻璃杯重重地磕在了桌面上，发出"砰"的一声响，几滴淡黄色的枸杞水从水杯中飞溅而出，落在水杯四周的桌面上。

"你同意了？我就说嘛，组织是不会看错人的！……"赵处长久违的笑脸终于重见天日，灿烂而伴着十二分惊喜，一排并不雪白的牙齿裸露在光天化日之下。

刘宇轩临出门时，赵处长给了他一份复印好的文件，说道："你回去好好学习一下这份文件，里面讲得非常详细，你关心的东西里面基本都提到了。"刘宇轩瞅了一眼文件，文件顶部印着两行硕大的文字，一行是"XXX党委组织部"，另一行是"XXX扶贫开发办公室"，两行文字的后面，居中印着两个更大号的字——"文件"，显然这是两个单位的联合行文。文件的标题是《XXX党委组织部 扶贫开发办公室关于印发〈XXX驻贫困嘎查村干部管理办法〉的通知》，抬头写着"各盟市委组织部、各盟市扶贫开发办公室，派驻各旗县（市、区）脱贫攻坚工作总队"。

"我回去认真学习一下。"说罢，刘宇轩转身走出了赵处长的办公室。

回到自己的办公室后，刘宇轩从头到尾认真阅读了一遍文件。文件由十个部分构成，分别是"总则""干部选派""主要职责""管理监督""教育培训""考核激励""调换和召回"

"追责问责""组织保障""附则"。在"主要职责"这一部分，他特意放慢了速度，生怕漏掉关键内容。看着"主要职责"里"宣传贯彻党中央、国务院和自治区党委、政府关于脱贫攻坚各项文件政策、决策部署、工作措施""注重扶贫同扶志、扶智相结合，做好贫困群众思想发动、宣传教育和情感沟通工作，激发摆脱贫困内生动力"这些文字，刘宇轩陷入沉思："正式入驻村子后，该如何开展工作，开展哪些工作?"下班时间到了，他还坐在那里没动。等部门里的同事陆陆续续都走完后，他才发现原来已经下班了。

六 宣布

在正式回复赵处长两天后的一个上午，刘宇轩所在部门召开了全员大会。

专门因刘宇轩而召开部门全员大会，自他参加工作以来，这是头一次。刘宇轩感觉有点儿紧张。

赵处长握着他那个透明圆柱形双层玻璃杯步入了会议室，腋下夹着一个笔记本，笔记本的皮子上别着一支碳素笔。

会议由刘宇轩所在部门的正职张主任主持，部门两位副主任——赵副主任和李副主任按照排名顺序，分坐两侧。

刘宇轩决定去驻村扶贫并向赵处长正式回复后，就第一时间向分管他工作的部门李副主任和张主任分别做了汇报。

刘宇轩在参加工作的五年里，对单位的一些运行规律基本熟悉了，比如请示和汇报。五年对于一个人来说，毕竟已是一个不短的时间了。

有些本来并不重要的属于可请示或可不请示的事情，有些领导却很在乎，向他请示后，他也无非说一句"你看着办就行"，一副"这等小事你自行处置"的姿态。但你如果真的觉得"兹事体小"无须请示，说不定就会为日后工作埋下一个雷，而成为被攻击或被牺牲的借口。彼时的领导会以另一副口吻淡淡地说一句："这件事没有人向我汇报过，我不清楚啊！"生活要有仪式感，官场与职场也一样。

当刘宇轩陈述完事情的前因后果后，两位部门主任的表情、语气以及说的话几乎是一模一样的。这让刘宇轩非常吃惊，不由得感叹领导就是领导，连表情和认识问题的角度都高度一致。

两位部门主任先是对刘宇轩决定驻村扶贫表现得十分惊讶，单位选人去扶贫的事情他们都听说了，赵处长被前九位同事拒绝的事情他们也都听说了。单位就是这样，很多小道的或者大道的消息在私底下不动声色地快速传播着，表面上却风平浪静，像什么事情都没有发生一样。但刘宇轩决定去扶贫的事情，他们还真不知道。这从侧面证明，赵处长没有向外透露消息，因为刘宇轩没有向外透露消息，而当时现场只有他们两位当事人。在共同表达完惊讶之余，两位主任又都表达了两个观点：一是刘宇轩去扶贫，会让本部门的工作受到很大影响，本部门的工作效率会大打折扣，概括起来，就是离开刘宇轩，这个部门有无法运转的危险；二是刘宇轩到那么偏远艰苦的地方去扶贫，为单位分了忧解了难，替本部门争了光。

会场随着张主任的一声轻微咳嗽安静了下来。

张主任尽管再有一年就退休了，但精神倍儿棒，如果不透露年龄，没有人会将他和六十花甲联系到一起。

"好，现在开始开会。今天的会议议程有两项，首先请人事处赵处长宣布单位相关决定。"张主任说话铿锵有力、干脆利索。

赵处长翻开笔记本，扫了一眼上面提前写好的字，然后仰起头环视会场一圈，清了清嗓子，开始讲话：

经局党委研究，决定选派刘宇轩同志到 W 市 X 县 Y 镇 D

村进行驻村扶贫，时间为一年。局党委选派刘宇轩同志驻村扶贫，是综合考虑刘宇轩同志的个人素质和业务能力做出的慎重决定。刘宇轩同志到两千多里外的艰苦地区驻村扶贫，这种舍小家为大家、关键时刻挺身而出的行为，体现了一名共产党员的责任和担当。希望刘宇轩同志在新的岗位上尽职尽责，不辱使命，圆满完成局党委交办的这一光荣而艰巨的使命。

赵处长话音一落地，会议室里就响起了热烈的掌声。这掌声里大约包含了这么几层意思：一、刘宇轩到两千里外的地方驻村扶贫，条件艰苦，且一个月才能回一次家，这种牺牲精神确实值得敬佩；二、这小子要么是脑子进水了，要么是脑袋让门夹了，要么是脑袋让驴踢了，起哄性鼓掌，即喝倒彩；三、礼貌性鼓掌，礼貌性鼓掌就像程序性鼓掌一样，会议结束了鼓个掌，领导讲完话了鼓个掌，仅是单纯的鼓掌，没有其他意思。

按照会议流程，最后一项是刘宇轩做表态发言。

刘宇轩显得有些紧张，这种和人事处处长、部门主任一同发言且只有他们三个人发言的机会，自参加工作以来是头一次。

"非常感谢局党委给我这次驻村扶贫的机会，我会尽快熟悉环境，熟悉工作，全身心地投入新的工作中去，尽职尽责做好本职工作，不辜负局党委对我的信任和厚爱。"刘宇轩在略显颤抖的声音中结束了简短的表态发言。

又是一阵热烈的掌声。

会议结束了。

七 饯行

没有不透风的墙。

宣布刘宇轩驻村扶贫的会议一结束，刘宇轩的手机就收到了各路消息。科技的快速发展让信息的传播已彻底打破了时间与空间的限制，信息传播的速度已快到了以秒计时，甚而更快。杜甫曾感叹"烽火连三月，家书抵万金"，搁到今天，你们在地上弄你们的"烽火"，我们继续发送或接收我们的信息，因为天上还有卫星接收系统呢，只要别把卫星打下来就行，一般情况下，也打不下来卫星。木心曾说，以前车、马、邮件什么都慢，一生只够爱一个人。现在都变了，汽车、动车、高铁、飞机、超音速飞机、载人飞船……已快到让人无法想象的地步。至于一生是不是只够爱一个人，也不好说。

刘宇轩收到的这些消息里，内容五花八门。有问是不是真有此事的，有诧异为什么要去那么一个不但遥远而且偏僻的地方的，有问是不是工作调动到 W 市 X 县 Y 镇且当了镇领导的，有问是不是真的离职的，有问是不是受到单位处理而被"流放"到外地的，有问是不是要去和在 W 市 X 县 Y 镇工作的女朋友举办婚礼的……

看着这些消息，刘宇轩有些哭笑不得。这都是哪儿和哪儿啊？这些消息就是所谓的小道消息吧。而"捕风捉影""以讹传讹"这些词大约也是专门来形容这些的。

在众多的消息里面，也有靠谱的，比如，有好几位同事约刘宇轩，要为他在临行前饯行。

饯行是实实在在进行了。

连续数天的晚上，刘宇轩基本都是在饯行中度过的。

而让刘宇轩喝得差点"现场直播"的那次饯行，是他所在部门专门为他安排的。

那一晚，张主任一改往日的风格，频频举杯，破天荒地敬了刘宇轩三杯酒——以往只有刘宇轩敬张主任的份儿。关于这三杯酒的台词，刘宇轩记忆犹新。张主任说：第一杯敬你心怀仍在贫困线下挣扎的苍生，不畏艰苦，在关键时刻能够挺身而出，你是个爷们儿；第二杯敬你在部门工作的五年里，勤勤恳恳，兢兢业业，任劳任怨，付出了很多，为部门工作做出了非常大的贡献；第三杯预祝你在新的岗位上继续发挥不怕苦不怕累的精神，迎难而上，造福一方，为部门争光，为单位争光。张主任说这些话时，眼睛有些湿润，看来是心里话。有些东西是掩饰不了的，尽管很多东西被掩饰了。受其感染，刘宇轩的眼里也有泪花在闪动。

李副主任也破天荒地敬了刘宇轩三杯酒。刘宇轩不由得再一次感叹领导就是领导，连工作以外敬酒这种事，认识都高度一致。除表达了与张主任大致相同的意思外，李副主任还语重心长地和刘宇轩说了另外一句话。他说："宇轩啊，条件肯定艰苦，这不用想也能知道，但这也是一次难得的到基层锻炼的机会，这段经历不是谁都有的，你一定要把握好。"

接下来，是部门其他同事的依次敬酒，这些同事敬酒时讲的话就没有那么多的"高度"，也不那么"正规"了，基本属于"随心所欲"与"畅所欲言"的范畴。有说，刘科长啊，可要耐得住寂寞啊；有说，宇轩啊，苟富贵莫相忘啊；有说，村里有个姑娘叫小芳，长得好看又善良；有说，可不能村村都有丈母娘啊；有说，等过段时间，去看你啊；有说，村里的空气好，不是想在那里安家，过田园生活吧……

这里面，有调侃的话，有客套的话，有真心的话，有酒后的话，很多话只是说说而已，说过也就说过了，就像吹过地面的风，了无痕迹，瞬间就消失了。

席间有两句话，刘宇轩却记住了。

一句是和他一个级别的男同事说的。这位同事舌头僵硬地说："宇轩，有句话你听了不要往心里去啊。听说你要去扶贫后，有人送了你九个字——'回不来，边缘化，靠边站'，我把这九个字概括为'九字真言'。"

刘宇轩一下子没有听明白，问道："能说得详细一点儿吗？"

男同事又说道："古时候的流放你知道吧？"

刘宇轩点了点头："知道啊！处理犯人的一种手段啊！"

"人家的意思是，你就如同被流放了。既然是被流放，那就肯定是'回不来，边缘化，靠边站'啦。"

"哎妈呀！这觉悟，这见识，也没有谁了！我这是响应党中央的号召，去实现'三大攻坚战'中的脱贫攻坚的。"刘宇轩有些激动。

男同事继续说道："淡定，淡定。说什么话的人都有，毕竟这个单位里的人良莠不齐、鱼龙混杂，尽管有些人还常以国家公职人员自居。"

刘宇轩没再说话，感到很无语。

另一句是一位女同事说的。

这位女同事没有喝酒，端着一个装有饮料的酒杯走了过来，用一张小巧玲珑的嘴，搔首弄姿嗲声嗲气地说道："听说扶贫工作可清闲呢，每天除了吃就是睡，还能领补助呢，多好啊！"

听完男同事的"九字真言"后，刘宇轩心里就有点儿堵，女同事又来了这么一句，刘宇轩就觉得心里更堵了。他笑了笑，朝女同事说道："既然这么好的差事，那你也去扶贫呗，正好还缺一个人呢。"

女同事听后立马正色道："我可不去！我家孩子还小呢！我还得照顾孩子呢！"刚才的搔首弄姿和嗲声嗲气立马不见了踪影。她说罢转身就要走，但随即想起还没有和刘宇轩碰杯，于是又将身子转了回来，象征性地和刘宇轩碰了一下。她刚要走，又像想起了什么，又正色道："你可不要和领导推荐我啊！"

刘宇轩笑道："开玩笑呢，没听说还要派别人。"

在这个嘈杂的雅间里，女同事显然没有听到刘宇轩的这句话。当刘宇轩话音落地时，她早已转过了身子，晃动着一个轮廓并不明显的屁股，朝李副主任的方向走去了。

按照"来而不往非礼也"的古训，刘宇轩又都对等地一一进行了回敬。人人敬我一杯，我敬人人一杯，酒量小的就是这样被喝多的。本来酒量就不怎么大的刘宇轩，很快就有点儿撑不住了。真应了段子里的那句话了：酒量小的被喝死。当刘宇轩将"压死骆驼的最后一根稻草"喝进去时，肚子里瞬间便翻江倒海起来……

八　晚餐

在刘宇轩启程的前一个晚上，马晓倩单独与他共进了晚餐。

晚餐选择在了一家中餐馆，这是马晓倩亲自挑选的。步入餐厅后，一种优雅而宁静的氛围迎面袭来，舒缓而轻柔的音乐环绕在大厅上空。

马晓倩特意选择了一间小雅间。雅间内，无论是散发着柔和色调的吊灯，还是墙壁上悬挂着的玫瑰壁画，都尽显浪漫与温馨，像专门为情侣而设计。

马晓倩特意点了刘宇轩喜欢吃的糖醋里脊，给自己点了一道拔丝奶皮，又点了一道他们共同喜欢吃的铁板烧茄。

"主食吃什么？"马晓倩问。

"啥也行，你定。"刘宇轩回答。

"那就老规矩，两张葱花饼。"

"好。"

"喝点吗？"马晓倩又问。

"咋也行，听你的。"刘宇轩微笑着回答。

"今天这态度不错啊！我定，听我的，感觉都是我说了算，就是不知以后……"马晓倩把已经到嘴边的后半截话硬是咽了回去。

"你说啥以后啊？"刘宇轩故意揣着明白装糊涂。

"讨厌，你说啥以后？"马晓倩佯装出一副生气的样子。

刘宇轩"呵呵"坏笑了几声。

"既然马领导问了，那就恭敬不如从命，少喝点吧。"

"这嘴甜的，这么一会儿的工夫我就成你领导了，我可没逼你啊，是你自愿要喝的。"马晓倩娇滴滴地说。

"是，都是我自愿的。至于领导嘛，那还不是早晚的事。"刘宇轩做出一副狡黠的表情。

"嘴真贫！快说，喝啥呀？"

"我少来点白酒，你来点红酒？"

"行，按刘领导的意见来。"马晓倩现场借用了一下刘宇轩的"领导"一词，迅速回敬了他一句。

两人起身从吧台选好各自的酒后，再次落座。

"明天几点的飞机？"马晓倩问。

"早晨九点三十分起飞。"

"单位都谁和你去啊？"

"赵处长和张主任送我，就我们三个人。"

这时一位二十岁左右的女服务员送来了红酒和白酒。

"你是在校大学生？"刘宇轩问了服务员一句。

"是呢，我们是假期出来打工的。"服务员腼腆地回答。

"哦，挺好。"刘宇轩点了点头。

服务员把酒瓶放好后，微笑着转身走了。

马晓倩用惊讶的眼神看着刘宇轩，说道："你厉害了啊，连服务员是大学生都能看出来。"

"气质和眼神都不一样。接受过高等教育的人，和没接受过高等教育的人，即便站在那里不说话，也能被一眼区分出来。"刘宇轩边说边将两人的酒水倒入各自的酒杯。

"来，干一个，祝刘领导明天一路平安。"马晓倩举起了酒杯。

"谢谢马领导。"刘宇轩也举起了酒杯。

两个酒杯碰在一起，发出了轻微而清脆的响声。

"来，再干一个，祝刘领导在新的工作岗位上，旗开得胜。"

刘宇轩"扑哧"一声笑了出来，说："谢谢马领导。咱们就正常一点儿吧，别'领导'长'领导'短了，让门外的人听见笑话呀！"

"好，听'刘领导'的，不，听'宇轩'的。"马晓倩也笑出了声来。

两人相视一笑，两个酒杯再次碰在一起，发出了轻微而清脆的响声。

"来，再干一个，希望宇轩同志能够初心不改，每月按时回归。"说完马晓倩的眼睛有点儿湿润。

"请晓倩同志放心，此心可鉴日月，每月皆归。"刘宇轩调皮地笑道。

此时，雅间外传来了手机铃声——"阿珍爱上了阿强，在一个有星星的夜晚，飞机从头顶飞过，流星也划破那夜空，虽然说人生并没有什么意义，但是爱情确实让生活更加美丽……"

两人不约而同地凝固在了那里，倾听着这天外来音。

"喂，李总……"一个浑厚的男中音接通了电话，铃声随即中断。

两人又深情一视，两个酒杯中的酒水悉数进入各自的柔肠，唯见透明的杯底。

"你现在的酒量可以啊，不吃菜干喝啊！"刘宇轩说着往马晓倩的盘子里夹了一块烧茄子。

"我那点酒量你还不知道吗？今天不是日子特殊嘛。"

"特殊也得吃菜啊，否则容易醉。红酒喝多了更难受。"

马晓倩淡淡地一笑，用筷子夹起了刘宇轩给她夹来的烧茄子。

"你多吃点，我一会儿还回敬你呢。"刘宇轩笑嘻嘻地说。

"还回敬我呢？今天满有仪式感啊！"

"必须的。现在不是有句挺时髦的话，叫'生活要有仪式感'。"

"这可是你说的啊，生活要有仪式感，以后这种仪式感可不能少啊！"马晓倩笑眯眯地盯着刘宇轩，似乎要从他的眼神里读出承诺。

"不能少，不能少，都听你的。来，晓倩，我敬你一杯，谢谢你为我饯行。"

"这句话初听像是客气话，再听就有点儿'虚'。你说是不是啊，宇轩同志？"马晓倩调皮地笑问。

刘宇轩哈哈大笑，说道："你刚才不还强调以后仪式感不能少吗？"

"仪式感是不能少，但这台词有点儿'虚'，是'虚情假意'的'虚'。"

"没有虚情假意，都是真情实意。来，喝吧！"

"这句话也是你说的啊，都是'真情实意'！来，干！"

两个酒杯又碰在一起，发出了轻微而清脆的响声。

两人边吃边聊，边喝边聊，像是有说不完的话，但每一句话里似乎都话里有话，仿佛禅宗里的"参话头"——充满了玄机。

不知不觉中，马晓倩的一瓶红酒已喝进去三分之二多，刘宇轩的一瓶白酒喝了将近一半儿。

"宇轩，我有一个问题一直没有想明白，你和我讲心里话，你选择到这么远的地方驻村扶贫，个人原因是什么？"马晓倩眼神有些迷离，舌头略微有点儿僵硬，显然是红酒开始发挥作用了。

"你从小在城里长大，对农村的情况不是太了解。在我小的时候，农村的很多地方是靠天吃饭，没有水浇地。老天高兴时就会多下一点儿雨，农民就会有一个好收成；老天不高兴时，就会少下雨或不下雨。少下时，收成就不好；不下时，就有可能绝收。记得我上小学一二年级的时候，具体是哪一年记不清楚了，老天没怎么下雨，农田几乎绝收，人们变卖家里的鸡、羊去城里换取白面。那时候，社会治安也不是太好，在把各自家的鸡、羊放到农用四轮车的车斗后，手持铁棍、镰刀的人们会紧挨车斗的四个车槽站立着，高度警觉地保卫着它们，防止被抢劫。那阵势，就像古代的镖局在押一趟镖资昂贵的镖。而事实是，这些鸡、羊对他们来说，不但昂贵，还异常珍贵。

"那时候，村里稍微有点儿门路的，会托亲靠友到县里赊一袋白面回来，以改善伙食。虽然黄金贵重，但那时候白面的含金量绝不亚于黄金。你上次不是问我玉米这么好吃，为什么我却不吃？我说我不太喜欢吃玉米。其实，里面的缘由我没有和你细讲。在颗粒无收的那一年，我整整吃了一年的玉米，有玉米窝窝、玉米网网、玉米糊糊、玉米饼……一日三餐，换着花样吃玉米。如果能吃上一顿玉米和白面混搭出来的'馒头'，人们都会高兴好几天。那时候，村里日子过得好的人家，出来炫耀的谈资就是——今天我们吃了一顿纯白面馒头。'纯白面'这三个字发出来的音都是重读，以示强调。无论多么好吃的东西，天天给你吃，一样受不了。何况还是玉米？所以，多少年来，我一直不吃玉米，一吃胃就难受。

"我在上大学之前，一直生活在Z村。那里人受的苦，我太了解了。过去'农业税'还没有废除时，乡里经常会来人收缴公粮。一个靠天吃饭且干旱少雨的村子，十年有九年收成不好，村民们忙碌了一年，打下来的粮食自己家里都不够吃，哪有多余的去上缴？但乡干部有收缴任务，他们不管这些。而且那时的乡干部工作方法简单粗暴，近乎抢夺，村民们在背地里都称呼他们为'喝泔水的'。那个时候的乡干部与村民之间的矛盾比较突出，吵架、打架的事情时有发生。有一年，我曾亲眼看见一家农户的一头猪被几个乡干部强行从猪圈里赶出来拉走了。印象最深的是，那头猪并没有束手就擒的意思，而是满院子逃窜。乡干部兵分几路，有从后面追赶的，有从前面拦截的，有从侧面包抄的，一番较量之后，猪最终被擒获了。

"也许正是基于这段农村生活的经历，这么多年来，我一看到农民，就有一种特别亲切的感觉。一看到那些穷人，心里就特别难受。一看到那些真正的乞讨者，我就要摸摸衣兜，看看有没有零钱。虽然我也知道，这不能从根本上解决他们的困难，但不由自主地就是想这样做。

"有人说，游子在外，都有一种乡愁。这么多年来，除了乡愁，我更有一份农村情结。这就是我要去驻村扶贫的个人原因。"

当刘宇轩微笑着抬起头来时，马晓倩早已泪流满面。

九　启程

上午九时三十分，一架小型飞机准时起飞了。

与刘宇轩同机前往的还有单位的其他两人，一位是赵处长，另一位是张主任。

用赵处长的话说，就是"我们代表组织把你正式送过去"。当赵处长说完这句话时，刘宇轩想起了马晓倩之前说的话。抽象的组织与具象的人，需要结合。也许马晓倩的话是正确的。正是抽象的组织与具象的人这样一种特殊的结合关系，让人们往往容易误以为组织就是领导、领导就是组织，因为从来没见有哪一位员工敢说"我代表组织……"。

在选择座位时，刘宇轩特意挑选了一个机舱中段挨窗户的位置，机舱靠前的位置早被下手快的人们抢完了。有人坐飞机时，喜欢选择过道一侧的座位，这样可以将腿伸到过道，缓解长时间屈膝带来的酸痛感，尤其对身高马大的人来说，更是如此。刘宇轩喜欢靠近窗户的座位，这样可以随时近距离欣赏云下、云中、云上的别样景象。每一次看到覆盖整个天空的厚厚云海，以及云层之上的天外之天——那深蓝色的再无一丝浮云的干净天空，刘宇轩就会想起传说中的三十三重天。有时候他还会思考，按照传说，这一刻他应当处在哪一重天。

在这个小型机舱内，以过道为界，左右分列着两排座椅。刘宇轩把行李箱放到了头顶的行李架上。行李箱很轻，里面装了一些洗漱用品、衣服和鞋子。

在动身的前两天，刘宇轩专门抽出时间到商场买了一身运动衣和两双运动鞋。买两双运动鞋，是为以后劳动时便于替换。他觉得既然是驻村扶贫，运动衣和运动鞋应当是最佳衣着搭配。在之后数年的驻村扶贫日子里，刘宇轩一直穿着这身运动衣和那两双来回替换的运动鞋。为此，他为自己当初明智的选择而沾沾自喜。在之后的数年时间里，当地村干部曾不解地问刘宇轩，怎么一年四季就穿运动衣？刘宇轩每次都笑着回答他们，运动衣穿着舒服。

不去商场不知道，一去才知挣得少。一件简简单单的衣服，都是几百元起价，甚而上千元，更有甚者以万元计。在商场逛了一圈后，刘宇轩发现一家店铺里的一款三件套运动衣样式不错，一看标价，吓了一跳。他分明记得，前年也从唯品会买了一身运动衣，两件套的，打折后也就是几百元。这实体店里的东西也太贵了。但转念一想，似乎也能理解。同样的东西，实体店比网店额外多出了房租费、物业费、员工费、水电费等一系列费用。根据羊毛出自羊身上的定律，这些费用最终都要转嫁到消费者身上，所以实体店的东西不贵才怪呢。临走，售货员笑眯眯地来了一句："这个价格就买了三件东西，真值！你挺会买东西的。"刘宇轩一头雾水，不知道售货员是在夸奖他，还是在挖苦他，于是不置可否地笑了一笑。据说，现在的高级黑和低级红有时候确实不好区分。

刘宇轩抬头看了看机舱前面，座位基本坐满了人，只有头等舱的位置是空着的。他又扭回头看了看后面，后排座位也基本坐满了人。看来，相关规定出台后，头等舱位置的空置率增高了。

飞机在整个飞行过程中基本是平稳的，偶尔出现轻微颠簸。小飞机就是这样，晃晃悠悠的，像一只铁皮盒子在空中快速移动，怎么也不如大飞机平稳。所以花同样的钱，人们更喜欢坐大飞机。但受航班线路及出行时间的影响，不是想坐大飞机就能坐上的。小时候，刘宇轩一直弄不明白，飞机在天空中长时间飞行怎么掉不下来？后来学习了相关知识，了解了升力与动力等词汇，才马马虎虎算是明白了其运行原理。

飞机每颠簸一次，广播中便会出现播音员的解释声，说刚才受气流影响出现了颠簸云云。言外之意，这是正常现象，请大家不必担心、恐慌。

坐在刘宇轩前排的赵处长和张主任在不停地聊着天，虽然声音不太大，但由于两排座位之间的距离太近，刘宇轩听得一清二楚。当飞机又一次颠簸后，播音员再一次播送相同的内容时，赵处长发表了观点。

"我一直觉得，一个人如果坐上了飞机，生命便不再由自己说了算，只能听天由命。你说是不是？这玩意儿在天上飞着呢，离地面基本在八千米以上，一旦掉下来，人还有生还的可能吗？"

"是呢。我觉得还是火车最安全。一旦有个什么事，人们可以跳窗逃生。当然，这是在中国。某国的火车就不怎么安全了，像一块移动的磁铁上粘满了铁屑，连车窗、车顶上都吸附着人。这几种交通工具中，汽车最不安全。司机一个操作不当或没有休息好犯困，都有可能出事。我觉得飞机的安全性居中。"张主任说道。

"不知你发现没有，每一家航空公司的操作都千篇一律，在乘客坐稳后，空姐都会向乘客演示如何正确使用氧气罩、如何系好安全带，并告知乘客救生圈在椅子下方，好像飞机一出事就准能掉进大海里似的。飞机如果真的出事，这些氧气罩和安全带根本起不了作用。在高空飞行，除了降落伞，还有其他东西可以救命吗？你看这几年的新闻报道，除了军用飞机出事后飞行员可以跳伞逃生外，每一次民用飞机的空难，很少有幸存者。"

"咱也不是学这方面专业的，你说为什么不在飞机上给每位乘客配备一副降落伞呢？"据刘宇轩了解，张主任确实不是学航空专业的，法律是他所学专业。

"我专门查过相关资料，那些专家说了，鉴于民用飞机构造的特殊性，在高空中飞行，一旦打开舱门飞机就会解体，即便配置了降落伞，对乘客来说也无济于事。如此一来，乘坐飞机，还不是只能生死由命？"

"现在五花八门、形形色色的'专家'也太多了，随便朝街上扔一块砖就能砸死一大片。最令人困惑的是，这些数量众多的'专家'对于同一个问题，发表的观点要么大相径庭，要么相互矛盾，要么今天是这样明天就成了那样。对于一些所谓的'专家'的观点，我基本都按体内排出的气体对待了。再就是，有一个问题我一直没有搞清楚，'专家'这个称呼是谁给他们安上去的。大学里的教授，还有一个职称评定程序，先是讲师，后是副教授，然后是教授。现在职称评定也都分级了，比如副高六级，正高三级之类的。这个'专家'莫非也有一套系统的评定程序？

先是'副专家'，后是'专家'？然后再定级，'副专家'六级，'正专家'三级？我琢磨来琢磨去，发现'专家'这个称呼还真是他们自封的或是别人吹捧出来的，因为放眼望去，没有哪个单位去专门评"专家"的。这个社会上压根儿就没有'专家'一说，如果有的话，只有'伪专家'。"

"哈哈，没发现张主任还挺幽默的。"赵处长突然提高分贝的笑声引来一片回头。他赶紧压低了声音，"你还把'专家'的观点按体内排出的气体对待了，要我说，连这都不是。"

张主任停顿了几秒才反应了过来："是了，连屁都不是。"

这些领导在私下里原来也这么"通俗"，与在台上讲话时可是判若两人啊。刘宇轩心里想。

在晃晃悠悠中，飞机飞抵了 W 市上空。

十 午餐

"嗵"的一声响，飞机的轮子重重地撞击在地面上，几位女乘客本能地发出数声尖叫。由于惯性，人们的身子顺势向前倾斜，一些被乘客随手放置在座位边缘的手机径直滑落到地板上，发出轻微的"砰砰"声。机舱下传来轮子与地面刺耳的摩擦声，终于安全落地了，尽管落地的动静有点儿大。

"……下次旅途再会"，随着空姐最后一次播音中最后一句台词的结束，开机铃声、来电铃声、微信提示音、短信提示音此起彼伏，手机的各种声音一结束，随即就是各种腔调的人的通话声，有报平安说"落地了"的，有回拨电话道"刚才在飞机上呢"的，有对接机事宜问"你车牌号是多少"的……

赵处长抬起手腕看了一下手表，此时为中午十一点多，整整飞行了一个小时五十多分钟。自从有了手机后，手表的销量就直线下降了，性能单一的产品被功能多样化的产品取代，似乎成了一种不可逆转的趋势。现在能看见一个戴手表的，都觉得稀罕。所以，敢在手腕上裸露出来的手表，价格都不会低到哪里去，因为人们对它的关注度高了。与此同时，手表的"时间"性能也越来越被淡化，其试图体现一种身份和品位标志的象征意义，若隐若现。

走出机场大厅，刘宇轩一行几人随即上了一辆停靠在门口的机场大巴。大巴里零零星星地点缀着几位乘客，之后，又陆陆续续上来几位。十多分钟后，司机感觉已无乘客再上，便发动了引擎。整个大巴依旧空空荡荡的，展示着低迷的乘坐率。

二十多分钟后，大巴驶入了市区。每到一个停车点，司机都会询问有没有下车的乘客，其服务态度非常值得肯定。大巴的终点站是汽车站，汽车站不远处是火车站。一路上，透过车窗的玻璃，刘宇轩看到街道两边各色各样的店铺林立着，店名也千奇百怪，有两家牌子特别引人眼球，一个是"叫了一只鸡"，另一个是"寂寞的鸭子"。中国的语言，确实博大精深。

几人在汽车站下了车。来之前，他们已查询了相关信息，从W市没有直达X县的火车，只能坐汽车。

刘宇轩拿着三人的身份证到售票大厅去买票，赵处长和张主任站在售票大厅外聊天。

有句话叫"出门苦小小"，意指出门在外，年纪小的要勤快一些，多干一些，要尊老。这句话后来被广泛应用于官场和职场，"小小"也从年龄演变成了"职务"。所以放眼望去，出差时，跑前跑后的往往是职务低的人员，领导一般不会动腿和动手的。曾有一则新闻报道，一位县委书记单独出差时，竟然不会办理登机牌。这还真不奇怪。一般情况下，县委书记出差，办理登机牌之类的事情，或司机或秘书或县委办主任早就给准备得妥妥的，哪还用县委书记亲自动手？享受惯了各种服务，突然有些事情需要自己去做时，不知所措是最正常的反应了。

最近一趟去X县的汽车是下午两点二十发车，还有一趟是下午五点发车，也是当天最后一趟。刘宇轩选择了两点二十那趟，五点那趟显然晚得没影儿了。

鉴于离发车还有一段时间，赵处长提议大家找个地方随便吃一口，并非常豪迈地补充了一句——"我请客"。

在中国的各大城市，汽车站与火车站附近最不缺少的就是饭店和旅店。三人向不远处的一排饭店走去。

沿路不时有人走过来，热情地询问着。有手里拿着"旅店"的牌子问"住宿不"，有大声吆喝着附近旗县的名字问"坐车不"，有喊着特色菜的名字问"吃饭不"……

在一家名为"正宗荞麦饸饹"的饭店前，赵处长停下了脚步，说："咱们要不吃点荞面，降降血压？"

张主任立即表示同意。

赵处长又扭过头问刘宇轩想不想吃荞面。

刘宇轩说，吃啥都行，他吃饭从来不挑食。

"那咱们就吃点荞面。现在这些饭店都标榜自己是'正宗'，什么'正宗山西刀削面''正宗北京炸酱面''正宗河北驴肉火烧''正宗赤峰对夹''正宗乌兰花羊杂碎'……等你吃完后才发现，每家'正宗'的味都不一样，净他妈的忽悠人呢！"赵处长爆了一句粗口。

"对于这些名字里带'正宗'的饭店，在注册时工商局应当谨慎审批。"张主任对"正宗"二字也颇有感触。

站在门口招揽生意的老板娘望穿秋水似的瞅着他们，"来，几位里边请，里边请"，生怕这三人临时改变了主意，一扭头走进了隔壁老王家。

三人在一张可供四人用餐的长方形桌子周围坐下后，老板娘把一张塑封后的 A4 纸大小的薄薄的暗红色菜单拿了过来，"几位点些什么菜？"

"你们这里主打是荞面饸饹？"赵处长边接过菜单边问。

"嗯哪，还有其他特色小菜。"

"来三碗荞面饸饹，要三大碗。再来个韭菜炒鸡蛋，爆炒腰花。我看还有啥呢，哦，再来个麻辣豆腐。"

"行了，行了，别点多呢，一人还有一大碗饸饹面呢。"张主任在旁边连忙提醒赵处长。

"宇轩年轻，饭量大。"赵处长笑了笑说。

"现在饭量也不行了，上学时可能吃呢，现在胃缩小了。"刘宇轩笑着说。

"行，那咱们就先点这些，吃着看，不够再加。"赵处长说完把菜单还给了老板娘。

这是一间面积也就二十多平方米的小饭店，看上去像是夫妻俩开的。在赵处长点菜时，一位和老板娘年龄相仿的中年男人一直站在吧台处认真听着，等赵处长点完后，中年男人转身走进了厨房。

"宇轩还小，到了咱们这个年龄，就得滋补了。韭菜炒鸡蛋和爆炒腰花都是补阳的，我得给张主任提提神，否则回去给老嫂子交作业时效果不好，会埋怨和我这趟差没出好，累着了。"赵处长笑着说。

"到了我这个年龄，已经很少交作业了。赵处长你还年轻，作业任务重，你得多吃点。"张主任打趣道。

"男人一过三十五岁，身体各方面机能就开始走下坡路了，各种病也开始找上门来了。我也是快奔五的人了，已经跨入'心有余而肾不足'那个行列里了。"赵处长像实话实说，又像在调侃自己，随即话锋一转，"哎，对了，宇轩现在有女朋友没？"

"没有呢。"刘宇轩有些腼腆地回答。话音一落地，马晓倩的身影迅速闪过他的脑海。马晓倩虽然现在和他在交往，但还没有明确表示要正式做他的女朋友。用马晓倩的话来说，他现在还处于被"考验"和"考察"期，所以，只能暂时按"没有"来定位。

"我听说现在很多年轻人在玩'伪单身'，明明有对象，硬说没有。宇轩，你不会也属于这个群体吧？"赵处长一脸坏笑地看着刘宇轩。

"真没有。"刘宇轩又笑了笑。

这时，老板娘用一个长方形塑料硬盘子端上来三大碗荞面饸饹。

三人开始动筷子。

随后，三道菜也陆续上来了。

席间，赵处长和张主任还聊了一些单位的其他事情。他俩聊这些话题时，也没有避讳刘宇轩。他们聊的很多内容，刘宇轩都是第一次听说。

领导就是不一样，掌握的信息量都比一般人多。刘宇轩边吃边想。

三人吃完午餐后，时间还算充裕，便溜溜达达返回了汽车站。

检票后，他们坐上了开往 X 县的汽车。

十一　帮扶点

Y镇的党委书记徐若谷和镇长甄建设专门过来和大家共进了早餐。

早餐是包含在宾馆住宿费内的，通俗地讲，就是宾馆提供免费的早餐。这就如一些商家的促销活动，在搞活动的前几天将价格提了上去，然后在活动当天再把价格降下来，整体价格依旧不变，但不明真相的消费者欢呼雀跃奔走相告，天真地以为商家真的在做慈善了，天真地以为自己捡到了便宜。

早餐快要结束的时候，徐若谷问赵处长今天的行程安排。"一会儿就到帮扶点，和村'两委'班子开个会，正式把刘宇轩同志送过去，我和张主任此行的任务也就完成了。"最后一句说完后，赵处长笑出了声。

大家走出大厅时，两辆车一前一后开了过来。

"赵处长和张主任坐我的车吧，这个是我的车。"徐若谷用手指了指停在前面的那辆车。

"刘科长坐我的车吧，一个车有点儿挤。"甄建设说。

"行，咋也行。"说罢，赵处长拉开汽车的后门坐了上去，徐若谷似乎有一个要帮赵处长拉门的动作，但赵处长离后门较近，一伸手，自己将门拉开了，没有给徐若谷拉门的机会。张主任绕到汽车的另一侧，拉开后门自己坐了上去。徐若谷返回到副驾旁，拉开车门也坐了上去。

甄建设拉开后门做了个"请"的动作，刘宇轩也赶紧做了个"请"的动作，两人彼此谦让了一番，最后还是甄建设坚持让刘宇轩先上，刘宇轩上车后快速移动到座位的另一侧。甄建设随后上车，与刘宇轩并排坐到了后座。司机发动引擎，跟着徐若谷的车驶出了大院。

两辆车一前一后向城外驶去。

"现在镇里都给书记和镇长配专车了吧？"赵处长问。

"嗯哪，我们这一天基本在各个村子里跑呢，都给配车了。"坐在副驾的徐若谷扭过头说道。

"现在下面的办公条件还是不错的。"赵处长又说道。

"嗯哪，比过去确实好多了。"徐若谷回应道。

两人一时无语，车子继续向前驶去。

张主任默默地坐在那里，眼望着窗外，像在欣赏窗外的风景。张主任本来话就不多，这两天来，绝大多数的话被赵处长说了。

甄建设的车子一直不紧不慢地跟在徐若谷车子的后面，保持着一个基本恒定的距离。

刚坐到车里，甄建设的手机铃声就响了起来，他向刘宇轩扬了扬下巴，说道："不好意思，我接个电话。喂……"

大约十五分钟后，甄建设的电话才结束。

"一个电厂占用村子的地，双方价格没谈拢，村民一直在上访。"甄建设解释说。"咦，刘科长，咱俩谁年龄大？"随即又问道。

"我今年三十，甄镇长呢？"

"我比你虚长一岁，三十一。"

"甄镇长年轻有为啊！三十一岁就已经是一镇之长了。"

"年轻有为啥呢，咱俩一个级别，刘科长比我还小一岁呢。"

"虽然是一个级别，但我常听同事讲，地方干部的含金量比机关里的高。"

"任何事情其实都是一分为二的，含金量和责任、风险也是对等的，有多高的含金量就有多大的责任，同时就得担多大的风险。"

"这倒是呢。"刘宇轩点了点头。

"等日后咱们处得时间久了，你就会发现，我这个人不会弄那些虚头巴脑的事，全靠实干，所以每天累得要死。一年三百六十五天连轴转，基本没有什么休息日和节假日，家里老婆和孩子也指望不上我，说得高大上一点儿，真是把全部的精力都献给了党和国家的事业。你说这含金量还有没有意义？"说完甄建设自嘲地笑了。

"之前就听说过你们基层工作压力大，现在不是提倡给基层减负吗？"刘宇轩问。

"提倡归提倡。上面千根线，下面一根针。上面千把锤，下面一根钉。各种形式的检查、督导、调研、贯彻、落实、推进，有些地方形式主义依旧严重，留痕现象屡见不鲜。基层减负还需要很长的路要走。"甄建设显得很无奈。

车子已出了城区，向南沿着一条土路驶去。一路上，不时伴有大坑和雨天被车辆碾压后形成的坚硬深辙。多亏是两辆越野车，换作轿车，底盘早就被磕碰得支离破碎了。车上的人们时而被颠得向前俯身，时而又被颠得向后仰脖，时而被晃得向东倒去，时而又被晃得向西倾斜。

走了十多公里后，汽车驶进了一个村子。

路顿时变得弯弯曲曲起来，由一条延伸出好几条，像一棵大树分出了好几个杈，沿着一个大致的方向各自伸展着。虽然路多了起来，但路面像刚才走过的路段一样，不时有大坑和坚硬的深辙。天下的土路状况基本大同小异，不是坑就是辙，车辆快速驶过时，会泛起一道滚滚尘墙，向四周扩散或直线回落，然后渐趋沉寂。

"这个村子有三百多户人家，规模比较大，是镇里最大的村子，在整个县里都是数一数二的大村子。"甄建设向刘宇轩介绍着。

这时，街道旁边几个身穿红色马甲的人手里拿着不同的物件在摆着各种姿势，另一个人正在帮着他们拍照。刘宇轩很好奇，问："这帮人在干什么呢？"

甄建设一脸的不屑，答道："能干什么？留痕呗。穿上衣服拍照，拍完照片走人，工作就等于做了。"

"形式主义害死人啊！"刘宇轩感叹道。

汽车直接向村委会驶去。

一路上，刘宇轩观察着村子的布局。

村子里房屋的分布基本无规律可循，像是在一片空地上撒下的一把豆子。可能是这个缘故，村子里没有出现横平竖直的大路，只有弯弯曲曲的岔路。房屋的朝向基本是一致的，几乎都是坐北朝南。每户人家的大门朝向又很有特色，有向南开的，有向东开的，有向西开的，有向东南开的，有向西南开的……有的人家除了正门外，还在其他位置留有小门。

村子的中央，有一处占地面积较大的院落，这个地方就是村委会。

村委会的大门向南敞开着，只有大门的轮廓，没有具体的门。连接大门的是矮矮的土墙。院落的正中央立着一根旗杆，旗杆上悬挂着一面不太鲜艳的国旗。院落的北侧是一排土坯平房。整个大院空空荡荡的，微风吹来，唯有那面孤独的国旗在显示着生机。

在院墙下面，聚集着几头灰色的毛驴，像在晒太阳。

院子里站着六七个人，在等候着，显然他们提前知道了消息。

车子停稳后，大家从车上走了下来。院子里站着的几人迎了上来。

徐若谷向赵处长一行一一做了介绍。站在院子里为首的是镇里派来的包片领导——副镇长邢石，紧挨着他的是第一书记黄永强，其他几位是村"两委"班子成员，有村支书燕如山、村主任魏谦厚、秘书韩晓生，还有其他几位委员。刘宇轩在旁边认真地记着他们的名字。日后，他将与这些面孔相处一年。

徐若谷在向大家介绍时，特意强调，燕书记是村里多年的老书记，威望很高；魏主任是村里老百姓选上来的村主任，有很好的群众基础；包片副镇长和第一书记来这里的时间都不长，还在熟悉工作阶段。

在村支书的带领下，大家参观了村委会的办公场所——那排位于大院北侧的土坯平房。

进入平房的大门，是一个走廊，沿着走廊右转，是一个过道，过道的左侧是窗户，右侧是办公区。办公区由几间屋子构成。大家依次到各个屋子参观了一遍，每个屋子的面积和设施基本差不多，里面除了摆放着几张陈旧的桌椅外，便别无他物了。

参观结束后，大家在会议室召开了一个简短的会议。会议由徐若谷主持。会议的主要内容是宣布刘宇轩到这里的驻村事宜。会上，赵处长做了讲话，刘宇轩做了表态发言，甄建设做了总结发言。赵处长的讲话和刘宇轩的表态发言，和在单位时宣布刘宇轩驻村扶贫时的内容基本一样，只是大家都做了精简。甄建设在总结发言时指出，第一书记、"两委"班子成员要全力支持、密切配合刘宇轩科长的工作，大家一定要精诚团结，心往一处想，劲往一处使，拧成一股绳，早日实现 D 村脱贫。

会场响起了热烈的掌声。

十二　住处

"宇轩来了以后，住到什么地方呢？"会后，大家在村委会院子里闲聊时，张主任问了赵处长一句。

"我看文件上写着，让村委会为驻村队员的吃住提供方便。我来的时候，请示了一下单位的领导，领导的意思是尽量住到村里，不要住到县里或镇里的宾馆。"

"那要是村里没有这个条件呢？"张主任又问。

"反正领导是这么个意思，村里应当能提供一间屋子吧。我现在就问一下村支书。"说罢，赵处长朝正和徐若谷说话的燕如山走去。

"咱们村委会的条件，刚才各位领导也都看见了，一共就这么几间屋子，连一间多余的也没有。卫生室、活动室、厨房啥啥都没有。接到镇里的通知后，这几天我也琢磨了，不行就让刘科长暂时到村子北面的大院住吧，那里面空房子多一些，以前的厨房收拾收拾还能用。"燕如山一脸难为情地说。

"村子北面的大院？"赵处长疑惑地问。

"是一个废弃的砖厂，一直闲置着呢。刚才几位领导从镇里过来时正好路过。"燕如山回答道。

"哦，刚才没太注意。"赵处长说。

"那咱们现在过去看看？要是不合适的话，再想办法。"燕如山提议。

大家又都上了汽车，出了村子，向北驶去。

也就不到五分钟的时间，汽车驶入一个废弃的大院。

大院在路的西侧，往里缩回去一截，如果车速较快再加上不注意的话，确实不太容易被发现。

大院的门朝东敞开着，没有看到木质或铁质的门，像一堵墙开了一个硕大的口子。两块一米五左右高的白底黑字木牌立在两侧。木牌已不再棱角分明，上面的字迹也已模糊不清，隐隐约约可以猜到里面有一个"砖"字，这一切都显示着风吹日晒雨淋后岁月留下的痕迹。

高约一米的土墙将整个院子围了起来，土墙上点缀着大小不一的豁口。墙脚下，损坏的砖块经过风吹雨打已被侵蚀得不成样子，仿佛其前世今生里并无点砖的基因。"呜呜"的风声吹过，像是其发出的哀号。

院子的最北侧是一排土坯房，有四五间，格局和村委会的那排土坯房高度相似，宛若出自同一位设计师之手。除此之外，在整个院子里便看不到其他东西。

"一排房，一个院，够空旷啊！"站在院子的中央，赵处长脱口而出。

"嗯哪。整个院子占地面积有七十多亩。"燕如山在一旁解释道。

"咱们进里面看看。"说罢，赵处长向平房走去。

燕如山赶紧加快脚步，走到赵处长前面，推开平房的大门。张主任、刘宇轩、徐若谷、甄建设等人悉数走了进来。进入大门的瞬间，一股久未有空气流通的土腥味扑面而来。

平房里面的格局和村委会办公场所的格局果然一模一样。大门进去是一个走廊，走廊右转是一个不太宽的过道，过道右侧是几间屋子，过道左侧是窗户，透过窗户可以看到一墙之隔外大片的庄稼地。

右手第一个屋子是曾经的厨房，里面放着一张破旧的圆形桌子，应当是曾经的餐桌。可能是听到了脚步声，一只老鼠快速向墙缝处跑去。

紧挨厨房的，依次是几乎一样的四间屋子。每间屋子里都空荡荡的，没有一个物件。

"赵处长，大致就是这么一个条件。如果这里行的话，我让人收拾一下，把刘科长的行李搬进来，找个做饭的，就能开火了。"燕如山说。

"条件真够简陋啊。"赵处长皱着眉头说道。

"没有洗澡的地方哦。"张主任插了一句。

"洗澡只能到街里去洗，咱们整个村子里都没有澡堂。"燕如山尴尬地笑了笑。

"有卫生间吗？"张主任又问。

"外面有个厕所，就是农村那种的，领导们住惯了楼房，可能有点儿不习惯。"

"宇轩，怎么样？这条件能接受吗？"赵处长边走边问刘宇轩。

"既来之，则安之。咱们总不能半途而废返回去嘛。"刘宇轩笑着说。

赵处长没有说话，拍了拍刘宇轩的肩膀，眼神里都是肯定。

说话间，一行人已走出了平房的大门。

在平房的东侧，相隔十二三米且几乎与其处在一条直线的位置上，立着一个旱厕。旱厕建在屋子的正东方且二者的距离这么近，几人还是头一次见。刚才大家进入院子时，其实都看到了这个旱厕，但谁都没把这个同样是土坯结构且离平房距离这么近的物体和厕所联系到一起。从布局上看，这显然是不合理的。

张主任指着这个旱厕对刘宇轩说："以后你方便的时候可能会不太方便。"

众人"哈哈"笑了起来，被张主任的一语双关、风趣幽默逗乐。

站在空旷的院内，刘宇轩打量着四周的环境。

院子南面，是一大片空地，空地里是否种植了东西，现在是看不出来的。空地南面是单位帮扶的村子，影影绰绰地显露着些许村貌。村子的南面是光秃秃的山丘。院子西面是一大片庄稼地，远处是光秃秃的山丘。院子北面也是一片庄稼地，远处也是光秃秃的山丘。厂区东面是那条刚走过的土路，紧挨土路就是山坡，与山坡相连的是一片相对矮一点儿的山丘。显然，这是一个被群山环绕的地方。

赵处长见刘宇轩在观察四周，怕刘宇轩有失落感，于是不停地感叹着这里的空气新鲜、环境安静，仿佛他本人都有点儿恋恋不舍、流连忘返了。

马上到午餐时间了，徐若谷提议大家到镇里吃饭，他要代表镇党委尽地主之谊。燕如山说，他已安排家里做好饭了，让大家品尝一下这里的农家菜。

赵处长瞅着张主任，那眼神的意思是在问：去哪里合适呢？

"既然燕书记家里已经做好了，咱们就去燕书记家吧。"张主任说。

"行，咱们就去燕书记家。正好好久没有吃农家菜了。"赵处长笑着说。

一行人又重新上车返回村子里。

燕如山家的房屋和院墙与村子里其他人家的一样，都是清一色的土坯房屋和土坯院墙，但从外到内被收拾得非常干净，院子里的物件也被整整齐齐地摆放着。

进入屋内，一张圆形大桌子已摆放在正中央，桌子上放着四个凉菜。两个女人正系着围裙在厨房里进进出出。燕如山指着一个女人给大家介绍说，这是他爱人。另外一个女人是从村里过来帮忙做饭的。

"坐，坐，各位领导，村里就这个条件，也没有什么特别的，都是些农家菜。"燕如山招呼着大家。

"现在能吃上一顿正宗的农家菜也不容易啊！农家菜才是最好吃的菜啊。"赵处长边说边坐了下去。张主任、徐若谷、甄建设、刘宇轩、包片副镇长邢石、第一书记黄永强、村支书燕如山、村主任魏谦厚、秘书韩晓生依次坐下。村委会的其他几位委员没见过来。

菜一个接一个被端了上来，很快，摆满了一桌子。当燕如山的爱人从厨房里端来最后一道热菜时，赵处长赶紧说："嫂子快坐，一起吃。"燕如山的爱人笑了笑，说："你们吃，你们吃，我已经吃过了。"说罢转身又回到了厨房。

"这里的风俗一般家属不上桌"，坐在赵处长旁边的徐若谷凑过脸低声和赵处长说了一句，眼睛却瞅着前方，还将一双筷子放到了自己跟前的盘子上，一副不曾说话的样子。赵处长点了点头，没有说话。果然，在整个用餐过程中，再没有看见燕如山爱人出现过，村里帮忙做饭的那个女人也像消失了一样，只是偶尔从厨房里传来几声聊天的低语，佐证着徐若谷刚才说过的那句话。

燕如山提议大家喝一点儿白酒，赵处长说下午还有事，吃完饭得返回 W 市，不喝了。燕如山说，酒驾不允许，喝完酒坐飞机属于"酒坐"，"酒坐"应当行吧？赵处长笑了笑，说喝多了怕办不成登机牌，误了飞机呢。燕如山还在坚持，说大家都少喝点，不多喝。又说：好不容易把这么多领导请来了，不喝酒的话，总感觉没招待好大家。赵处长说：实在不好意思，下午确实有事呢，不能喝，等下次再来时，一定和大家喝一杯。燕如山一看赵处长没有喝的意思，便不再硬劝，抬眼瞅了瞅徐若谷。徐若谷说既然赵处长下午有事，就别喝了，而且现在也有规定，中午不让喝酒，就以吃为主。大家便开始动筷子吃了起来。

其实这顿饭镇里安排也是对的，只不过燕如山把这顿饭接了过来。在安排这顿饭之前，燕如山专门征求了镇里的意见，包片副镇长邢石说他和甄镇长商量一下，甄建设说他和徐书记商量一下，然后燕如山得到的答复是村里安排也行。本来魏谦厚也想安排这顿饭，也把想法和邢石表达了。邢石说："就让燕书记安排吧，毕竟他是书记，你是村主任，你安排的话，他心里肯定不舒服，别让他以为你是故意和他抢风头呢。"魏谦厚有点儿不痛快，说："为什么他燕如山安排就行，虽然他是个书记，我还是村主任呢！我是村里全体老百姓一票一票选出来的，论群众基础，他行吗？他也就是党支部那一小撮人选他而已，有本事放到村里让三百多户人家一起选一下，看谁得票多？看谁的群众支持率高？"邢石说："这个我知道，大家心里都有一杆秤。但今天这顿饭就让燕书记安排吧，刘科长来了也得待上一段时间呢，一天两天也不可能回去，你以后有的是机会请他吃饭。"魏谦厚这才不再吱声。

席间，徐若谷说非常感谢赵处长、张主任和刘科长，为了 D 村的脱贫事业，乃至整个镇的脱贫事业，几位领导千里迢迢来到这里，特别是给 D 村派来了年轻有为的刘科长，他代表镇党委表示由衷的谢意，相信在帮扶单位的大力支持、帮扶下，D 村一定会早日脱贫。

午餐一结束，赵处长和张主任起身和大家道别。看着他们即将离去的身影，刘宇轩心里掠过一丝忧伤。接下来的日子，在那个废弃的砖厂大院，他将自己面对那四面环山的孤独。

"宇轩，有什么事随时给我打电话。"赵处长临行前重重地握了握刘宇轩的手。

"宇轩，坚持住，慢慢会好起来的，需要帮忙随时说话，你身后有咱们整个部门的支持。"张主任一只手握着刘宇轩的手，另一只手拍了拍刘宇轩的肩膀。

随后，徐若谷、甄建设、邢石、黄永强一一与刘宇轩握手道别，说着基本相同的话：有事打电话，以后大家就是一家人了，我们一有空就来看你。黄永强和刘宇轩握手时，特别说了一句：
"刘科长，我得回去开一个会。晚上咱们就又见面了。"

"晚上就又见面了？"刘宇轩心里嘀咕着。

送走大家后，刘宇轩说要回去收拾一下屋子。燕如山说中午
大家吃饭的时候已经安排人收拾去了，估计已经收拾好了。

燕如山取出车钥匙，发动了一辆浅灰色老款捷达轿车的
引擎。

进入平房的走廊大门已被擦拭干净，构成大门的重要元素
——木框和玻璃已能清晰地分辨出来，整个走廊也已被打扫干
净，走上去时已不再出现脚印。厨房也已被收拾妥当，在原来孤
零零的餐桌旁边多出来一个煤气罐、一张长条桌、一个焖米饭
锅、一个蒸锅、一个面板、一根擀面杖、一把菜刀、一个铲子、
一个勺子、一个洗菜盘、一把洗锅刷、一瓶洗洁精、一摞碗、一
摞盘子、一把筷子和十多个酒杯。

紧挨厨房的那个屋子也被收拾出来了，看来是准备给刘宇轩
当作宿舍用的。屋子里摆放了一张床、一套行李、一个脸盆架和
一张长条桌。

在未到 D 村之前，刘宇轩曾对住宿条件有过一个简单的想
象，即肯定不会太好，但也不会太差。别的不说，除了个人用
品，其他生活设备应当是配备齐全的。但来到 D 村以及听说要住
在废弃的砖厂大院后，他就知道自己之前想得有点儿乐观了。看
着这个已经"配置齐全"的十多平方米的小屋，他顷刻想到了刘
禹锡笔下的"陋室"。

几人在即将成为刘宇轩宿舍的屋子里站着，像观摩，又像验

收。燕如山问刘宇轩还需要什么物品，村委会再帮配置。刘宇轩说不用了，剩下的个人物品自己买吧。燕如山说他下午正好要去趟街里，可以陪刘宇轩一起购物。魏谦厚和韩晓生问刘宇轩用不用他们也一起去。刘宇轩说去一个人帮找找超市带带路就行。

在街里一家规模较大的超市内，刘宇轩一口气购买了洗衣盆、洗餐具盆、洗脚盆、洗衣粉等一堆生活必需品。

当把这些东西都摆放在屋内时，感觉有了一点儿生活的气息，也预示着一种新的生活拉开了帷幕。

刘宇轩打开屋子的窗户，一股清新的山野之风飘了进来，这是城里没有的味道。

这时，他的手机突然响了起来，刚一接通，电话那头就传来了魏谦厚急促的声音："刘科长，村子西头着火了，咱们过去看一下。"

几分钟后，魏谦厚开着他的本田小轿车停在了刘宇轩宿舍的窗户前。汽车沿着一条坑坑洼洼的土路一路颠簸，向村西头疾驰而去。

在山脚下的一片耕地里，有两处起火点正在向四周蔓延着，一男一女夫妻模样的两个人正在用铁锹拍打着火苗。

魏谦厚从后备厢取出两把灭火用的钢丝铁扫把，自己拿了一把，给了刘宇轩一把，两人迅速朝火堆走去。

好在山脚下的风不太大，约莫半个小时后，两堆火被扑灭了。魏谦厚问那夫妻模样的两人火是怎么着起来的。男人眨巴眨巴眼睛，说刚才有一个外村骑摩托车的男子，随手扔了一个烟头，然后就起火了。

魏谦厚没有接话，和刘宇轩上了汽车。

"不好意思啊，刘科长，你来的第一天就赶上了灭火。"魏谦厚说道。

"有啥不好意思的，以后咱们就是一个村子里的人了，有什么事大家一起干。"刘宇轩笑道。

事实确实是这样，在之后的几年里，刘宇轩一共参与了村里大大小小多次灭火。

"那两口子刚才没说实话，火是他们烧秸秆时点着的。一个烟头根本不可能同时点着两堆火。"魏谦厚说道。

这时，燕如山开着车迎面驶了过来，两辆车各往旁边让了让，都停了下来，"咋样？控制住了？"燕如山摇下车窗问。

"回吧，灭了。"魏谦厚说。

燕如山看到了坐在副驾的刘宇轩，说道："咦，刘科长也过来了？"

"嗯。"刘宇轩笑了笑。

燕如山调转车头，两辆车一前一后又驶向村里。

十三　争执

废弃的砖厂大院在刘宇轩到来的当天，重新出现了烟火气。所谓人间烟火，大概是指有人的地方就有烟火，因为只要是一个正常的人就得吃喝，只要吃喝就离不开火，除非是生吃生喝。据说在燧人氏钻木取火之前，人们就是生吃生喝的。当然了，这都是传说。既然是传说，就包括了不确定性。所以对待传说的态度，应当是既不能全信，也不能不信。还有一句话叫不食人间烟火，那是另一种境界了，非常人能比。

傍晚时分，燕如山的车再次开进了废弃砖厂的院内。车上下来了包片副镇长邢石、第一书记黄永强、村支书燕如山、村主任魏谦厚和秘书韩晓生。

黄永强手里拎着一只燎了毛的鸡，魏谦厚和韩晓生手里各拎了一个大塑料袋子，袋子里鼓鼓囊囊装着各种各样的蔬菜，有土豆、白菜、芹菜、西红柿、粉条、茄子、青椒、豆角等。燕如山左手拎着一个塑料袋子，里面装着几斤猪肉，右手拎着一个塑料袋子，里面装了几十颗鸡蛋。邢石一只手里拿着一瓶白酒，跟在几人身后。

刘宇轩正在屋子里收拾东西，听到动静走了出来。"买这么多菜干啥呀？"他不解地问。

"晚上吃啊！"燕如山回答道，"晚上正式给你接风。"

"中午不是已经吃过了吗?"

"中午不算,中午那是接待餐,接待你们单位领导和你们一行的,晚上正式给你接风。"

"分那么清楚干啥呀?中午吃了就等于接风了。"

"不能等于,哪能等于呢?这是我们这个地方的风俗和礼节,你得入乡随俗。"

"这也是我们整个村'两委'班子的意见,我们几个代表村'两委'班子正式给你接风"。魏谦厚插了一句话。

燕如山不再说话,表情有点儿不自然。

"好吧,入乡随俗。那也用不着买这么多菜吧?咱们几个人能吃这么多吗?"刘宇轩又说。

"别着急,现在国家不是提倡节约粮食和光盘行动嘛,我们也不会浪费粮食,这是你一周的伙食。你可要节约着吃啊!"魏谦厚笑道。

"没问题,节约着吃。这么多菜能放住吗?"

"放不住。我家正好有一个替下来的小冰箱,明天我拿过来。"黄永强说道。

"谢谢了。"刘宇轩说道,"进屋里说呗,别在院子里站着。"

这时,一辆摩托车驶进院子里,停在了几人身旁。

"这是咱们的厨师周全,以后你俩一起吃饭。当然了,我们几个也会过来蹭饭。"燕如山笑道。

"人多吃饭香,以后大家就一起吃呗。"刘宇轩笑道。

几人推门走了进来。因五间屋子只收拾出了一间厨房和一间刘宇轩的宿舍,人们实在没有可待的地方,就全来到了厨房,和周全一起洗菜、做饭。

大家边做边聊，很快菜就做好了。焖米饭的锅在往外冒着白气，一股米饭的芳香弥漫在本就不大的屋子里。

几人围着桌子坐了下来。燕如山打开酒瓶，给每人倒了一杯酒，说："刘科长，中午咱们也没喝，晚上放开了喝点。韩秘书，你酒量大，一会儿好好陪刘科长喝几杯。"

"韩秘书能喝多少？"刘宇轩笑着问韩晓生。

"喝不多，也就三两白酒。"韩晓生笑了笑说。

"三两白酒对韩秘书来说就相当于漱口，人家酒量是公斤级的。"燕如山接过了话茬。

"啥公斤级？吹牛呗！男人不是有酒色财气四堵墙嘛，我觉得再加上一堵更合适，那就是吹牛。你看，在这个世间上，放眼望去，不吹牛的男人真还没有。如果谁敢说他从来都不吹牛，那他本身就是在吹牛。你们说对不对？"韩晓生说完后，抬眼扫视了一圈。

众人哄堂大笑。

"还是韩秘书有文化，怪不得能当二十多年的村委会秘书呢。"邢石边说边点了点头。

"韩秘书可不是仅仅有文化，咱们村里三百多户人家，从上数三代，再从下数三代，没有韩秘书不知道的，什么老王家今年一共种了几亩地，老李家牛去年下了几头犊子，老赵家三个儿子都是干什么的，门儿清。"魏谦厚在一旁补充道。

"拉倒吧，你们可别忽悠我了，我还知道老孙家儿媳妇胸脯前有一颗黑痣呢。"韩晓生说完后，自个儿笑了。

"老孙家儿媳妇胸脯前有没有一颗黑痣，我们可没见过，这可是你说的。"魏谦厚大笑道。

"我就是打个比喻。"韩晓生忙解释道。

"哦，是比喻，我们这些人都没文化，还以为你说的是真的呢。"魏谦厚一脸坏笑。

"好了，好了，咱们言归正传，进入主题。"燕如山手里拿起了酒杯，眼睛瞅着邢石，"邢镇长，你提吧。"

"你提吧，来你们村里了，你是东家，我也是客人。"邢石说道。

"我们村子也归你们镇里管呀，你是我们的地方领导，还是领导提吧。"

邢石不再谦让，说了句"那就我提吧"，然后清了清嗓子站了起来，屋子里顿时安静了下来。酒场就像会场，领导提酒时，其他人都要安静，就像会场上领导讲话时大家都要安静一样。

"今天晚上本来徐书记和甄镇长是要过来的，但县里临时通知开会，他俩就过不来了。徐书记和甄镇长特意让我和刘科长解释一下，致以歉意，让我晚上一定要代他俩照顾好刘科长。多余的客气话就不说了，刘科长来到 D 村，为咱们 D 村注入了强大的力量，以后咱们就是一个团队了，而且在座的各位都属于村里的领导层，村里的希望也全寄托在在座各位的身上了。在今后的日子里，大家要心往一处想，劲往一处使，让 D 村早日脱贫摘帽！另外有一个事得和刘科长汇报一下，我喝不了酒，就以茶代酒吧。"邢石说道。

"可不敢说'汇报'，你是镇里的领导，我来村里扶贫，以后归你管呢。"刘宇轩笑着说，随即又问了一句，"邢镇长吃抗生素了？"

"没吃抗生素，就是一喝酒就过敏。"

刘宇轩挺好奇，又问了一句："过敏有啥症状呢？"

"别的症状倒没有，就是浑身难受。"

刘宇轩便不好意思再追问浑身怎么个难受法，再问就有刨根问底的嫌疑了，再问感觉自己像个记者了，于是说了一句"过敏的话那就不能喝"，然后大家一饮而尽。

黄永强站了起来，说："刘科长，我有一个不情之请，不知对不对。我们都想表达一下对你的热烈欢迎之情，能否允许我们大家先每人敬你一杯，然后你再提酒？"

刘宇轩笑了笑，说："大家坐在一起就是兄弟，而且能在几千里外的地方聚在一起，就是缘分，大家随便提，想怎么提就怎么提。"

听完刘宇轩的一席话，黄永强似乎放松了许多，说："那我就先敬刘科长一杯。刘科长是从大机关来的，见多识广，以后还得多指点我们的工作。我们跟着刘科长干，一定会少走弯路，事半功倍。"说罢，一仰脖子，一饮而尽。

刘宇轩说："你们都在基层工作，有着丰富的基层工作经验，机关虽大，但不如你们了解基层，以后我得向你们学习。"说罢，也一饮而尽。

燕如山站了起来，说："刘科长，我的任务就是保障你的食宿，如果有什么不合理的地方，尽管提出意见，我们立即改进。"

刘宇轩说："给你们添麻烦了，现在就挺好，我也是从小在农村长大的，没那么多毛病。"

"添啥麻烦呢，刘科长太客气了，文件我们都看了，我记得可清楚呢。因为这个和我们村有直接关系，所以我印象特别深，叫'食宿在嘎查村制度'，原话是这样说的——驻嘎查村干部原则上在嘎查村食宿。嘎查村不具备食宿条件的，由派出部门（单位）和驻嘎查村工作队向苏木乡镇党委提出申请，经苏木乡镇党委确认，旗县（市、区）驻嘎查村工作领导小组同意后，根据实际情况通过其他方式妥善安排食宿。我如果没有记错的话，应当是一字不落背下来了。"燕如山又说。

"燕书记的记忆力可以啊！文件里确实是这样表述的。"刘宇轩很惊讶燕如山的记忆力，觉得成语"博闻强记"里的"强记"就是用来形容这样的人的。

"燕书记是我们村里出了名的过目不忘。"韩晓生在一旁补充了一句。

"组织现在想得真周到，连吃住这样的细节都替驻村干部想到了。其实吧，即便组织不说，我们作为村干部也会妥善安排。你说你们大老远从大城市来到这个偏僻的小村庄，舍家撇业的，不就是来帮助我们脱贫吗？用毛主席的话说，那就是'毫不利己，专门利人'的张思德精神。我们提供一下食宿那不是应该的吗？空房子有的是，只要你不嫌弃，随便住。再说吃的，现在不像刚解放那会儿或者'三年困难时期'，人们吃了上顿没下顿。现在老百姓整体都过上了好日子，吃饭还是没啥问题的，至于吃粗茶淡饭，还是吃山珍海味，那是另一个问题了。所以，刘科长既然来到我们这里，就放心住，放心吃，我们无偿提供。"燕如山接着又说道。

"燕书记，'毫不利己，专门利人'是说白求恩的，不是张思德。"韩晓生在一旁纠正道。

"对，对，白求恩，白求恩，国际友人。"燕如山说道，随即又像大脑转了一个弯，"那张思德是什么精神呢？"

"为人民服务。"韩晓生又解释道。

"两个差不多，差不多。"燕如山像给自己一个台阶下。

"燕书记，你们的心意我领了，但不能无偿。根据文件，驻村队员每天有一百元的生活补助，你们拉个清单，费用是多少，我都出。"刘宇轩说道。

"刘科长这样说就见外了。关键这个饭也不是你一个人吃，我们也过来吃呢，大家一起吃，怎么能和你单独算呢？"燕如山又说道。

"那也得算，一顿两顿免费行了，时间长了可不行。"刘宇轩还在坚持。

"再说了，你那一百元补助能干个啥？从咱们村打车到街里，一趟就得三十元，一个来回就得六十元，剩下四十元，就现在的物价能吃三顿饭吗？"燕如山替刘宇轩算起了账。

"这个事以后再说，今天主要是喝酒。"邢石在一旁插话道。

刘宇轩和燕如山便不再争论费用的事，两人一饮而尽。

魏谦厚站了起来，说道："非常欢迎刘科长，从现在起咱们就是一家人了，以后相互支持，互相配合。"

"一定的，相互支持，互相配合。"刘宇轩说。

两人又一饮而尽。

"刚才大家调侃了我一番，玩笑归玩笑，村里的情况我确实基本了解，毕竟干了二十多年了，经历了好几届村委会班子。以后刘科长需要什么资料、数据，尽管开口，我全无保留。"韩晓生站了起来，笑嘻嘻地将杯子伸了过来，非常恭敬地和刘宇轩的杯子碰在了一起，两人又一饮而尽。

燕如山瞅了瞅厨师周全："你不敬刘科长一杯吗？以后你俩就在一起生活啦。"话音一落，大家都笑了起来。

"我还用敬吗？我一个普通老百姓。"周全显得有点儿紧张。

"普通老百姓也得敬啊！我们都还是普通老百姓呢！这届选举上来了，你是个村干部，下届落选了，你还不是和大家一样嘛。"燕如山说道。

魏谦厚正要往嘴里夹菜，听燕如山说完这句话后，"啪"的一下把筷子重重地放到了盘子上，黑着个脸不再进食。

燕如山用眼角瞟了一眼魏谦厚，又补充了一句："当然了，这里面刘科长、邢镇长和黄书记不一样，人家是国家干部。"

"大家都一样，都为了养家糊口。毛主席说过，革命工作只有分工不同，没有高低贵贱之分，我们的同志不论职务高低，都是人民的勤务员。"邢石赶紧笑哈哈地打了个圆场。

燕如山不再言语。

周全站了起来说："那我就敬刘科长一杯。外地人都说我们这地方人吃饭口味重，盐放得多，但我们自己感觉不出来，以后刘科长觉得菜咸的话，就提醒我一下，我尽量少放盐。"

"你们这里做饭时盐确实放得多，这几天我已经明显感受到了。以后还真得少放盐。盐多了对身体不好，最明显的就是容易导致高血压。"

"嗯哪。刘科长说对了，我们村很多人患了高血压，估计和这个盐有直接关系。问题是，道理人们都知道，但是习惯一下子不好改啊！"周全说罢，两人一饮而尽。

"喝得有点儿急，稍微缓一缓，我吃点菜后敬大家。"刘宇轩赶紧夹了几口菜放进了嘴里。

工作几年来，刘宇轩喝酒基本都是参加应酬，他一个人时滴酒不沾。由于酒量不怎么大，他只能慢慢地喝，一小口一小口地喝，所以既喝不了快酒，也喝不了大口大口的酒，速度一快，口一大，一会儿就醉了。醉了以后，便沉睡，等到半夜时分就开始口干舌燥，然后就起来大口大口地喝水。这样都是好的状况。状况不好时，一到半夜就开始呕吐，一直吐到腹中无物。有一次，刘宇轩在呕吐得胆汁几乎出来后，便写了一篇小文章，叫《人生·江湖·酒》，文章的第三部分专门论述酒。

> 有兄弟，必有酒。
>
> 饮酒之道，宛若为人。
>
> 人品纳于酒品，酒品可见人品。
>
> 自入酒道以来，常见人之假饮、少饮、推饮之术，不以为然，饮必仗义。
>
> 然，举杯而无量，常不知今朝酒醒何处。
>
> 且一饮则吐，吐则不已。从暮至朝，连绵反复，似黄河泛滥，一发而不可收。先为食物，再为酒水，后为胆汁，再为无物。遂知，吐者最高境界为吐而无物，无物而吐。

仅吐则罢，然五脏震裂，六腑颠倒，三魂游离，七魄散尽，九死而一生。

待吐定思吐，遂觉愧对粮食之精华，抑或化学之勾兑，愧对马桶，愧对肝肾、肠胃和口腔，愧对"竖则搀扶、横则抬举"之人。

每于吐后，必欲金盆洗口，退出酒坛，不再过问酒界之恩恩怨怨。

然，酒气方散，便欣然赴宴矣。

人家一番好意，我岂有不饮之理？

来，来，来，酒逢知己千杯少，人生难得几回醉。

喝！

垫补了几口菜后，刘宇轩开始起身敬酒。

先是副镇长邢石、第一书记黄永强，再是村支书燕如山、村主任魏谦厚、秘书韩晓生，最后是厨师周全。因为是头一天见面，大家还没有深交，所以说的都是些场面上的客气话，以及为D村的脱贫摘帽相互鼓劲的话。

等刘宇轩挨个敬完一圈后，周全说家里还有点儿事，先走一步，明天早晨他过来收拾厨房。周全走出厨房后，魏谦厚说桌子上坐着领导，周全估计有点儿放不开，走就走吧。他提议大家集体喝一个。众人又集体喝了一杯。周全像一个幽灵，在刘宇轩来的第一天就表现了出来。在之后的日子里，他基本保持了这种幽灵状态。他经常一吃完饭就消失得无影无踪，或者是把饭做好后就消失得无影无踪。很多时候，整个院子里只有刘宇轩一个人。

"这个院子这么多年为什么一直闲置着？为什么不利用起来呢？在城里，找这么一处院子可困难了。"刘宇轩终于将憋了一天的疑问说了出来。

"村里不像城里，最不缺的就是地方，最缺的就是钱。"燕如山舌头略显僵硬地说，"这么大的院子空着是有点儿可惜，但是不空着又能干什么呢？这里一没有煤矿，二没有石油，院子是大，但不值钱啊！所以自从砖厂不开后，就一直这么闲置着，也从来没有人过来和我们谈过合作。"

"咱们村委会没想着自己把这个院子利用起来？"刘宇轩又问。

"刘科长，你刚来不知道，我给你说啊，你知道这个院子为什么一直闲置着吗？因为这里以前闹过鬼，没有人敢进来。"魏谦厚舌头僵硬地说道。

"刘科长，你可别听他瞎说，哪有什么鬼呀？都是一些人编出来的故事，吓唬别人呢。"燕如山的舌头僵硬程度比魏谦厚稍微弱了零点二个百分点。

"谁瞎说呢？人家那个烧锅炉的亲眼看见的，一个不到一米高的女人，穿着白裙子，高跟鞋发出的'咔嗒'声都听到了。"魏谦厚眼睛盯着燕如山。

"那是烧锅炉的喝多了，看走眼了。"燕如山没有和魏谦厚对视，边夹了一口菜边说。

"烧锅炉的为什么不说在别的地方看见鬼了，非要说在这里看见呢？当年这里不是死过人嘛，这世上没有空穴来风的事。"

"这里是死过人，但不能说死过人就一定会闹鬼。死人的地方多了，莫非每个地方都要闹鬼？照你这么说，火葬场每天不成了鬼的世界了？"

"你可说对了，火葬场还真是鬼的世界。你没听说过，在火葬场下夜的老汉，每晚都得把自己灌醉，否则怕得不行。一到晚上，各种声音都出来了。尤其那些领导的墓地，一到晚上都是开会的声音。我就挺纳闷儿，你说那些领导，活着的时候爱开会，死了以后还要开会，累不累啊！"

"你这都是从哪里听来的段子？我看是鬼故事看多了吧？"

"什么段子？这都是别人亲口说的。"

"你还是不是个党员，党员都是无神论者。"燕如山这次抬起了头，瞅着魏谦厚。

"别他妈的上纲上线，党员不是人啊？你是村支部书记，你的所作所为都是按照一个党员的标准来严格要求自己的吗？"魏谦厚一副不屑的样子。

"嘴巴干净点，别他妈说话带把子！你意思是我这个党员不合格呗？"燕如山"腾"的一下站了起来。

"合格不合格不是你自己说了算，那得老百姓认可才行。"魏谦厚一边往嘴里夹菜，一边头也不抬地说道。

"燕书记，坐下，坐下，魏主任喝多了。"邢石在一旁说道。

"我不合格？我不合格，党员能选我当支部书记吗？你这么合格，有尿你选一个？"燕如山一屁股重新坐到椅子上。

"你自己怎么上去的你自己不知道？狗蛋儿都不是。"魏谦厚运转着僵硬的舌头，依旧一句也不少。

"你说谁狗蛋儿都不是呢？你他妈的嘴巴能不能干净点？你

自己又是怎么上来的，你自己不知道吗？"燕如山又"腾"地站了起来，用手指着魏谦厚。

"我就说你狗蛋儿都不是啦，怎么的？我是怎么上来的？我是村里的老百姓一票一票选出来的。"魏谦厚也"腾"的一下子站了起来，他身后的椅子"啪"地摔倒在了地上。

"你那一票一票是怎么来的？你以为大家都傻啊？那是靠你个人魅力得来的吗？"

"行了，行了，都少说一句。"邢石也站了起来，左右手分别往下按两人的肩膀，"刘科长刚来第一天，给领导留个好印象。"

两人都坐了下去，双双黑着脸，都不再言语。

黄永强眼睛有点儿迷离，显然是酒上头了，脑袋不时往桌子上弹一下，然后再弹回来，像是一只啄米的小鸡，刚才燕如山和魏谦厚的激烈争吵也没有让他的眼睛睁开多少。

韩晓生则一直眯缝着双眼，一动不动坐在那里，不知是瞌睡了，还是喝多了，抑或是在闭目养神。

刘宇轩有点儿头晕，尽管他想慢一点儿喝，但大家的进度非常快，燕如山和魏谦厚突然吵起来的这一幕发生得太快，他一时没有反应过来。幸好邢石没有喝酒，及时制止了两人。

这时，一阵风吹来，从院子西北角的方向传来一声凄厉的"嘎吱"声，燕如山、魏谦厚和邢石的脸上顿时露出了惊恐的神色。黄永强一下子清醒了不少，脑袋不再往桌子上回弹。韩晓生也睁开了眼睛。

刘宇轩向窗外望去。窗户外一片漆黑，什么也看不到，只有窗户的玻璃上映衬着他们几人不太清晰的脸。

"什么声音？"魏谦厚紧张地问。

"能有什么声音，大惊小怪的，肯定是墙根儿下立着的那扇破窗户发出的声音。"虽然燕如山嘴里一副无所谓的样子，但口气明显不像刚才辩论时那么强硬。

魏谦厚瞪了一眼燕如山，喉咙"咕噜"了一下，没有说话，像把一句要说的话硬咽了回去。

"出去看看？"邢石瞅了瞅坐在对面的韩晓生。

"我不敢，我从小就胆小。"韩晓生眼睛已经完全睁开，头像拨浪鼓一样摇着。韩晓生已有五十多岁，按理说，人到了这个年龄，已经属于孔子所说的"知天命"范畴，应当没有什么可怕的了，但韩晓生就是坐在那里纹丝不动。

"你敢不敢出去看一看？"邢石又将目光投向了斜对个坐着的黄永强。

"你们还不敢出去呢，我更不敢了。"黄永强边说边缩了缩脖子，感觉有什么东西站在了他身后似的。

"看那玩意儿干啥呢，来喝酒。"燕如山端起了酒杯，眼睛还是不由自主地向外瞟了一下。

"大半夜真他妈是怪吓人的。"魏谦厚边说边端起了酒杯。

"我出去看看。"刘宇轩说着站起了身子。

众人齐刷刷地将目光投了过来，这目光里充满不可思议。

"别出去了，估计就是窗户的声音。"邢石在一旁说道，但其面部流露出来的恰恰是想让刘宇轩出去看个究竟的表情。

刘宇轩转身回到自己的屋子，取出了下午刚买回来的手电。当他再次路过厨房门口时，黄永强站了起来，说道："我和刘科长一起出去，人多壮个胆。"说罢，跟在了刘宇轩的身后。

"我说了，根本没啥，肯定是窗户，我也和你们出去看看。"燕如山也站了起来，跟着走了出去。

刘宇轩刚推开走廊的大门，西北处再次传来凄厉的"嘎吱"声。三人谁也没说话，跟着手电的亮光朝响动处走去。

刘宇轩边走边用手电朝前照去，隐隐约约看到有一个东西在动，他心里"咯噔"一下，心想莫非真有什么东西？但人已经出来了，不能当逃兵，只能硬着头皮往前走，身后的黄永强和燕如山紧紧跟随着，两人一声不吭，但喘息声都带着浓烈的紧张气息。越往前走，"嘎吱"声越清晰，大约还有五十米的距离时，刘宇轩一下子看清了，果真是一扇窗户在来回晃动着。风大时，窗户晃动的幅度也大，声音也大；风小时，窗户晃动的幅度也小，声音也小。这时跟在后面的两人也都看清了窗户。

"我就说嘛，肯定是窗户，哪有什么穿白裙子的女人呢?！还'咔嗒，咔嗒'高跟鞋声呢，尽他妈胡说！成天妖言惑众！"燕如山突然大声嚷嚷起来，仿佛被加持了一下，法力增长了数十倍。

"我就寻思呢，已经21世纪了，哪有什么鬼呀神呀的？那个烧锅炉的估计是《聊斋志异》和《西游记》看多了。"黄永强像自言自语，又像和另外两人在说话。

"走走走，回去喝酒。这个破窗户，真他妈扫兴。"燕如山继续嚷嚷着。

"咱们还是先把它固定一下吧，省得一会儿又'嘎吱''嘎吱'地叫，怪吓人的。"黄永强说。

说话间，三人已来到了窗户跟前。

刘宇轩重新把窗户推上，黄永强在地上捡起一根木棒顶了上去。窗户便不再晃动，"嘎吱"声也随即停止。

三人转身又朝宿舍走去。

这时走廊的大门打开了，邢石、魏谦厚、韩晓生都走了出来。

"是窗户吗？"邢石大声问。

因为两伙人之间还有一段距离，不提高嗓门，声音有传播不过去的可能。

"除了窗户，还能有啥？"燕如山像在抢答，大声回应着。

"这乌龙闹的。"韩晓生低声说道。

"白让吓了一跳。"魏谦厚嘀咕了一声，转身向前走了几步，解开裤带开始撒尿。"哗哗"的尿液铿锵有力地拍打在硬硬的地面上，在漆黑寂静的院子里，这声音显得格外响亮，足足扩散到二里地之远。

"院子里太黑，明天安个照明灯吧，刘科长一个人住在这里也不太方便。"邢石说道。因四周太黑，看不清楚他是在朝着谁说话。

"明天走廊里也安一个照明灯，太黑了，胆小的根本不敢住在这里，这也就是刘科长胆子大。"燕如山接话道。

"让周全以后也住在这里吧，不能让刘科长一个人住在一个七十亩大的院子里，而且荒废了这么多年。"黄永强补充了一句。

"没事，我胆子大，一个人不怕，周全还得照顾家呢，别让人家住在这里了。"刘宇轩说道。

"明天把其余的几间屋子也收拾出来，大家没事时都来陪陪刘科长，明天晚上我先来。"魏谦厚已撒完了尿，边说边朝这边走来。

"不用，不用，你们都有家呢，回去照顾照顾嫂子和孩子，我一个光棍儿，不用你们陪。"刘宇轩又说道。

大家又都返回了厨房。

"我看时间也不早了，刘科长累了一天，也该早早休息了。大家把杯中酒干了，怎么样？"邢石提议道。

几人让窗户的"嘎吱"声惊扰了一下，酒也醒得差不多了。酒醒后的好处就是不再恋酒，而且隐隐约约感觉他们也不敢在此久留，尤其在荒废了多年后的第一夜。于是大家纷纷同意邢石的提议，喝完了各自杯中的酒后，都起身向外走去。

刘宇轩把他们送到院中央。

燕如山发动汽车引擎，打开了车灯，两道亮光穿过院子照向了前面的山丘。

"喝这么多酒还要开车？"刘宇轩吃惊地问。

"没事，刘科长，这是村里，晚上没人查车。别说晚上了，就是大白天，村里也看不到一个交警。和你们大城市不一样。"燕如山说道。

"没事，刘科长，这个地方老百姓睡得早，不像你们大城市夜生活丰富，街上准保没有一个人。"魏谦厚边说边拉开了车的后门。

邢石过来握着刘宇轩的手说："刘科长回去早点休息吧，这是小县城，和你们大城市不一样，就是在街里，交警也很少查车。"

"你咋回去呀?"刘宇轩突然想起邢石在镇里上班,应当不在村里住。

"我让燕书记送我一趟。"

"哎,对了,邢镇长,你没喝酒,你开车呗。不能让燕书记开车,他喝了这么多,多不安全呢。"刘宇轩突然想起来邢石没有喝酒。

"即便我开车,回来的时候,还得燕书记开啊,否则他没法回呀。刘科长,真的没事,小县城的人睡得早,虽然比村里人睡得晚一些,但比你们大城市里人睡得早多了,这个点估计街上已经没有人了,而且我们又不是头一回了。请刘科长放心,早点休息吧。"邢石一只手握着刘宇轩的手,另一只手搂着刘宇轩的臂膀,边说边推着刘宇轩让其回屋。

"真的没事,刘科长,你回屋吧,别着凉了。"站在汽车后门另一侧的韩晓生说。

"这地方就这样,刘科长早点休息吧。"黄永强也过来和刘宇轩道别。

刘宇轩无奈地摇了摇头,说道:"好吧,你们路上慢点,注意安全。"说罢,他向大家挥了挥手,几人随即上了车。燕如山按了一声喇叭,汽车朝院子的大门驶去。

十四　彷徨

送走大家后，刘宇轩边往宿舍走边回想着刚才燕如山和魏谦厚争吵时的内容，"你自己怎么上去的你自己不知道？狗蛋儿都不是。""你那一票一票是怎么来的？你以为大家都傻啊？那是靠你个人魅力得来的吗？""成天妖言惑众"……这些话反复在他脑子里浮现，像是一架被风吹动的秋千，晃来晃去。

刘宇轩觉得有点儿累，接了一壶水，烧开后，开始泡脚。

这时，窗户外突然响起"啪"的一声，像什么东西打在了他宿舍的玻璃上，但又不像是石头，石头的话应当已经穿堂而过了。刘宇轩被惊出一身冷汗，赶紧伸手将放在床边的手电拿了起来，从洗脚盆里抽出双脚，趿拉着拖鞋朝窗户跑去。打开手电隔着窗户玻璃往外一照，一只比麻雀略大颜色发灰但叫不上来名字的鸟倒在窗户外的阳台上，浑身抽搐着。莫不是看到屋内的灯光，误撞在了窗户上？刘宇轩想。见是一只鸟，他心里稍稍平静了。

受到刚才的惊吓，刘宇轩也谨慎了起来，拿着手电将洗脚水倒掉后，返回身将走廊的两扇木门用一根铁棍从里横到两个门把手中间，以防止有东西从外面进来。就在这时，一条绳子一样的东西沿着木门下面的缝隙在往里游走。什么东西？刘宇轩一惊。用手电一照，居然是一条灰白相间的蛇，有八十厘米长，一条分叉的芯子从其嘴里吐了出来。他"啊"的一声向旁边弹了过去，洗脚盆也掉在了地上。刘宇轩平时最怕的东西就是蛇，常常因夜里梦到蛇而惊醒。他曾调侃自己，白天清醒时看到真蛇害怕，晚上做梦时看见虚幻的蛇也害怕，此生与蛇是不共戴天了。这条蛇显然也受到了惊吓，加快速度往里游走，边走还边扭头看着刘宇轩，想必是怕刘宇轩对其发起攻击。看来，它也是怕人的，尽管人们都挺怕它。刘宇轩一时不知该怎么做，是打死这条蛇呢，还是让它逃走？如果打死，怎么打死？它有没有毒，会不会反攻，自己有没有把握将其打死？最好让其逃走。可这条蛇明明朝着走廊里面游走，显然选错了方向，方向都错了，怎么能逃走呢？可不能让它钻进自己的宿舍，得把它挑出去。刘宇轩赶紧向四周寻觅，看有没有长条棍子之类的东西，但什么也没有发现。他一着急，把刚才插到两个门把手中间的铁棍抽了出来，返回时，蛇已不见了。他赶紧往前跑了几步，发现那蛇已拐过走廊正沿着厨房的墙根继续往前快速游走着。再往前走就是刘宇轩的宿舍。刘宇轩的心已提到了嗓子眼，"不能进去，不能进去"，他嘴里念念有词，像在祈祷。刘宇轩现在也不敢贸然去用铁棍挑这条蛇，怕一旦失手，蛇非但没有被挑走，反而改变了游走的方向，真的钻进自己的宿舍，那就得不偿失了。蛇继续在快速游走着，很快就到了刘宇轩的宿舍门口。刘宇轩刚才出来倒洗脚水，宿舍的门没有关，屋子里的光射出来，照在对面的墙壁上。蛇似乎没有被亮光吸引，也未做任何停留，径直经过了刘宇轩的宿舍。刘宇轩长出了一口气。他赶紧跑过去，将自己的宿舍门"咣当"一下关上。他怕蛇再折返回来。刘宇轩手里拿着铁棍蹑手蹑脚地跟在蛇的后面，伺机将其挑起。两步、一步、半步，离蛇的距离越来越近，他突然将铁棍插到蛇身的下面，往高一抬铁棍，蛇离地而起，像一根对折的绳子，被担在铁棍的中央。刘宇轩本以为蛇被隔空挑起时便动弹不得，谁知那蛇猛地来了一个一百八十度大转弯，将原本头朝下的上半身硬是直直挺了起来，蛇头朝着刘宇轩拿铁棍的手快速扑了过来。这一变化超出了刘宇轩的预判，他吓得大叫一声，将铁棍扔在了地上，身子随即向后弹了出去。蛇跟着铁棍一同掉在了地上。不知是顾不得疼痛，还是压根儿就不疼痛，蛇开始仓皇逃窜，像一只无头苍蝇，不再像之前那样沿着墙根游走，而是慌不择路地从门缝钻进了刘宇轩宿舍旁边那间屋子。这间屋子还没有打扫出来，门也上着锁，无法进去。刘宇轩赶紧捡起地上的铁棍，堵在了这间屋子的门缝前面，防止蛇再爬出来。因为刘宇轩宿舍的门下面也有一条和这个门缝几乎一样的门缝。铁棍的长度和门缝的长度恰好相当，像专门为其订制的一样。

铁棍只有一根，刘宇轩已无暇顾及走廊的那两扇门了。他又返回走廊把洗脚盆取了回来，把自己宿舍的门从里面插好。看着宿舍门下面那条宽宽的门缝，刘宇轩琢磨着怎么把它堵上。他现在完全不敢确定，这样的蛇在这个院子里到底还有多少条，以及这些蛇到底有没有毒。从刚才那条蛇三角形的头形以及强悍的攻击性看，它绝非善类。

有了。他发现自己的行李箱正立在墙角处，就它了。刘宇轩把行李箱放倒，推到门缝处，正好堵了个严严实实。一切就绪后，他又长长出了一口气，一屁股坐在了床沿上。

这是什么鬼地方了？刘宇轩开始后悔起来。早知这样他就不来了。他原本以为至少有一个可以安稳睡觉的地方，结果连这么一个最起码的条件都无法实现。

他想起了白天院子里的那个旱厕，晚上上厕所时怎么办？会不会同样有蛇出入？会不会一脚踩到蛇身上？会不会自己正在坑上面蹲着，一条蛇直接从上面掉下来，而且碰巧掉进自己的脖子上？

他又想起了晚上吃饭时，燕如山和魏谦厚争吵时的画面，"你自己怎么上去的你自己不知道？狗蛋儿都不是。""你那一票一票是怎么来的？你以为大家都傻啊？那是靠你个人魅力得来的吗？""成天妖言惑众"……

他越想越觉得自己来这里驻村扶贫的决定有点儿草率，于是掏出了手机，他要给赵处长打电话，告诉他自己居住的环境多么恶劣，告诉他这个村子的人际关系很复杂，尽管他只来了一天，但直觉告诉他不会错，第一天就暴露出许多问题，说明积怨已久。尤其是邢石的那句"刘科长刚来第一天，给领导留个好印象"，更证明今晚他们两人的争吵已经是互相拿捏、忍耐的结果了，如果双方都不拿捏、都不忍耐，又会是个什么样子呢？一个领导班子，两个主要领导打来打去，不停地内耗，还能带好整个班子吗？还能带领村里的老百姓脱贫摘帽吗？

刘宇轩找到了赵处长的名字，手指在手机的屏幕上徘徊，他在犹豫，打还是不打？

刘宇轩确实犯愁了。他站了起来，在宿舍并不宽敞的地面上来回走着。

他还在评估着到底回还是不回，留还是不留？

如果刚来一天就回去，回去的原因竟然是条件太过恶劣，这也太让组织失望了，还好意思说自己是一名中共党员吗？中共党员身上的"一不怕苦、二不怕累"的精神都哪儿去了？但中共党员也是人啊，这么恶劣的条件怎么待啊？

和这样的村委会班子打交道，以后能推动工作吗？为什么单位偏偏选择了这么一个村子来帮扶呢？当初为什么不选择别的村子呢？

刘宇轩还在宿舍里来回走着，他的思想在做着激烈的斗争。

也不对。如果一切都尽如人意，一个村子在不依靠外力的情况下就能如期脱贫摘帽，党中央还会投入这么大的人力和物力来帮扶吗？这说明了什么？说明仅仅依靠村子自身的力量是无法实现这一宏伟目标的。为什么依靠自身无法实现这一目标？除了客观条件外，他们自身肯定存在这样或那样的问题或不足，所以就有了第一书记和驻村工作队的到来。

想到这里，刘宇轩释然了许多。

他又想起了临行前马晓倩为他饯行的那个晚上。当马晓倩问他决定来驻村帮扶的真正原因时，他说因为在他心里一直有一份农村情结。这确实是他的真心话。

他千里迢迢干什么来了？不就是不愿意看到还有那么多的老百姓生活在贫困线以下吗？不就是想让那些还生活在贫困线以下的老百姓尽早脱贫吗？如今遇到了困难，不想着迎难而上去克服，反而有了知难而退的想法？刘宇轩一时又觉得自己刚才想要退缩的想法有点儿奇怪，仿佛不是出自他本人的大脑，而是另一个大脑在操控着自己的思想。

"天下兴亡，匹夫有责"，何况自己还是一名中共党员呢！

初心易得，始终难守。只有"不忘初心"，才能"方得始终"。

自己来这里的初心呢？

一切都想通后，刘宇轩又长长地出了一口气。

这时，放在床上的手机突然响了起来。谁这么晚了还打电话呢？刘宇轩边心里嘀咕边走到了床边，一看是邢石的电话。大家在白天见面时，相互添加了微信，在微信里又都留了手机号码。

两人寒暄几句后，刑石说起了晚上燕书记和魏主任的事。"刘科长，别往心里去，两人都喝多了。其实他俩也没有什么大的矛盾，都是工作上的一些小分歧。村里的干部，文化素质也不太高，处理事情的方式也比较简单粗暴，而且说话带脏字也是常有的事。两个人搭班子，难免会有摩擦，夫妻还吵架呢，何况是外人呢？别说是他们这个层次的，就是镇里的书记和镇长没有意见的也少。"邢石说完后，似乎觉得这句话有点儿欠妥，尤其是和第一次见面并没有深交的刘宇轩这样说，于是又补充了句"我是打个比喻，比喻啊"。他又说："即便是更高层次的县委书记和县长，市委书记和市长，省委书记和省长，能相安无事一团和气的也非常少。搭班子难啊！既需要相互磨合，又需要相互忍让，那得两好搁一好。燕书记呢，性格挺直的，人不坏。魏主任呢，说话大大咧咧的，也没啥坏心眼儿。两个人的性格有许多相似的地方，不属于互补型。如果是互补型的话，可能会好一点儿。其实，要是细数的话，他俩还沾点儿亲呢。燕书记的三叔娶的是魏主任的二姨。这也是这个村子里的一个特色。各种姻亲关系相互交织，所以导致村子里的各种关系错综复杂。我刚来时也不太了解，来了这几个月后，才大致知道了一些。估计这也是皮毛。"

刘宇轩在电话里笑了笑，说能理解，并非常感谢邢镇长介绍了这么多关于村子里的情况。

邢石又说晚上他们两人互相说对方"你自己怎么上去的你自己不知道？""你那一票一票是怎么来的？你以为大家都傻啊？那是靠你个人魅力得来的吗？"这些话刘科长也别太在意，基层都这个样子，有些顽疾不是一时半会儿能改变的，尽管现在已经改变了许多。

刘宇轩听出了邢石的话中之话，说关于乡村存在的一些情况和问题，之前也有耳闻。

两人又闲聊了一会儿便挂断了电话。

这一天，刘宇轩太累了。他收拾妥当后，一倒头就睡着了。

夜里，刘宇轩做了一个奇怪的梦。梦到自己正在放风筝，硕大的风筝越飞越高。他使劲往回收线，但怎么也拽不回来，反被风筝拽着快速向前奔跑。撒手还是紧抓不放？犹豫间，风筝已把他带离了地面。他依旧没有松手。很快，他便被风筝带到了半天空。他惊恐地望着越来越远的地面，胳膊已越来越酸痛、无力，就在他即将掉落的一刹那，猛地惊醒了，被子里的他已浑身是汗。

刘宇轩看了一下手机，凌晨两点二十。此时，窗外有大风吹过，发出"呜呜"的声响。

十五　黄永强

第二天一大早，刘宇轩和周全刚吃过早饭，黄永强就开着一辆白色的小轿车来到院子里。车停好后，他打开后备厢，从里面抱下来一个小型冰箱，然后"噔噔"几步快速推开走廊的大门，又"噔噔"几步将冰箱放到了厨房里。他径直走到刘宇轩的宿舍门口，也不敲门，直接拉开门把手就进来了。

"刘科长，你以后在院子里时，得注意点，我刚才开车看见有条蛇钻到草丛里了。"黄永强也没说冰箱的事，进来就说了这么一句。

"啥颜色的？长不长？粗不粗？"刘宇轩赶紧问。

"浅绿色的，有一米多长，不细呢，应当是条成年蛇。这种蛇有毒呢，我们这地方管这种蛇叫'野鸡脖子'。"

"那就不是昨晚那条蛇，昨晚那条不是这个颜色，也没有你说的这条长。"

"昨晚你看见蛇了？"

"嗯，钻到隔壁了。"刘宇轩用手指了指隔壁的屋子。

"刘科长厉害，搁我一个人打死也不敢在这里睡。"

"睡着就啥也不怕了。"

"今天有什么安排？"黄永强转入正题。

"我正打算找你了解一下村里的情况呢。我初来乍到的，啥也不清楚，很多事情还得黄书记多指导呢。"

"咱们正好想到一块儿了，我给你带来一些资料，你先学习一下，里面关于怎么开展脱贫攻坚说得很详细。你是从大机关来的，文化人，一看就明白。"说着，黄永强从文件包里取出几本文件汇编和文件复印件。

刘宇轩接过一看，全是关于脱贫攻坚的领导讲话、会议精神、通知、决定等。

"等你把这些资料和文件都看完后，你就知道怎么开展脱贫攻坚工作了。"黄永强笑道。

"哎，对了，黄书记成家了吗？"刘宇轩问。

"早成了，小孩儿都两个了。"黄永强道。

"男孩儿女孩儿？"

"一个男孩儿，一个女孩儿。"

"还是你厉害，生活工作两不误，儿女双全。"

"生活倒是没误，工作也就那样。不过这也是小县城和大城市的区别。在小县城，人们普遍结婚生子早，不像大城市里的人们都忙事业呢，所以结婚生子晚一些。"

"在大城市，忙事业是一个因素，另一个因素是生育成本太高。如果夫妻两人都是上班族，孩子在上幼儿园前，存在一个谁照看孩子的问题。家里有老人还行，如果没有老人或者老人指望不上时，就得雇保姆。作为普通工薪阶层，一个月的工资也就够保姆的费用，这还不算奶粉钱。现在的奶粉非常贵，尤其是三聚氰胺事件后更为明显，有点儿莫名其妙。等孩子上了幼儿园后，又存在一个谁接送的问题。其实送还行，关键是接。送的时候大不了早起一会儿早送一会儿，然后再去单位。但接的时候就不行了，幼儿园放学时间一般比下班时间早或和下班时间同步，这就没时间接了，总不能天天请假。最费劲的其实还是在小学，除了谁接送外，还存在一个谁做饭的问题。如果没有人能做饭，就只能送到小饭桌。小学的放学时间一般都比较早，而且还分上下午，所以父母根本没有时间接孩子，更别说做饭了。在大城市，一个孩子就足以让人疲于奔命，这就是为什么国家出台二孩政策后，依旧有人不敢要二胎的原因。但凡敢要二胎的，那都是纯实力派。这还仅仅是教育，其他方面呢？比如住房。当孩子结婚时，咋也得有一套楼房吧，否则往哪儿住呢？现在的楼价比黄金价格都高，对于刚参加工作的孩子，哪能买得起啊？你说父母不帮行吗？而对于工薪阶层的父母来说，上班一辈子攒下的钱也就能买得起一套楼房，这还是在国内三线城市，北上广就不要想了。"

"大城市确实是这样。听说就连上个班还得走三四十分钟，那时间不都浪费在路上了？"

"三四十分钟能到单位，那都是幸运的。如果遇上堵车的话，就不好说了。问题是，堵车在大城市基本已经常态化，就看堵到什么程度，是三天一小堵，还是五天一大堵。"

"其实细想来，生活在小县城也挺不错，至少各种成本低啊。"

"那肯定不错啊！小县城生活节奏慢，人们幸福指数也高。多好啊！"

"那为什么还有那么多人要往大城市挤呢？"

"每个人都觉得舞台越大，就越能实现自己的理想抱负，都觉得居住的城市越大，崭露头角、展示才华的机会就越大，进而成功的概率也越大。这就是为什么有那么多的北漂。但事实并非如此。城市大，人才就多，竞争就激烈。区别就在于，你是选择十里挑一，百里挑一，还是千里挑一？很多人在大城市待上一段时间，如几年、十几年或几十年后，又回到了县城或更小的村庄，为什么呢？因为，摸爬滚打一路走来，人们渐渐明白，适合自己的地方才是最好的，与大小无关，与心灵契合最重要。"

"和你们大机关出来的人聊天，就是长知识、长见识。"黄永强笑道。

"长啥见识呢，都是胡侃，别把你带到沟里就行。"刘宇轩也笑道。

"哎，对了，刘科长家小孩几岁了？"

"我还没成家呢。"刘宇轩笑道。

"真的假的？"黄永强一脸的狐疑。

"真的。"刘宇轩一本正经地回答。

"哎呀，不好意思，我这个人说话太直，有时候不过脑子。"身高将近一米八的黄永强，身材很魁梧，皮肤黄里透黑，一双眯缝着的小眼睛，看人时直直地瞅着对方，给人一种憨厚实在的感觉。

"有啥不好意思的，我这属于大龄单身。"刘宇轩笑道。

"我听刘科长对幼儿园、小学的事讲得头头是道，还以为你已经成家了呢……"黄永强有点儿不好意思，没有继续说下去。

"这些都是从单位同事的聊天中听到的，我只不过是给你转述了一下。"刘宇轩又笑道。

"以刘科长的条件，我觉得找一个女朋友根本不是问题，问题是找一个什么样的女朋友。我估计是你眼光太高。"黄永强笑道。

"主要是一直没有遇到合适的，婚姻的事还是随缘吧。"刘宇轩也笑道。

"嗯哪，嗯哪。"黄永强随即转换了话题，"听说刘科长要来，这两天我还琢磨呢，以后咱们可以一起入户了，我也终于有个伴儿了。"

"好啊，以后咱们就一起入户。"

"行，一言为定。我还有一个表格需要填写，就先不和刘科长聊了。现在上面的各种表格太多了，成天填得人晕头转向的，很多时候加班加点填写各类表格，把进村入户调研的时间都挤占了。还有一些表格需要贫困户亲自填报，但表格设计得太复杂，填写的项目又太多，很多又是专业术语，老百姓根本弄不明白，都得我们帮着填。唉，不说了，我先去趟村部。中午村里还有一个答礼的，吃完饭还得回镇里参加一个会。"

"答礼，答什么礼？"

"村里有个人考下驾驶证了，办了几桌宴席，请人呢。"

刘宇轩听得有些糊涂，问道："考下驾驶证，为什么要办宴席请人呢？现在几乎人人都有驾驶证啊！"

"别提了。刘科长你刚来，还不了解咱们这个地方的一些习俗。这里的人们习惯过本命年。"

"过本命年？"

"比如今年是牛年，他正好属牛，他就要过本命年。本命年怎么过呢？就是办一次宴席，把亲朋好友都请来，然后大家答礼。村子大了，一千多人口，每年过本命年的也不少。有些人礼答得多了，或者手头急着用钱，就想着往回收一些礼，但本命年一轮下来得等十二年，时间太长，有的人等得着急，就挖空心思去想别的办法，找各种名目来收礼。这不，创造性地发明了驾驶证答礼。"黄永强边说边摇晃着脑袋。

"这人有才，连这也能想出来。但这种陋习可不好啊！"

"不好又能怎么样？一种习俗一旦形成，短时间想改变谈何容易啊！"

"这就像一些地方的'十二岁生日宴''升学宴'，尽管政府三令五申禁止，但多少年来，还是屡禁不止。改变的只是形式，从公开到隐蔽，从大张旗鼓变成婉约含蓄。"

"只能慢慢改变了。"说罢，黄永强起身向外走去。

刘宇轩一直把黄永强送到走廊大门外。

黄永强刚走，燕如山就开车过来了，车上还下来几位村民模样的妇女。燕如山告诉那几位妇女，把平房里其他几间屋子都收拾出来，又问刘宇轩昨晚休息得怎么样，早饭吃了没。交代给几位妇女哪几个屋子需要收拾后，燕如山又让周全帮盯着点，生怕妇女们干活偷懒似的。安顿好这些后，燕如山问刘宇轩有没有需要到街里办的事，有的话正好一起去，他要到镇经管站报几个账，顺道买两个节能灯安在院子和走廊里。刘宇轩说暂时没有什么要到街里办的事，他得赶紧看一下黄书记带来的资料和文件，好尽快熟悉工作。燕如山听后笑了，说黄书记真是个急性子，火急火燎的，刘科长刚来也不让好好休息几天，反倒给布置起工作了。说罢，发动引擎一溜烟驶出了大门。

十六　政策

刘宇轩拿出黄永强给他带来的资料和文件，认真地看了起来。

一个个以前从未接触过的词，一句句以前从未听说过的提法渐次进入了他的脑海。

……到2020年，稳定实现农村贫困人口不愁吃、不愁穿，义务教育、基本医疗和住房安全有保障；实现贫困地区农民人均可支配收入增长幅度高于全国平均水平，基本公共服务主要领域指标接近全国平均水平；确保我国现行标准下农村贫困人口实现脱贫，贫困县全部摘帽，解决区域性整体贫困。

…………

坚持中央统筹、省负总责、市县抓落实的管理体制。

…………

要实施"五个一批"工程，即发展生产脱贫一批、易地搬迁脱贫一批、生态补偿脱贫一批、发展教育脱贫一批、社会保障兜底一批，还有就业扶贫、健康扶贫、资产收益扶贫等，总的就是因地因人制宜，缺什么就补什么，能干什么就干什么，扶到点上扶到根上。

……………

必须坚持精准扶贫、精准脱贫，坚持扶持对象精准、项目安排精准、资金使用精准、措施到户精准、因村派人（第一书记）精准、脱贫成效精准等"六个精准"，解决好扶持谁、谁来扶、怎么扶、如何退问题，不搞大水漫灌，不搞"手榴弹炸跳蚤"，因村因户因人施策，对症下药、精准滴灌、靶向治疗，扶贫扶到点上扶到根上。

……………

贫困群众既是脱贫攻坚的对象，更是脱贫致富的主体，要加强扶贫同扶志、扶智相结合，激发贫困群众积极性和主动性，激励和引导他们靠自己的努力改变命运，使脱贫具有可持续的内生动力。

……………

扶贫工作必须务实，脱贫过程必须扎实，脱贫结果必须真实，让脱贫成效真正获得群众认可、经得起实践和历史检验。

……………

看完这些资料和文件后，刘宇轩赶紧给黄永强打了一个电话，问D村现在有多少贫困户。

黄永强没有直接说出贫困户的数字，而是调侃了刘宇轩一句："刘科长，这么快就进入角色了？"刘宇轩笑了笑，说："不赶紧进入角色，跟不上你们的工作节奏啊！"黄永强说："不着急，慢慢来。"刘宇轩说："我这个人天生急性子，慢不下来啊！"

黄永强说："和我性格一样，看来以后咱们好沟通，性格相近的人好交流。"然后才说出了贫困户的数字——七十户。其中这里面稳定脱贫九户，正常脱贫五十户，未脱贫十一户。

"等等，贫困户就是贫困户，怎么还有稳定脱贫、正常脱贫和未脱贫？脱贫户不就是未脱贫吗？脱了贫的还能叫贫困户吗？"刘宇轩听得有点儿晕。

黄永强说："不能硬抠字眼，当初我们刚接触时，也弄不明白这些叫法，但时间一长，就习惯了。上面就是这么划分的，我们只能这样去识别、统计。这叫口径统一。比如，咱们平时习惯说一家有几口人，但人家这里面就叫几人口。同样，时间一长就接受了。"黄永强解释道。

"能不能帮我具体讲解一下，稳定脱贫、正常脱贫和未脱贫分别指的是什么？"刘宇轩又说。

"稳定脱贫就是不再享受国家的相关政策，正常脱贫就是还在享受国家的相关政策，但这两类都属于脱贫的范畴。未脱贫好理解，就是没有脱贫。"黄永强给刘宇轩解释了一遍。

"未脱贫的享受不享受国家的相关政策？"刘宇轩问。

"享受，未脱贫户虽然享受了国家的相关政策，但依旧没有达到国家划定的脱贫线。通俗地讲，就是他们的花费大于他们的收入。"黄永强给刘宇轩解释道。

"能不能这样理解，稳定脱贫就是已经不需要享受国家的相关政策，就是人们常说的可以自力更生了；正常脱贫就是还得享受国家的相关政策，否则还不能脱贫，就是还没有达到自力更生的程度；未脱贫就是虽然享受了国家的相关政策，但依旧没有脱贫，还在国家划定的贫困线以下。是这样吗？"刘宇轩问。

"真聪明！我就说你们大机关出来的干部就是不一样。关于稳定脱贫、正常脱贫和未脱贫三个说法，通俗一点儿理解，就是你说的这个意思。"黄永强笑道。

世事洞明皆学问啊。刘宇轩心里一阵感慨。

十七　入户

刘宇轩和黄永强约好到村里十一户贫困户中最贫困的一户家里看看。

刘宇轩想了解一下，最贫困的那一户到底贫困到了什么程度。

黄永强家住在街里，每天开着自己的白色丰田小轿车来村里，然后晚上再回去。县里或镇里中途有什么会议，开车再返回去。若提前一天接到通知，他第二天就不用跑冤枉路了。

"你每天开着自己的车下乡，单位有车补没？"

"说是到年底时，油费可以报销一些。不含车辆磨损费。"

"黄书记还挺幽默。"

黄永强腼腆地笑了笑。

"对了，咱们要入的这一户，户主叫什么名字？"

"姜少春。"

"多大岁数？"

"五十六岁。"

"因啥致贫？"

"因病。"

"啥病？"

"糖尿病、高血压。"

"配偶是干什么的?"

"配偶好多年前就去世了。"

"没有再娶?"

"拿啥娶呢,谁愿意嫁给他呢?家徒四壁。现在这个社会,人们都现实得很。"

"怪可怜的。家里没有子女吗?"

"有啊,有一个儿子。"

"儿子成家了吗?"

"成家了。"

"这么说儿子是家里的主要劳动力了?"

"是主要劳动力就好了。"

"听你这语气,儿子也有病?"

"哪有病啊?年纪轻轻的,每天活蹦乱跳的。"

"那就奇怪了,那是啥原因啊?"

"懒呗。现在这个社会,只要你四肢健全,不傻不疯没病没灾,怎么能沦落到靠政府救济呢?"

说话间,车子已从砖厂大院驶进了村子,沿着一条像树杈一样分支出来的弯弯曲曲的泥土路朝西而去。

刚行驶了没有二百米,车子就被前面的几只鹅挡住了去路。这些鹅挺着大肚子在街上晃来晃去地溜达着,旁若无人,看到黄永强的汽车时,也丝毫没有躲避的意思,仿佛在说:有尿你撞爷一下!

黄永强见这些鹅迟迟没有让路的意思,摇下车窗,朝鹅群喊了一句"呔!"意图驱赶。谁知这些鹅全停了下来,伸直其弯曲的脖子瞅着黄永强，一副挑衅与攻击的样子。黄永强赶紧又把车窗摇了上来，说了句"惹不起"，然后静等着这些鹅将脖子重新扭回去，慢腾腾地溜达到路旁，车子才开始继续向前驶去。

"现在提倡机动车礼让行人，有些行人却变成了大爷，尤其是那些本来就是大爷的行人，更是大爷中的大爷。这些鹅也在学这些人，一个个比大爷还大爷。"黄永强边开车边笑道。

刘宇轩也跟着笑了起来。

"他家在村西头？"

"嗯哪。"

"嗯哪？"

"嗯哪！"

"嗯哪，是什么意思？"

"嗯哪，就是'是'或'是的'的意思。"

"我来这里后，经常听到人们说这个词。"

"你们那头不说？"

"不说。"

"那你们那头怎么说呢？"

"是，是呢，好，好的。"

"嗯哪，嗯哪。"

刘宇轩忍住没有笑出来，他第一次在对话中听到如此密集出现的"嗯哪"。

伴随着一阵滚滚尘埃，车子停在了村西头路边的一处空地上。

一圈皱皱巴巴的铁丝网以院墙的身份立在那里，将一处空旷的院子围了起来。一路走来，刘宇轩发现这个村子里的院墙基本是泥土墙，偶尔有几家是用石头垒的。

除了院墙是铁丝网外，大门也是铁丝网。大门与院墙的唯一区别是，大门处的那一截铁丝网可以移动，充当着门的角色。如果不仔细瞅，根本看不出这一截铁丝网到底是门还是墙。

在院子里，刘宇轩没有看到大型农用物件，也没有看到大型牲畜，整个院子显得冷冷清清。在院子的北侧，是一间四十平方米左右的土坯房。房子的外墙面点缀着脱落的痕迹，将里面排列着的土坯裸露在光天化日之下，残缺而光秃。每一个刚出炉的土坯原本是棱角分明的，岁月将其打磨得没有了棱角。就像每一个谢顶的中年油腻男，年轻时都曾有一头辉煌的黑发。

看到这种土坯结构，刘宇轩想起了小时候经常在村里观看大人们制作这种土坯时的场景。这种土坯在他们老家叫炕板，制作过程并不复杂，需事先将黏性好一点儿的泥和切碎的麦秆加水后搅拌均匀，然后用铁锹将搅拌后的泥放入一个长约五十厘米、宽约四十厘米、高约六厘米的木制或铁制模子内，用抹泥刀将模子里的泥压瓷实，再将上面的面儿整得光滑平整，将模子轻轻取出后，一个炕板就制作完毕了。摆放炕板时，两块炕板之间要留有一定的间距，用于通风。等炕板裸露在外面的部分全部晾干后，再将另一面翻过来，将其晾干。一个从里到外全部干透的炕板就可以投入使用了，比如砌墙、砌炕、盖房，均可。

两扇灰黑的旧木门镶嵌在土墙内，共同展示着岁月的沧桑。

黄永强推开木门，刘宇轩跟着走了进去。

屋子被一堵墙隔成了内外两间，两间的出入处同样是一扇旧木门。

外间最里面是锅台，锅台上是一个直径不小的铁锅，铁锅上是一个蒸笼，蒸笼上是锅盖。锅台旁边堆放着各种袋子，袋子旁边是盆子、坛子、罐子、玻璃瓶等杂物，杂物往外延伸处是灰渣和玉米秆，再往外延伸就是刚才的那两扇木门。外面的人如果不太注意的话，推开门后，一不小心就会一脚踏到玉米秆上。

里间的最里面是一个火炕，炕上铺着一块乌黑发亮的油布，油布上挨墙角处叠放着一摞同样色调的被褥。地上摆放着一个旧木柜，从其色泽和款式看，应当是二十世纪七八十年代的产物。一面没有边框的镜子挂在离门不远的墙上，旁边是一个每天可以撕扯一页的日历。

刘宇轩被眼前的场景震撼了，心里不由得"咯噔"了一下。如果不是亲眼所见，他打死也不会相信，现在居然还有这样的人家。这样一处"怀旧"风格人家的存在，显得与这个时代格格不入，仿佛是专供人们回忆过去那个特定的年代的。

"家里没有人？"刘宇轩问。

"应当有人呢。"黄永强说。

说话间，两人又出屋站在了院子里。

"没锁门就应当有人呢。"刘宇轩推断。

"这地方，人们白天都不锁门。"

"不锁门不怕丢东西？"

"像他家这种，还有什么可偷的东西吗？"

"别人家为什么也不锁门？是这个村子治安好吗？"

"治安倒还行。如果你不锁门，别人进来后就不能确定你到底在不在家；如果你一锁门，那就可以确定你不在家。你说锁门安全还是不锁门安全？"

"厉害啊！这都玩的是空城计啊！"

"老百姓的智慧是无穷的。"

"真是高手在民间啊！"

两人在院子里站了好一会儿，依旧没有看见姜少春的身影。

两人朝院门口走去，准确地说，是向铁丝网豁口走去，快走出铁丝网豁口时，一个中年男人走了过来。

黄永强赶紧介绍说："刘科长，这就是姜少春。"

"老姜，给你介绍一下，这是咱们村新来的帮扶领导，刘科长。"

刘宇轩赶紧上前一步，握住姜少春的手："你好，老姜。"

"你好，刘科长。"

姜少春的手像一把肉做的锉子，粗糙而有力，这是几乎所有干体力活儿的人的手的一个共同特征。

刘宇轩一时有点儿不知道说什么好，问了一句："生活上有什么困难吗？"

"我这个房子夏天漏雨，冬天下雪后漏雪水。"姜少春用手指了指他那间土坯旧屋子。

"我们尽快帮你维修。"刘宇轩说。

"谢谢领导了。"姜少春露出了一脸憨厚的笑容。

"其他还有什么困难吗？"刘宇轩又问。

"别的暂时没有了，有的话，我再和领导反映。"

刘宇轩和姜少春又聊了一些生产和生活方面的话题，黄永强中间和姜少春也聊了一会儿，两人便离开了。

刘宇轩本来打算给姜少春留下几百元钱，表示一点儿心意，但在来姜少春家的路上，黄永强特别提醒他，不要给贫困户钱，不能让他们产生"等、靠、要"的思想。带着一丝遗憾，刘宇轩和姜少春挥手再见。

在回去的路上，黄永强和刘宇轩又聊了一些姜少春的情况。黄永强说，如果姜少春的媳妇没有早早去世，如果他的儿子勤快一些，如果……他的生活就完全不是现在这个样子了。

刘宇轩说，命运就是这样，有时候常会和人开一些玩笑，而有些玩笑的幅度开得有点儿大。

黄永强把刘宇轩送到砖厂大院后，掉头走了。

院子里走廊大门前的灯已经亮了，估计是周全打开的。刘宇轩这才发现，天已经黑下来了。他有点儿纳闷，这里的天怎么黑得这么早，就像白天亮得那么早一样。他估算了一下，这里晚上至少比他所在的 H 市早黑四十分钟，就像白天至少比 H 市早亮四十分钟一样。

刘宇轩正要推门进去，一抬头发现，灯的四周竟然全是飞舞着的飞蛾。他想起了成语"飞蛾扑火"。可能古时候还没有发明灯罩，所以没有"飞蛾扑灯"一词，仅留下了"飞蛾扑火"。刘宇轩记得，他曾看过一篇关于飞蛾为什么要扑火的资料。据说，飞蛾原本依靠日光、月光或星光的指引飞行。当飞蛾在直线飞行时，它在任何一个位置上与光线形成的夹角都是一个固定值。但是，如果离一些光源太近时，如蜡烛、火把、灯光等，飞蛾飞行的路线就不是直线了，而是一条不断折向光源的等角螺旋线。人们一直将"飞蛾扑火"理解为自找死路，自取灭亡。这样的理解显然是不对的。"飞蛾扑火"并不是有意去自杀，而是实实在在被"火"误导了。刘宇轩特意驻足观看了好一会儿"飞蛾扑灯"的景象。他发现，这些飞蛾喜欢亮光已不是一般意义上的喜欢，而是有些执着了。这些飞蛾不知疲倦地飞舞着，不离不弃，其追逐光明的意志让人感动，完全达到了"信仰"的境界。无论干什么事情，一旦上升到信仰的高度，就有点儿坚如磐石的味道了。有人说现在的落马官员基本没有什么信仰，如果说有，也是信仰权钱色。翻看官员落马的原因，竟然惊人的相似，不外乎权钱交易、权色交易和权权交易，不论什么形式的交易，核心还是为满足个人的私欲。如果一个真正有信仰的人，还会有个人私欲吗？走进佛教圣地就会发现，那些虔诚的佛教徒一步一叩首的举动，向世人展示了什么是真正的信仰。如果官员的信仰也如此坚定的话，还会去搞权钱色交易吗？鉴于此，非常有必要让那些落马官员在夜晚的灯下，集体观摩一下"飞蛾扑灯"的景象，这对其改造思想、洗涤灵魂大有裨益。

"刘科长，你怎么站在门外不进来？"听到周全的招呼声，刘宇轩才从飘扬的思绪中走了出来，推门进去了。

十八　另外十户

刘宇轩早晨刚洗漱完毕，燕如山就将车子开到了砖厂大院里。

燕如山见刘宇轩也没吃早饭，就打算和他们一起吃，却不见周全的身影，于是转身推开了周全的屋门。

周全正上身穿着一件二股筋背心，下身穿着一条大裤衩呈"大"字形躺在床上，呼呼大睡。他旁边放着一床被子。

"这小子昨晚肯定又喝酒了，睡觉连被子都不盖，真他妈尿性。"燕如山自言自语，"周全，起床啦!"他朝着周全吼了一声。

周全没有反应，鼾声依旧，丝毫不被外界所干扰。"看这状态，指不定多晚才回来，弄不好是凌晨回来的。"燕如山又自言自语。看看周全还没有动静，燕如山"咣当"一声将屋门重重地关了上去，又返回刘宇轩的屋子。

燕如山说："刘科长，走吧，咱们到街里吃一口，周全那小子喝多了，起不来了。"

刘宇轩说："咱们要不煮面吃? 厨房里有挂面呢。我俩每天早晨基本都煮挂面吃呢。"

燕如山说："别每天吃挂面了，今天改善一下伙食，去街里吃吧，街里有一家早餐店，做得还不错，咱们简单去吃一口。"

两人上了车，沿着土路向北走去。六七分钟后，拐到了一条柏油路上。又走了十多分钟，进入了县城的街道。过了一个红绿灯，转了一个弯，又过了一个红绿灯，又转了一个弯，在路南的一家早餐店门前，燕如山停下了车。

燕如山说这家早餐店每天人很多。

两人推门进去，一楼的十多张长条桌子旁边果然都坐满了人。

"咱们一会儿上二楼，二楼有地方呢。"燕如山说。

"你们经常来这里?"

"嗯哪。"

两人各要了两张牛肉馅儿饼、一个鸡蛋、一碗小米粥，然后每人端着一个塑料托盘上了二楼。二楼人果然少一些，好几张桌子都空闲着。

两人刚坐下，一个服务员就走了过来，在一个小本子上记录着两人所点的东西，然后开始计算费用，"一共20元。"服务员说。

"微信支付?"刘宇轩站起来，掏出了手机。

"嗯哪，扫这个二维码就行。"服务员把挂在胸前的一张塑封二维码卡片举了起来。

"坐下，坐下，哪能让刘科长结账呢，今天我请客。"燕如山一把把刘宇轩摁了下去，然后用微信快速支付了20元。

"下次我请你。"刘宇轩笑着说。

"你这么大的领导请我可不能吃20元的，咋也得请吃大餐，是不?"燕如山笑道。

"没问题，我早就有这个打算，等过一段时间工作都理顺后，我请大家吃大餐。"

"开玩笑呢，还真让刘科长请啊？"

"请，请！反正每天咱们也得吃饭嘛。"

两人都"哈哈"笑了，开始用餐。

"刘科长会做饭不？"燕如山问。

"会煮挂面。"刘宇轩说，"鸡蛋也会煮呢。"

"然后呢？"

"然后，然后就没有然后了。"刘宇轩笑道。

"都一样，我也是，我也不会做饭。"燕如山也笑道，"听说昨天刘科长和黄书记入户去了？"

"到姜少春家里了解了一下情况。"

"魏主任没和你们一起去？"

"没有，我没招呼他。你们平时家里都有事，除了村委会这一摊儿，还得弄地里的活，还有牛羊啥的，不像我和黄书记，我俩是全脱产。"

"刘科长不要客气，需要我和你入户时，直接说一声。你们如果不来的话，这些入户的工作还不得我们村干部来做？你们来了以后，是帮我们工作呢，是给我们减轻工作负担呢，对不对？"

"我们能入户的尽量我们入户，需要你们一起入户时，肯定会叫你们。"

"嗯哪，嗯哪。对了，姜少春没和你们提什么要求？"

"没提啥要求，就是说屋子漏雨。对了，我们从他家回来后还一直没见到你和魏主任呢，得赶紧帮他把屋子修好。别过几天一下雨，屋子又漏雨。"

"这个姜少春，你不了解，你刚帮他解决完一件事，他就会立马找你再解决另一件事，没完。"

"不能吧？我们去他家，他别的也没说，只说了这一件事。"

"人家一件一件来。这件漏雨的事不是还没弄完吗？弄完后自然就会提出另一件事了。那脑子，好使得很。你刚来还不了解情况，时间长了就知道了。"

"不管怎么说，赶紧先帮他把漏雨的事情处理好，以后的事情以后再说。"

"嗯哪，嗯哪，我们尽快给他维修。对了，刘科长，我从村部弄了两把椅子，刚才忘了给你放下了，一会儿放到你宿舍里，省得大家去你宿舍商量事情时没有一个坐的地方。主要是你住的地方离村部有点儿远，又没有车，走路还得二三十分钟，否则你到村部办公也行呢。不过你要是真到村部办公，连坐的地方都没有，只能和我们挤一张桌子。唉，先这样将就一段时间吧，看看下一步能不能改善一下办公条件。不过话又说回来，其实在哪儿办公都一样，要么是你到村部，要么是我们到砖厂大院，反正来来回回就咱们几个人，在哪儿碰头都一样，是不是？"

"我到村部办公也行呢，正好走走路锻炼锻炼身体，平时没事时我还晨跑二十多分钟呢。"

"主要是村部没有多余的屋子，总不能让你这么大个领导和我们挤在一起吧？过段时间咱们再看看。刘科长还是先暂时在你宿舍办公吧。有事时我们过去找你，毕竟我们有车呢，我们去找你比你去找我们方便。"

"我咋都行，有个地方坐就行，我倒不嫌和你们挤，只要你们不嫌挤就行。"

"哪能呢？不能让你这么大一个科长和我们挤一个小屋子，多过意不去呢！"

两人边聊边吃，一会儿的工夫早餐就吃完了。

"刘科长有没有要到街里办的事？正好来街里了。"

"没啥事。"

"那咱们就回去。"

刚走出早餐店的大门，燕如山又转身返回去："刘科长，等我一下啊！"

三分钟后，燕如山再次走出了早餐店，手里拎着一个塑料袋子，"给周全那小子买了两张馅儿饼"。说罢，打开车门，将塑料袋子扔到了挡风玻璃下面的中控台上。

二十多分钟后，汽车又停在了砖厂大院。

两人从车后座把两把椅子取了下来，一人拎了一把放到了刘宇轩的宿舍里。燕如山又把装有馅儿饼的塑料袋子放到周全的屋子里，屋门打开的瞬间，传来了周全抑扬顿挫的呼噜声。

燕如山说了一句："刘科长，没啥事我就先回去了，有事打电话。"说完就开着他的老款捷达车驶出了院门。

燕如山前脚刚走，魏谦厚开车驶进了院内。

"刘科长，刚去街里吃早点了？"

"你咋知道的？我们刚回来。"

"你是我们村里最大的领导，你的一举一动，我们都得关注啊！"

"厉害，厉害！情报工作做得不错。"刘宇轩笑道。

"啥情报工作，村里老百姓正好在街里办事，看见你俩吃早点了。"

"然后他们第一时间给你做了汇报？"刘宇轩又调侃道。

"我刚不说了嘛，你是我们村最大的领导，你的一举一动我们都得关注嘛！就像电视新闻里的领导，无论他们干个啥事，当地的老百姓都很关注，一个道理嘛。"魏谦厚笑道。

"我哪是领导呢？我就是来协助你们开展工作的。这两天忙啥呢？"

"没忙个啥，就是地里点活，再就是弄弄牛，弄弄羊。听说昨天你们去姜少春家了？"

"了解了一下姜少春家的情况。"

"姜少春没和你们说点啥？"

"没有，就说屋子漏雨呢。"

"嗯哪。"魏谦厚点了点头，没再继续姜少春的话题。

燕如山和魏谦厚问的问题都一样，有点儿意思。刘宇轩心里想。

"哦，对了。"魏谦厚像又想起了什么，"以后入户时需要我的话，说一声，我随时和你入，毕竟我对这个村子的情况熟悉嘛。"

"需要的时候，肯定招呼你。"

"刘科长，去街里办事吗？我正好去趟街里。"

"暂时没有什么需要办的事。"

"那你忙，我先走了。"说罢，魏谦厚走了出去，发动汽车引擎，一溜烟驶出了院子。

魏谦厚刚走，黄永强的汽车就停在了院子里。

"黄书记，我琢磨了一晚上，这七十户贫困户里，未脱贫户是十一户，其余五十九户是脱贫户。在这五十九户里，不管怎么称呼，是稳定脱贫也好，还是正常脱贫也罢，反正中心语都是'脱贫'，也就是说，这五十九户的贫困程度相对轻一点儿，对不对？所以我想把当前的工作重心放到这十一户未脱贫户上，因为咱们已经到过姜少春家了，所以近期先把剩余的十户走访一遍。但是呢，为了彻底摸清这些贫困户的情况，不管是稳定脱贫、正常脱贫，还是未脱贫，我想来一个摸底大排查，统计归纳一下这些贫困户的致贫原因到底是什么，这样咱们才能找准病根儿，对症下药，精准施策。等走访完这十户后，就开始对其他五十九户进行走访，你觉得怎么样？"黄永强刚迈进宿舍，刘宇轩一口气将他昨晚思考的东西全部说了出来。

"人们都觉得我性子急，我觉得刘科长比我性子还急，我脚还没站稳呢。"黄永强笑道。

"你坐，你坐。"刘宇轩笑着把他床对面的一把椅子拉了过来。燕如山送来的两把椅子马上就派上了用场。

黄永强坐在椅子上，没有立即说话，而是不停地眨着他那双眯缝着的小眼睛，显然他在思考刘宇轩刚才所说的话。

"可行。"约莫两分钟后，黄永强终于吐出了两个字，"统计出致贫原因，就找到了病根儿，找到了病根儿，就可以对症卜药；抓住了未脱贫户，就抓住了脱贫工作的突破口，就抓住了精准扶贫的关键。"黄永强像自言自语，又像在背诵什么，嘴里念念有词。"还是刘科长牛，我就说嘛，大机关来的就是不一样，会抓工作，关键能抓住工作的重点。我琢磨了好几个月也没琢磨出个道道来，你这才来几天啊！"黄永强显得有些激动，直接站了起来。

"其实，我自己有点儿拿不准，这不是想征求一下你的意见呢。"刘宇轩说。

"你还是想到我前头去了。咱们就这么干。"黄永强说道。

两人取出贫困户信息表，又商量了一些具体入户时的细节，以及上午和下午分别几点入户等事宜。

在接下来的一周时间里，刘宇轩让黄永强带着他接连将其余的十户未脱贫户全部走访了一遍。

至此，全村十一户未脱贫户刘宇轩已全部走访完毕。每走访完一户，他心里就很不是滋味，等全部走访完毕后，他心里更是五味杂陈。这些贫困户的状况是刘宇轩之前没有想到的。他们虽然比最贫困的姜少春强了一些，但也强不到哪里去。姜少春除了贫困以外，还有一个特点就是家里的卫生状况太差。卫生虽然是表面上的东西，但代表了一种精神风貌。家里越埋汰，越脏乱差，就越给人一种贫困的感觉。就像相同身份的两个人，一个打扮得光鲜亮丽，另一个却蓬头垢面，人们就容易将后者划入另一个身份阶层里。

这十户人家几乎呈现出同一个模式——破损的土坯房，残缺不齐的土坯院墙，院中央孤零零的辘轳井，木制的牛车，走风漏气的陈旧木门，屋内既非瓷砖又非水泥的土地面，过气的家具，二十世纪七八十年代的年画……

大学毕业后，刘宇轩就一直在城里工作，几年来，他的所见所闻也几乎全在城里这一范畴，这里人们的衣食住行都与这个时代紧密关联着。他也一直以为，时代发展到今天，大多数的人们过着类似于城里人的生活，即便农村和城里有一点儿区别，也不会太大。偶尔会看到一些大山深处的新闻，如孩子们滑着索道上学、留守儿童自杀等，他以为这是极少数现象，是一些被社会遗忘的零星角落，并不具有代表性。但当他将其余十户贫困户全部走访完毕后，他发现，虽然那些极端事件在这里没有出现，但他们的生活状况并不怎么乐观。从那时起，他意识到之前他的认识是片面的。

他又想起了自己多年前的农村生活。那时候，只有在过年时才能穿上一身新衣服，或局部新衣，或清洗干净的一身旧衣。那时候，也只有在过年时，才可以放开肚子急头白脸地吃一顿肉食，是不计可能会引起"积食"后果的那种。那时候，平日里人们吃的主食大都是馒头、面条和莜面，只有过年过节时，才可能改善伙食，吃到油饼、炸糕或饺子，而饺子又代表了当时的最高伙食标准。这一切都是多年以前的事情了。但在入户走访的这段时间里，他仿佛又看到了那个时候的缩影。

他记得有位作家曾说过，幸福的家庭都是相似的，不幸的家庭各有各的不幸。几天的入户走访，他发现，这句话倒过来说其实也是正确的，那就是——不幸的家庭都是相似的，幸福的家庭各有各的幸福。

他掏出自己的笔记本，一行行地仔细看着这十户的家庭情况。

贫困户情况统计表

姓名	人口	年龄	文化程度	健康状况	劳动技能	贫困原因
于三娃	3	35	小学	健康	普通劳动力	缺资金
朱建国	3	38	初中	健康	普通劳动力	缺资金
高 山	4	55	小学	慢性病	普通劳动力	因病(高血压)
林建林	3	40	小学	健康	普通劳动力	缺资金
何中华	3	37	小学	健康	普通劳动力	缺资金
郭奋斗	3	42	小学	健康	普通劳动力	缺资金
马腾云	3	39	初中	健康	普通劳动力	缺资金
罗 辉	4	43	小学	健康	普通劳动力	缺资金
梁之健	3	44	小学	慢性病	普通劳动力	因病(高血压)
谢 军	3	53	小学	慢性病	普通劳动力	缺资金

看了几遍之后，一些共同的东西便显现出来了，这些贫困户整体学历偏低，其中又以小学学历居多；青壮劳动力占主体，年龄基本在三十岁至五十岁之间，五十岁以上的仅有两户；缺资金是导致贫困的主要原因，因病致贫的仅有两户；因病致贫中，病种均为高血压，即慢性病，这又与这个地方的高盐饮食习惯有关。

在入户走访的过程中，通过与这几户老百姓的聊天，刘宇轩发现，他们一个共同的特点就是收入少，而收入少的原因是地里的玉米收成少。地里的玉米收成是他们的主要收入来源。玉米收成少的原因是玉米在生长过程中没有及时得到水分，没有及时得到水分的原因是靠天吃饭，而天不怎么下雨。常年雨水不充足，导致了他们的玉米产量一直不怎么高。

如此一来，提高玉米产量是当前需要解决的主要问题。刘宇轩在心里反复推敲着。

如何提高玉米产量呢？那就在玉米需要水分的时候及时给予水分。怎么才能保证及时呢？既然老天靠不住，那就只能靠人。有了，打井，发展水浇地！刘宇轩自问自答着。

刘宇轩为自己的这个主意高兴了好一会儿。稍稍平静后，他又想，为什么这个村的老百姓没有想到打井呢？是没有想到，还是想到了却无法实现？

为稳妥起见，他并没有立即将自己的这个想法告诉别人，他需要更多的数据支撑。因为这毕竟只是十户人家存在的问题，是否具有代表性，还需要把其他五十九户走访完毕后，再作定论。

又用了四十多天的时间，刘宇轩和黄永强将五十九户贫困户全部走访完毕了。

黄永强非常怕狗，但凡知道要入的这户人家里有狗，他都要叫上燕如山、魏谦厚、韩晓生三人中的一人和他俩一起入户。

刘宇轩没有单独入过户。在刘宇轩刚来的时候，黄永强就和刘宇轩说过，最好不要一个人入户，如果他不在的时候，可以叫上村委会的其他人一起入户。刘宇轩当时有些不太明白，问为什么不能一个人入户。黄永强的回答是一个人入户时，有些事情怕说不清楚。刘宇轩还是没有听明白，又问为什么一个人入户时有些事情就说不清楚，两个人入户时就能说清楚。黄永强解释：一个人入户时，人家家中如果正好只有一个小媳妇或大姑娘，是该待在人家家里继续了解情况呢，还是该扭头出来呢？如果是和一个小媳妇或大姑娘共处一室大半天，村里人多嘴杂，怎么能说清楚呢？尽管大家都知道入户走访是事实，但别人会怎么想呢？

刘宇轩恍然大悟。

其实按照正常速度，基本一天可以保质保量地走访完两户，即上午一户、下午一户，但有些住户或到地里干活去了，或外出办事去了，或有其他事情，总之总有预料之外的事情发生。所以，将这五十九户全部走访完毕，用了四十多天的时间。每走访完一户后，刘宇轩都要做详细的笔记。等这五十九户全部走访完，厚厚的笔记本已用了二分之一多，他还是正反两面记录的。

刘宇轩将这五十九户的信息逐一统计、对比、归纳后发现，这五十九户的基本情况和上次那十户的基本相同，缺资金是致贫的主要原因。这五十九户中有五十三户属于缺资金，占了绝大多数，有四户是因病致贫，均为慢性疾病高血压，有一户是因残致贫，还有一户是因学致贫。

刘宇轩觉得前期工作已做得差不多了，可以和黄永强以及村"两委"班子探讨解决这些贫困户收入不高的问题了。

十九　水井

星期一上午，黄永强召开了"双书记"周例会、村"两委"班子会议和村民代表大会联席会议，让本来就不怎么宽敞的会议室顿时挤满了人。

"双书记"是驻村第一书记和村党支部书记；"周例会"是每周固定一个时间，比如周一上午，召开的围绕脱贫攻坚及时解决群众生产生活中的困难和问题的会议。这些都是刘宇轩来到这里后了解到的情况。之前，他还真不知道有"双书记"这么一个词，至于"周例会"，很多单位是有的，但把"双书记"和"周例会"结合到一起，也是头一次听说。这可能就是所谓的创新。其他像村"两委"班子会议和村民代表大会，刘宇轩之前也有所耳闻。

来到 D 村后，刘宇轩已经参加了好多次这样的"双书记"周例会。每次在召开"双书记"周例会前，村委会院子里的大喇叭便早早开始播放音乐，里面全是二十世纪八九十年代的怀旧歌曲，如车继铃的《最远的你是我最近的爱》、毛阿敏的《渴望》、郑智化的《水手》和《星星点灯》等。刘宇轩站在二里地之外的院子里，都可以清晰地听到那优美的旋律。歌曲还是老的好，值得去回味。因为每一个人心中都藏着不被别人知悉的秘密或故事。那不经意的一首歌会瞬间掀起一段尘封的记忆。后来刘宇轩才知道，喇叭里播放的歌曲全是魏谦厚专门从网络上下载下来的。看来，只要热爱生活，人生处处都可以创造乐趣。

这次的会议很重要，因为涉及全村的收成问题，所以该来参加会议的一个也没有少。

会前刘宇轩已经把自己的想法和黄永强、燕如山、魏谦厚做了简单交流，大家一致觉得这是一个非常好的建议，但执行起来会有困难，因为打井涉及经费问题，而且村里的水位很低，费用就会更高一些。

燕如山在会前问刘宇轩，这件事用不用召开村"两委"班子会议。

刘宇轩说："必须召开啊，而且以后但凡这种和全村老百姓利益息息相关的大事，建议不但要召开村'两委'班子会议，还要召开村民代表大会。一来是让老百姓知晓咱们要干什么，二来要广泛听取大家的意见，三来这也是上面的要求。所以，以后我们做的每一件事情一定要程序合规。"

几人都将目光投向了刘宇轩，那是几道赞许的目光。

黄永强清了一下嗓子，宣布开始开会。刘宇轩发现，清一下嗓子成了会议开始前很多主持人或主讲人的必然程序，仿佛不清一下嗓子，会议就有缺项一样。

黄永强将本周需要做的几项工作布置完毕后，燕如山宣读了一份镇里关于"三禁"（禁牧、禁伐、禁垦）方面的文件，要求大家散会后把文件精神传达到各自的包联对接户。魏谦厚强调了一下村里的环境卫生情况。第四项议程便轮到刘宇轩了。

黄永强看了一眼刘宇轩，朝他扬了扬脖子，说了三个字"刘科长"，言外之意是"刘科长，该你了"。

"最近一段时间，我和黄书记、村委会的几位领导对全村的七十户贫困户进行了一次入户大排查，发现他们致贫的一个共同原因就是地里的农作物收成低，收成低的直接结果就是收入低，而造成收成低的主要原因就是咱们这里的气候条件——干旱少雨。所以，我有一个想法与大家共同探讨，看是否可行，那就是在咱们村打一定数量的水井，以解决农作物不能及时得到水浇的问题。"刘宇轩说完后，环视了一下会场，"大家可以充分发表意见。"说完，他往后靠了靠身子。

"刘科长，我觉得打井这个想法非常好，咱们村十年九旱，如果真能打出几口井来，确实可以解决玉米的灌溉问题。别说这七十户贫困户了，就是整个村子里的老百姓都会受益的。"村妇联主席张秀花第一个发言。

"打井肯定是好事，这个井打好后，是只给这七十户贫困户用呢，还是村里的其他老百姓也可以用？"村民代表梁小军问。

"肯定是村里的老百姓都可以用。"刘宇轩进行了解答。

"如果是这样的话，费用从哪里出？是村委会拿钱，还是让村里的每一位用户出钱？现在一口井没有一万多元恐怕打不下来吧？咱们要打的话，肯定不止一口，这样下来，是一笔很大的费用。"梁小军又提出了自己的想法。

"嗯哪，要打的话，肯定不止一口，数量少了也解决不了问题，所以费用肯定也不会少，村委会也没有这笔钱。"魏谦厚接过了话茬。

燕如山沉思了片刻，说道："事绝对是好事，但是费用这块儿确实是个问题。"

"我打算找一家爱心企业，让企业赞助一下，这是我的初步计划。"刘宇轩说道。

"只要能解决费用问题，不用咱们村里出钱，又能为村里的老百姓增加收入，还能带动贫困户脱贫，这样的好事，我全力支持，举双手欢迎。"燕如山说话时显得有些激动，之前刘宇轩和他们沟通时，只是说想要打井，并没有提到经费的事，刚才听刘宇轩的意思，看来这几天他把经费的事情也考虑了。

"我也是这个意见。只要是能为老百姓增加收入的好举措，我都赞成、配合、积极支持。"魏谦厚说。

"这个项目太好了，造福老百姓的事情。同意，同意。"韩晓生说。

"同意""同意""我们都同意"，会议室内顿时响起一片此起彼伏的热烈响应声。

会议顺利结束了。

走出村部，刘宇轩发现外面已是扬沙天气，黄灰色的尘土弥漫在上空，太阳发出微弱的光芒。早晨还是晴空万里，转眼就变了天。

"刘科长，坐车走吧，别步行回去了，否则吃一嘴沙子。"黄永强在后面说道。

"行吧，今天看来是走不成了。"刘宇轩跟着黄永强上了车。以往村部开会时，刘宇轩都是走着来，然后走着回。好几次黄永强都问有顺车为什么不搭，刘宇轩说：不是不搭，是想多走几步路呢。再之后，人们都习惯了刘宇轩的这种出行方式。

"风再大的话，扬沙就变成沙尘暴了。"黄永强边开车边说道。

"咱们这个地方沙尘暴天气多吗？"刘宇轩问。

"不少呢。尤其是春秋两季。"

"什么时候能不刮沙尘暴，那该多好啊！"

"短时期内看来是不可能了。"

汽车驶进了砖厂院内。

二十 爱心企业

"刘科长，你心里真的有数吗？爱心企业从哪里找？找谁？"黄永强跟着刘宇轩走进宿舍，接着又说道，"今天的会议可是村里规模最大的一个会啊，那可是'双书记'周例会、村'两委'班子会议和村民代表大会三会联席啊！一旦实现不了，会让你的威信大打折扣，对你今后开展工作也是非常不利的。"

"今天这个会议我心里非常清楚，一旦失败带来的后果我心里也很明白，但这么大的事情，必须让老百姓提前知晓，也要充分倾听大家的意见。当然，这件事我也可以私下里运作，等到快要成功时再在会上一宣布，但我觉得这样做不太好，还是让老百姓事先知晓好。至于我有多大的把握，说实话我心里也没有底。具体找哪家企业，对方愿不愿意赞助这笔费用，我真还没有多大的把握。"刘宇轩说完后，长吁了一口气。

"哎呀，我的刘科长，我还以为你已经联系好爱心企业了，你这决定太草率了，早知这样咱们就不开这个联席会议了，你这不是给自己挖坑嘛！"黄永强右手重重地拍在了大腿上，一副追悔莫及的样子。

"试一试吧。不去试，怎么能知道会不会成功呢？"刘宇轩笑了笑。

"也只能这样了。"

这时隔壁厨房传来了做饭的声音。

两人停止说话，打开宿舍门又都来到厨房。

周全正在厨房里站着，眼睛盯着眼前的铁锅。他见刘宇轩和黄永强走了进来，说了句"今天咱们吃烩菜"。锅盖没有盖，热气从锅里飘了出来，袅娜的身姿消失在一尺高的空中。锅里的土豆、白菜、粉条伴随着沸腾的热汤，在"咕嘟、咕嘟"地波动着。

三人用餐后，都到各自的屋子休息去了。上次燕如山让人把其余三间屋子收拾出来后，里面各摆放了一张单人床，说以后大家也好有一个休息的地方。这里面的一间周全已经用了，另外还空着两间。黄永强今早来开会的时候，从车里取下一套行李，说他以后中午不回家时，就在这里休息，还便于和刘科长交流工作。这样一来，这排平房在白天里突然显得有了人气。人气这东西，全靠人数支撑。刘宇轩一个人住在院子里，孤零零的。当周全住进来时，院子还是有点儿冷清，因为幽灵一样的周全很少在这里待着。当黄永强也搬进来时，院子就显得正常了，感觉确实有了人气。当然了，这都是白天的事。一到晚上，周全走了，黄永强也走了，空荡荡的院子里就只剩下了刘宇轩一个人，一切又恢复到了从前。一次，燕如山问刘宇轩："你来的头一天晚上魏谦厚不是说以后要来陪你嘛，还说第二天晚上就来，最后来了没？"刘宇轩笑了，说："我能让他来吗？"燕如山说："他那人说话满嘴跑火车，你真让他来他也不会来。"又说："其实我是真打算晚上来陪你的，但是你不是不让大家来嘛，所以我也就一直没过来。"刘宇轩又笑了，说："晚上你们谁都不用过来，在家好好照顾嫂子和孩子，我自己敢住呢。"至此，关于晚上来陪刘宇轩的话题便没有人再提起，刘宇轩依旧一个人住在这占地约七十亩的大院内。

刘宇轩回到宿舍后，并没有立即午休。他掏出手机，开始翻看通讯录。他在寻找能和企业挂上钩的突破口。

从通讯录里的第一个字母 A 开始，一直翻到最后一个字母 Z，一千多个名字如流水般划过去了，竟没有找到一个合适的。刘宇轩不由得一阵感慨，通讯录储存着上千人，但关键时候可以求助的又有几人？他有点儿不甘心，从头又翻了一遍，担心在第一遍翻看时有遗漏掉的名字。这次翻的时候，他把速度放慢了许多。每到一个名字时，他都要停顿一下，想一下这个人是干什么的，然后再划到下一个名字。当翻到字母 S 时，一个名字突然引起了他的注意——史飞龙。这是他高中同学，现在在自治区一家乳业公司上班。该乳业公司比较热衷社会公益，赞助的大型社会公益活动的新闻经常见诸报端。刘宇轩一下子激动了起来，仿佛看到了救星。他刚要摁下那个手机号码，立马又把手缩了回去，因为他看到手机显示的时间为中午一点半。这个时间正是人们午休的时候，打过去会影响对方休息。多年来，刘宇轩一直有午休的习惯，所以他深知午休的重要性。他中午如果休息不好，一下午都会昏昏沉沉，像喝多了酒，即便到了晚上，依旧萎靡不振，像中午的酒劲儿还没有过去一样。所以，在午休的时候他最怕有骚扰电话打进来。记得刚参加工作时，在一次部门例会上，老主任因午休的事情对一位刚入职不久的同事进行了挖苦式的批评。老主任问那位同事："你是不是对我有意见？你迟不打，早不打，为什么一到中午我午休的时候就给我打电话汇报工作？你是故意不让我休息的吧！"会议室里顿时响起人们的哄堂大笑声。那位同事臊得低下了头。

刘宇轩把手机放到了一边，打算等过了两点半再给史飞龙打电话。两点半基本是国内通用上班时间，这个点儿打电话没什么毛病。离两点半还有一个小时的时间，他觉得正好可以休息一会儿。为防止睡过头，他在手机上设置了一个两点半的闹钟。之后，他便闭上了眼睛，但过了很久，依旧没有一丝睡意。他知道老毛病又犯了，心中一有事就睡不着觉了，而且事越大，越无睡意。他开始琢磨着电话拨通后的情景，史飞龙会不会帮这个忙。论职务，史飞龙已经是这个公司的部门经理，属于单位里的环节干部，是有能力协调这件事的。论交情，他俩的关系在同学里虽不是走得最近的，但也不远。这几年他们一直没有中断过联系，虽然联系得并不频繁，见面的频率也不太高，但偶尔会通一个电话，电话里也没有什么事情，就是聊聊天。除了史飞龙的职务和两人的交情外，另一个问题是，如果史飞龙愿意帮忙，公司有没有这笔经费？假如有这笔经费，公司愿不愿意投放到这个项目上来？这一切都是未知数。

刘宇轩觉得脑子越想越有点儿痛，索性不再思考这个问题，很快睡意便袭来了。也不知是刚睡着，还是正要睡着的时候，闹钟响了，他迷迷糊糊地伸手将闹钟关掉，很想再睡一会儿，但还是强行睁开了眼睛，怕睡过头误了事。

刘宇轩重新找到史飞龙的电话号码，拨了过去。

"刘科长好，这点卡的，我刚坐到椅子上。"电话那头传来了史飞龙爽朗的笑声。

"这不是怕打扰你午休嘛，还设置了闹铃。"刘宇轩笑道。

"还是你讲究，理解人，还怕打扰我午休呢！不像咱们那帮同学，一喝多了，大半夜还打电话，哪管你午呀夜呀的！现在把我整得，一到睡觉的时候就赶紧关机。我这睡眠质量本来就不好，手机调成振动都能把我弄醒。就因为这个事，前几天还让公司领导质问了一次。领导问我为什么晚上把手机关机了，我说怕酒鬼同学骚扰呢。领导一下子笑了，说都一样。看来他也经常被骚扰。对了，你这大领导掐着点打电话，是不有事呢？"

"你就别损我了，我这级别也能叫领导吗？还大呢？真有个事想找你帮忙呢。"

"能为刘科长服务，看来我还是有一点儿存在的价值的。"

"你价值可大了，岂止是一点儿！"

两人都"哈哈"大笑。

"是这样的，我们单位前段时间把我派下来扶贫了，单位帮扶的这个村子自然条件比较恶劣，人们靠天吃饭，但十年九旱，所以老百姓的收入非常低，这样就出现了大量的贫困户。我想给他们打几眼水井，提高一下他们的收成，增加一点儿他们的收入。但这不是缺钱嘛，没钱就没法打井。你们公司一直积极承担社会责任，常有公益善举，所以我就想到了你们，看能不能帮帮这个村子，帮打几眼水井，让那些贫困户早日脱贫。"

"前几天咱们同学说你到挺远一个地方的村子扶贫去了，我还以为他们开玩笑呢，看来是真的啊！你说你好好的城里不待，跑到一个偏僻的村子里受那罪干啥啊？"史飞龙有点儿想不通，

"我看你这进入角色的速度还挺快啊，刚去几天就开始张罗着为老百姓提高收入了，真是党的好干部啊！现在我们的干部要是都能像你这样，那就好了。"史飞龙有些感慨。

"我们的干部绝大多数是好的。"刘宇轩笑道。

"我看坏的也不少呢，你看全国各地那些落马的官员，数量还少吗？"

"咱们还是谈谈水井的事情吧。"刘宇轩又笑道。

"你们需要打多少眼井？"史飞龙回到了正题。

"大约有五十眼井就基本能解决老百姓的灌溉问题了。"五十眼井的数量是上联席会议前，刘宇轩和黄永强、燕如山、魏谦厚几人共同计算出来的。刘宇轩向他们三人透露想给村子打井时，顺便询问了井的数量。对于打多少眼井可以解决老百姓的灌溉问题，刘宇轩和黄永强还真不会计算。刘宇轩在农村生活的那段时间，村里没有水浇地，完全靠天吃饭。黄永强是在镇里长大的，没种过地。燕如山和魏谦厚比较熟悉，尽管他们村子里没有水井，但其他村子里的水井他们见过，也咨询过。燕如山说，按一眼井灌溉一百亩计算，全村大约有八千亩地，也就是说理论上需要八十眼井，但有些地是坡地，存不住水，有五十眼井足够了。魏谦厚点了点头，说五十眼井足够了。刘宇轩又询问了每眼井的造价。燕如山说按村子里井的出水深度，一眼井下来估计得一万二到一万五。魏谦厚说差不多，也就这个数。

"每眼井得多少钱？"史飞龙又问。

"村支书和村主任预估，应当得一万二到一万五。"

"加上配套费，一眼井按两万元估算，得一百万元。一百万确实也不是个小数目了。"

"所以就想到了你这个大经理。"刘宇轩笑道。

"打井这个事确实是个好事，咱们都是从农村出来的，没有水，庄稼肯定长不好，但是公司在年初的时候，已经把预算做好了，里面没有公益水井这一项，麻烦就麻烦在这里了。"史飞龙叹了一口气。

"你看你们这个预算能不能变通一下？脱贫攻坚是党中央提出的重大决策。打赢脱贫攻坚战，中华民族千百年来存在的绝对贫困问题，将在我们这一代人的手里历史性地得到解决。这是我们人生之大幸。现在国家正举全国之力进行精准扶贫、精准脱贫，而且这确实是一件造福老百姓的好事、实事、大事，是功在千秋的伟业。这么说吧，就是无论怎么肯定，一点儿都不为过。"

"你说的这些关于脱贫攻坚的东西我们都懂，我们每天也看新闻呢，而且我们公司也一直在做公益。再说了，从私交上讲，你去驻村扶贫，仅这一点就值得我们敬佩，于情于理我都应当帮助你。但企业也有自己的规章制度，而且预算这东西是很严肃的，不能说变就变，说突破就突破，那就如同儿戏了。"

"照这么说，这个事是不够呛能做成？"刘宇轩感觉希望有点儿渺茫。

"有难度。"电话那头是史飞龙低沉的声音。

"我也不能太为难你。如果实在操作不成的话，我再想想其他办法。"

"这样吧，你等我电话，我找一下分管副总，看能不能追加预算。"

"追加预算？"

"是，追加预算。"

"太感谢老同学了！回去我请你吃饭，代表全村的老百姓。"刘宇轩的情绪一下子从谷底又蹦到了山峰。

"你先别高兴得太早了。我去请示一下领导，批了批不了，我心里也没底。你回来的时候，还是我请你吃饭吧，我代表全村的老百姓向你致以崇高的敬意。"

"你也'代表'全村的老百姓，我也'代表'全村的老百姓，不知道全村的老百姓同意被咱们'代表'不？"刘宇轩调侃道。

"为他们办好事，擅自'代表'一下，他们应当会同意吧。"

"那我就等你的好消息，'代表'全村的老百姓。"

"好。"史飞龙那头挂断了电话。

五天过去了，刘宇轩一直没有接到史飞龙的电话。在这段时间里，每当手机铃声响起时，刘宇轩都会满怀期待地瞅着屏幕，希望看到的是"史飞龙"三个字。在等待的日子里，黄永强问过一次打井的事有没有进展，刘宇轩说联了一家企业，还没有给正式回复。黄永强"哦"了一声没有再继续问下去。

又过了一周，依旧没有史飞龙的电话，刘宇轩觉得事情泡汤的可能性已经很大了。他开始回想黄永强在联席会议散会后和他说的话，莫非自己真的草率了？但他依旧觉得先征求老百姓的意见，再联系企业，程序是正确的。他依旧觉得先联系好企业，再召集大家开会，有点儿不太好，虽然这样自己不会被动。这期间，刘宇轩参加了两次村里的"双书记"周例会。会后，燕如山和魏谦厚分别小心翼翼地向他打听打井一事的进展情况，当得到正在等待企业回复的信息后，两人的回答也近乎一致——这个村靠天吃饭多少年了，想一下子改变现状难啊！这次弄不成也无所谓，等下次再找机会。这些话既像在安慰刘宇轩的情绪，又像在表达本来就对打井一事不抱任何希望，觉得刘宇轩如果真能打成井，倒有些奇怪了。但两人都没有这么直接地说出来，只是明白人一眼就能看出来，或一耳就能听出来。

二十一　出水

就在刘宇轩对史飞龙的公司彻底不抱希望的时候，他的电话竟打来了。

人世间的事就是这样，当你越期盼想要得到什么的时候，你所期盼的东西就离你越远，像在故意躲避你；当你不再期盼无欲无求时，很多东西就自己送上门来了，像在额外补偿你。于是，一些想开的人便将"顺其自然"一词挂在嘴上，常去安慰教导那些还在纠结于某事而不能自拔的人。

那是又一个星期的星期二上午，刘宇轩、黄永强和韩晓生正入户为建档立卡贫困户张贴《X 县脱贫攻坚工作明白卡》。

三人刚从于三娃家出来，正要进入梁之健家。

梁之健家养着一条大黑狗。它听到三人开大门的声音，便朝着他们"汪汪"猛叫，把身上拴着的绳子绷得直直的，恨不得挣脱绳子给三人每人来一口。

黄永强躲在刘宇轩的身后，说："刘科长，我最怕狗了。韩秘书，快喊老梁出来，让他把狗看住！"刘宇轩说："我也挺怕这玩意儿的，小时候我让狗咬过。"黄永强问刘宇轩当时有没有打狂犬疫苗。刘宇轩说没打，当时狗主人只是用狗毛蘸着温水在伤口处揾了一会儿，就没事儿了。黄永强又问这是啥时候的事情。刘宇轩说是他七八岁时候的事情。黄永强一脸惊讶地说："那你居然没……"后半截话他没好意思说下去，言外之意是刘宇轩居然没有狂犬病发作。

刘宇轩笑了笑，两手一摊，说："你看，我不是活得好好的吗？"黄永强说："专家说了，被狗和猫咬后，必须在第一时间打狂犬疫苗，否则狂犬病发作容易死人。"刘宇轩笑了一声，说："现在有些所谓的'专家'出来说话时，尽说一些言不由衷的话，有些是代表某些利益集团出来站台的，比如过度夸大狂犬病毒。不是所有的狗都携带狂犬病毒的，就像不是所有的猫都携带狂犬病毒、不是所有的蛇都有毒一样。"

听着两人站在墙根儿下聊天，韩晓生自告奋勇地从后面走到他俩前面，说："不要怕，这狗不咬人，别看它凶，它还从来没下过口呢。"

黄永强撇了撇嘴，说："等下口的时候迟了。"

这时，梁之健推开门急匆匆从屋子里跑了出来，冲着狗大吼一声"别咬了！"狗乖乖地停止了吠叫，低着头，像做错了事的孩子，拐了个弯，返回狗窝旁。

几人进入梁之健家后，黄永强说："老梁，这是《明白卡》，你在上面签个字确认一下。贴到墙的哪个位置？"

梁之健也不看《明白卡》上面各个栏里都填写了些啥内容，拿起黄永强递过来的笔，问："在哪儿签字？"

黄永强用手指了指《明白卡》最底端的"贫困户（签字）"位置，梁之健在上面歪歪扭扭地写下了"梁之健"三个字。

刘宇轩一直觉得他的字已经写得非常丑了，自从来这里扶贫后，他发现他的字还不是最丑的。

"就挨着这几张贴吧。"梁之健用手指了指墙壁处已经张贴了一大片其他宣传资料的空地说道。

刘宇轩瞅了瞅这片宣传资料,上面有贴息小额贷款的,有扫黑除恶的,有"三禁"的,有新时代文明实践的,还有防范鼠疫的。

"把一堵墙都快贴满了,也没得到个啥实惠,成天尽整些没用的。"梁之健嘴里嘟囔了一句。

"这不是帮你脱贫嘛,脱贫不就是最大的实惠吗?"黄永强说。

梁之健站在那里也不言语,一副既不肯定也不否定的样子。

这时,刘宇轩的手机铃声突然响了,他掏出手机一看,"史飞龙"三个字赫然出现在了手机屏幕上。

"估计是事没有弄成,这小子要给我解释一下。"刘宇轩本能地做出第一反应。

"刘科长,忙啥呢?还在村里呢?"史飞龙开门见山地问。

"村里呢,正在入户。史经理居然有时间给我打电话?"刘宇轩笑道。

"你上次给我下达指示后,我这段时间不是一直在努力完成任务嘛。"

"我哪敢给史经理下达指示,求史经理帮忙还来不及呢!这么说有好消息?"刘宇轩一颗已趋于死寂的心一下子又恢复了生机。

"确实是好消息。公司董事会通过了。"

"太好了!谢谢老同学啊!我代表……不代表了,谢谢你们公司啊！"刘宇轩觉得幸福来得太突然了。

"你也不用太客气，这件事本来可以提前几天定下来，但我们董事长前段时间出国了，所以董事会一直没开成。昨天董事长刚回来，今天上午就召开了董事会。还是刘大科长运气好，会上副总经理刚说了一句'有一个项目需要追加预算'，就被董事长直接打断了，说：'追加预算的事就不要议了，除非有特别重大的事项。'弄得副总经理还挺紧张，纠结说还是不说，最后他还是说了。结果大家一听是脱贫攻坚的事，会上还真破例通过了。我列席了董事会，所以一散会，就第一时间赶紧向你汇报啊！"

"还真不是我运气好，关键是你们公司好，是这个村的老百姓有福气。对了，你们公司做了多少预算啊？"

"会上领导说了，要帮忙就一次性彻底解决村民的灌溉问题，不能象征性地打几眼井走过场，所以基本按你说的五十眼井做的预算。每眼井按两万元预估，一共是一百万元。当然，也许一眼井用不了这么多钱，这要看井的深度，但预算肯定得多做一些，防止不够。如果有剩余的话，省下的钱再打回公司账号。"

"太给力了！预计什么时候启动？"刘宇轩激动得声音也拔高了几个分贝。

"快，估计很快施工队就会去村子里和你们对接。对了，会上领导也说了，为了保证资金能够精准用于打井这个项目上，公司负责找专业的施工队。工程验收后，费用直接转给施工队，不经你们当地的手。"

"只要把井打成功了，我们就谢天谢地了，经费怎么运转是你们公司的事。"

"估计过几天我也得去你们村子里一趟：一来，会上领导说了，这个事谁提议谁负责；二来，顺道去看看你。对了，你去了多长时间了？"

"热烈欢迎史经理大驾光临，我们一定盛情款待。我来这里将近两个月了。"

"款待啥呢？别款待了。你去了之后一直没回过？"

"还没呢。"

"你们没有假期吗？"

"有假期呢，每个月驻够二十天，就可以休息，原则上是这样的。"

"那你为什么一直没回去？"

"这不是忙得走不开嘛，刚熟悉工作，我得尽快进入状态啊！"

"真是党的好干部。大禹是三过家门而不入，你是有假期而不回。你俩有一拼啊！"

"你就别损我了，我给大禹倒洗脚水人家都未必用我。"

"你也别谦虚了，这个村能遇上你这样的好干部，真是他们的福分啊！那就先这样，过几天我过去和你联系。"

"好。"刘宇轩的一颗心终于落到了肚子里，这些天来的担心终于烟消云散了。

一直在旁边听刘宇轩接听电话的黄永强和韩晓生，呆呆地站在那里，表情僵硬。当刘宇轩挂断电话后，两人似乎才恢复了正常。

"哎妈呀，居然真的成功了！"黄永强长吁了一口气。

"太不可思议了。"韩晓生喃喃说道。

"这么说从今以后，我们可以有自己的水浇地了？"梁之健脸上终于露出了笑容。自刘宇轩三人进入他家后，他脸上就没有出现过笑容，始终是一副不喜不悲的表情。"这么说，这次还真能得到点实惠了。"梁之健又嘟囔了一句。

一周后的一个下午，史飞龙带着施工队来到 D 村。

在村委会会议室，双方召开了碰头会。

听说赞助企业代表来了，徐若谷、甄建设、邢石专门从镇里赶了过来，村"两委"班子成员以及村民代表悉数参加。本来就不大的会议室愈发被挤得水泄不通，几乎有空隙的地方就坐着一个人。

刘宇轩请徐若谷主持会议，徐若谷说这件事从头到尾是刘宇轩一手操作完成的，他不太清楚，坚持让刘宇轩来主持。刘宇轩便没再谦让。

刘宇轩分别介绍了参会双方，并再次代表 D 村向史飞龙及其公司表达了谢意。然后会议进入实质阶段，主要围绕这五十眼井打在什么位置、D 村水井的出水深度是多少、配套措施、施工进度等事项进行了详细讨论。经过热烈的交流，基本达成了一致意见，即将五十眼水井均匀分布在成片集中区内，力争做到成片区内灌溉全覆盖，根据计算后的结果每一眼水井落到谁家地里就在谁家地里打井。临近山坡的少量耕地，由于坡度太大，不宜建井，暂时保持原样。根据村里现在使用的吃水用井的深度判断，新打的水井深度应当在十米以上，但不会太深。然后大家又讨论了需要的配套设施。因施工队带来两套专业打井设备，分两班作业，估计半天就可以打好一眼井，所以施工周期预估为一个月。

会议在一片热烈的掌声中圆满结束。

燕如山和魏谦厚围着史飞龙不停地表达着他们的感激之情，并说晚上一定要好好款待史飞龙。

徐若谷接过了话茬，说史经理帮村里解决了这么大的事，在全镇乃至全县都是大事，怎么能让村里安排呢，晚上必须镇里安排。

史飞龙笑了笑，说："晚上你们谁也不用安排，我请大家吃饭。"

甄建设说："哪能让史经理安排呢？你们帮了我们这么大的忙，我们感激还来不及呢，怎么也得让我们尽一下地主之谊啊！"

燕如山在一旁说："事情确实是大事，就像刚才徐书记说的，这事搁到全县都是大事，但是我们村是直接受益者，晚上必须我们村里安排，镇里不能和我们抢，我们就想表达一下村里老百姓的感激之情。"

史飞龙朝燕如山笑了笑，说："等你们村子什么时候脱贫了，什么时候再请我。"

刘宇轩在旁边插了一句："那个时候谁知道你在哪儿呢？逮也逮不住，你这大忙人。"

史飞龙笑着说："到时候专门再来一趟。"

刘宇轩说："谁信呢？这样吧，晚上你们谁也别争了，我请。我来村里也有一段时间了，还没有正式招呼大家吃过饭呢，今天正好人来得也挺全。"

史飞龙说："你请也不行，你是来扶贫的，而且从两千多里外的地方跑过来，你也是客，哪能让你请呢。晚上我请。"

魏谦厚在一旁说："史经理这么远赶过来，为了我们村的事舟车劳顿，我们咋也得尽地主之谊啊！"

史飞龙说："你们的心意我已经领了，我刚才也说了，等你们村脱贫的时候，你们再请我。"

燕如山执意想请史飞龙，又说："如果史经理不想让我们村委会破费，到我家吃也行啊，咱们杀只羊。我个人请总行吧？"

史飞龙笑了笑，说："我们公司也有纪律要求呢，不能接受被资助对象的宴请。"

燕如山非常认真地又问："个人请也不行吗？"

史飞龙说："个人也不行。再说了，不能为了填饱肚子就杀生，羊也是一条生命啊！"

徐若谷和甄建设看史飞龙执意不让大家请客，便不再坚持。

"那咱们恭敬不如从命，就听史经理的吧。史经理是咱们里面唯一挣年薪的，就让他破费点吧。"刘宇轩笑着说。

史飞龙笑了，说："是啊，大家应当给挣年薪的人一个表现的机会，尽管年薪是两位数，还是以 1 打头的。"

众人都"哈哈"大笑。

在 X 县街里的一家火锅店，史飞龙宴请了大家。

徐若谷、甄建设、邢石、刘宇轩、黄永强、燕如山、魏谦厚、韩晓生、施工队负责人，坐了满满一桌。人逢喜事精神爽。为了庆祝 D 村的这一大事件，大家一个个心情都非常激动，推杯换盏，直喝到各个都有了醉意，才恋恋不舍地散去。席间，人们挨个向史飞龙敬了酒，表达了对他和他所在公司勇担社会责任、积极投身公益的敬意。人们又挨个向刘宇轩敬了酒，表达了对刘宇轩的敬佩之情，说刘科长前世一定和 D 村有着不解之缘，说不定前世就是 D 村的人。席间，也有人感叹，人生在世，有一个好同学多好啊，像刘科长和史经理这样的。

一个月后，五十眼井全部竣工。

徐若谷说这么重大的事情，应当有一个竣工仪式，而且应当邀请县里的有关领导出席一下。

于是一个简单的竣工仪式在 D 村举行了。地点选在了一眼离村子土路最近的水井旁。在仪式正式开始前，燕如山从街里买来一条红绸子挂在了这眼水井的井房上。

县里应邀出席活动的领导是一位分管农业的秦副县长。秦副县长把事先准备好的讲话稿从衣服兜里取了出来，郑重地读了一遍。讲话稿的大致意思是水井建成后将彻底告别 D 村没有水浇地的历史，对 D 村农作物产量的提高以及农民增收，乃至 D 村的早日脱贫，必将产生重要而深远的意义。

在听到秦副县长宣布"开闸放水"四个字后，站在水井旁负责开闸的村民代表梁小军往上一合闸，一股胳膊粗的清澈的水流沿着水管喷涌而出。围观的群众顿时发出热烈的欢呼，久久没有停息。

二十二　小动物

刘宇轩居住的那排平房背后，是一片面积较大的耕地，耕地往北的尽头是一座大山。这是从近距离看的。如果从远距离观看，整个废弃砖厂的大院都被四周的群山环绕着。也许正是因为这样的居住环境，各种各样的小动物才会经常光顾刘宇轩的住所。

当忙碌了一白天，黄永强和村"两委"班子成员都各自回家后，在空旷的院子里，一个人的刘宇轩是最孤独的。他常常在天还没有黑下来之前，要么沿着院子或院外那条土路行走，像一个赶路的行脚僧；要么坐在一处台阶上，观察着周围的世界，比如天空中一朵游走的云，比如地面上一只蹦跳的鸟。这种状态一直持续到数年后他离开这个帮扶的村子。受刘宇轩影响，后来单位增派来的驻村队员和再后来的技术员，要么和他一同行走在那条已经不再是土路的路面上；要么和他一同坐在一处台阶上，观察着周围的世界，比如天空中一朵游走的云，比如地面上一只蹦跳的鸟。

一日，又到夕阳西下之时，群鸟归巢，孤零零待在院子里的刘宇轩突然有所感触，便作了一首小诗，并配几张照片发在了朋友圈——"看遍南山望北山，越过西山见东山。田园一片夕阳里，夕阳又在山外山"。竟引来朋友圈里的一片评论和点赞。久居城市的人们看到乡村的这般田园景色，自会少不了一番赞叹。就如一个人天天吃米饭，偶尔吃一顿白面馒头，就会觉得非常新鲜，甚而可口。但如果长时间让其吃白面馒头，他又会觉得索然无味。正如在这个四面环山且人迹少有的地方，时间一久，便没有了那番田园意韵。

这些来来往往的小动物中，最早引起刘宇轩注意的，是一只白色与灰黑色相间的鸟。这只鸟叫什么名字，刘宇轩不得而知。它会经常出现在院子里，蹦蹦跳跳地寻觅着食物。他几次试图仔细观察一下它的容貌，但它警惕得很，没等走到它身旁，便飞走了。遇到的次数多了，刘宇轩还是大致看清了它的模样。它拥有与燕子相仿的身材，不同的是，它脖子下面有一圈白色的羽毛，其实除了脖子下面，它的整个肚皮也长满白色的羽毛。在两肋处，两道白色的羽毛向上延伸着，一直到达了背部，背部则被一层灰黑色的羽毛完全覆盖着。从整体上看，这几种颜色的搭配显得非常靓丽。它尽管很怕人，而且一见到刘宇轩走过来就即刻飞走了，但飞走归飞走，该来时它还照样会来。一日，院子里突然出现了很多蝗虫，这只鸟也出现了。它低头觅食的同时，不时将整个身子跳起来，在半空中啄着蝗虫。由于其注意力全在捕获猎物上，刘宇轩这次走到它跟前时，它竟没有觉察。这给了他多看它几眼的机会。可没过多久，它抬头突然发现了他，即刻又飞走了。

另一只引起刘宇轩注意的鸟是凤头百灵。这只鸟会经常来院子里，低头寻觅食物——有时是一条虫子，有时是一粒种子。鉴于附近一带没有水源，他便用一只废弃的盘子盛满了水，放到它经常活动的地方。结果它离盘子远远的，像有意在疏远，又像是无意的漠视。如此一来，他终究没有见它喝过一次水。然而，几天后，在一处低洼的地方，他发现了一个鸟窝，里面蜷缩着四只幼崽，每一只都是毛茸茸的。听到脚步声后，它们都张大了黄嫩的嘴巴，以为又有食物了。每一张张开嘴巴的幅度夸张而搞笑。随着这几只幼崽的出生，凤头百灵出现的频率也高了起来。他几乎每天都会在凤头百灵不在时，过去偷偷瞅几眼幼崽。幼崽生长的速度非常快，也就几天的工夫，那个小小的窝已放不下四只"庞大"的身躯，有两只已被挤到了窝外面。又过了两天，当他再去观察时，这四只幼崽警惕地向四周跑去，那一刻它们还不会飞翔。一天后，他再过去时，已鸟去窝空。

　　在这个院子里，刘宇轩竟意外遇见了螳螂。在他的印象中，螳螂大都是绿色的。但院子里的这只偏偏是浅黄色的。他用手乿一下它的身体，它也不飞走，而是转过身来，做出一副迎战的姿态。这让他想起了成语"螳臂当车"。这个成语虽然是用来比喻自不量力的，但从另一个角度看，螳螂勇气可嘉。纵观螳螂的一些过往行为，它确实具备勇者的基本素质。他曾看过一些螳螂的视频，被其壮举深深折服。它敢和一只猫去搏斗，敢去抓捕一条小蛇，敢去攻击一只青蛙，敢和蝎子一战……比起未等交手就夺路而逃的懦夫，螳螂终究是可敬的，尽管一些对手强大到一出手就会让它一命呜呼。也正是鉴于螳螂这种敢打敢拼的性格，人们便模仿螳螂的打斗招式，发明了螳螂拳。一个善于逃跑的动物，人们是不会模仿其模样创立拳术的。比如，就不曾听说过有"蚰蜒拳"或是"土鳖虫拳"。他另一次见到的是两只浅绿色的螳螂。

它们长时间停留在晾晒的木耳上，没有离去的意思，这让他一度怀疑它们对菌类也感兴趣。当然这是几年以后的事情了。还有一次他见到颜色发灰且接近枯叶的螳螂。这只螳螂扒在窗户的纱窗上，一动不动，一副病恹恹的状态。那时已入深秋，民间有"秋后的蚂蚱"一说，看着这只螳螂，他想到了"秋后的螳螂"。

刘宇轩见到的另一种昆虫是中华蚱蜢。一只像蚂蚱却又比蚂蚱小几号的浅绿色小虫，经常停在墙根儿处，抬着尖尖的脑袋望着他，头上两根细长的触角伸向半空，像八十年代黑白电视机上的两根天线。其整个身子扁而长，脊梁处像是由两根马莲草拼接而形成的一个拱门。他试图俯下身子仔细观察这只小家伙，它却几个跳跃蹦到了别处。一次，他刚走到院子的一处草坪边，几只中华蚱蜢便争前恐后地向四周蹦去。由于起跳的时间不一，一只刚跳了起来，另一只就落了下去，此起彼伏，像是湖面上那些腾空而起的鱼儿。

与院子里的世界相比，刘宇轩的宿舍里却是另一番天地。

一来整个居住环境潮湿，二来是平房，刘宇轩的被子和褥子经常潮乎乎的，像被水蒸气过滤了一遍，盖到身上特别不舒服。每到周末，刘宇轩都会在一个阳光明媚的上午把被子和褥子取出来晒一晒，一直晒到日落西山。尽管如此，刘宇轩还是患上了荨麻疹。他起先并不知道这种皮肤痒后一挠就会起一个大包是什么情况，以为是被蚊子叮了一口。后来他发现情况有些不对劲。袜口处、裤腰处，但凡勒得紧的地方一出汗便痒，用手一挠便起大包，再挠就成了连片状。刘宇轩平日里最怕看见分布在皮肤上的那些密集的东西。记得有一次，他到单位一个部门的一位将近退休的男处长办公室办事，发现男处长的脸上突然多出来十余处黑斑，刚看了一眼，顿时觉得心里不舒服。他赶紧三句并作两句，言简意赅地说完大致情况后，站起身来急匆匆离去。刚走出这位处长的办公室，走廊里迎面走来一位男同事，正是这位处长所在部门的员工，平时和刘宇轩关系不错。刘宇轩非常不解地问："你们处长脸上怎么突然多出来这么多黑斑，是生病了吗?"同事鬼头鬼脑地瞅了瞅四周，见没有其他同事，压低声音一脸坏笑地说："人家处长做美容了，脸上打了激光，那是激光留下的印，还没好呢。""男人还做美容?"刘宇轩张大了嘴巴。"少见多怪!现在男人做美容的多了去了!"说罢，这位同事将他一双半死不活的眼睛往上挑了挑，嘴角顺势往旁边撇了撇，然后迈着六亲不认的步伐向前走去。

刘宇轩特意上网查询了一下，他这种症状有可能是密集恐惧症。好在他对其他密集的东西没有感觉，唯独对人的皮肤敏感。

刘宇轩赶紧致电他在 H 市的一位医生朋友，询问这是什么病。这位朋友在听完刘宇轩的描述后，像算卦先生一样问了他两个问题：一、你住的地方是不是很潮湿? 二、你屋子里是不是有风? 刘宇轩连声说"是""是"。刘宇轩屋子里的窗户经常走风漏气，即使拉上非常厚实的窗帘，也能感受到清风拂面。朋友说："你这是荨麻疹，我一会儿给你开个药方，发到你手机上，你照着吃上一段时间，几个疗程后应当能控制住。"刘宇轩得知这病不传染，一颗悬着的心便放了下来。

也许同样是潮湿的缘故，刘宇轩的宿舍成为各种小动物频繁光顾的场所。小动物之所以前来，他觉得除了潮湿外，还有一个原因是土壤。他认为有土壤的地方就有生命，有生命就会有运动。有位哲人说，生命在于运动。这些生命一运动，就来到了刘宇轩的宿舍。距离产生美，距离太近产生交集。

从理论上讲，如果走廊大门关上的话，这些小动物是进不来的。但实际情况是，走廊的那两扇大门一直敞开着，即便关上，下面的门缝也有 1 到 2 厘米不等的缝隙，对于这些小动物来说，这缝隙已是康庄大道了。

即便是平房内那几间宿舍，门的离地间隙同样都在 1 到 2 厘米之间。如果生一个火炉，且发生了一氧化碳泄漏事故，预计对人体都构不成任何伤害，毕竟这门缝的通风效果太好了。

最早闯入刘宇轩宿舍的是一只小老鼠。

小老鼠是啥时候进来的，他并没有觉察。它试图离开时，被他发现了，因为在晚上的时候他把宿舍的门关上了。

小老鼠从他后来购置的布衣柜底下从容不迫地走了出来，试图从门缝下面溜达出去，但尝试了几次，皆以失败而告终。门缝虽宽，还没有达到它身子那样的宽度。小老鼠重新溜达回布衣柜底下。他赶紧取来手电照射，想看看这家伙在下面干什么，以及下一步将向何处去。那厮竟然淡定地看着他，丝毫没有惧意，其眼神释放出来的意思是明确的，即他的存在对它构不成任何威胁。看着那厮的眼神，他觉得它对一些事物，包括人，存在误判。看来它还是太年轻，对这个社会不了解，也即通常所说的社会经验不足。根据他过往多年与老鼠打交道的经验，没有老鼠不怕人，也没有老鼠不怕手电照射。那厮，竟然是个例外。如果抛开年龄小不谙世事这种可能，一只老鼠能活出这种洒脱范儿，也是一种境界。他打开了宿舍门，它大大方方、大摇大摆地走了出去。

一天后，周全和刘宇轩说，他刚才打死一只小老鼠。刘宇轩赶紧问老鼠有多大，周全用手比画了一下，大小和那只进入他宿舍的小老鼠基本吻合。

刘宇轩默默感叹："小老鼠已殁，终年两岁（预估），虽当日从宿舍潇洒而出，仅多活一日。命也。"

再之后，进入刘宇轩宿舍的小动物的种类日渐丰富，有蚰蜒，有土鳖虫，有蜘蛛，有飞蛾，有蚱蜢，有螳螂，有青蛙，有蛤蟆，有蚊子，有蛐蛐，有身体呈绿色、时蹦时飞追逐灯光的袖珍小飞虫，有缓慢爬行状如屎壳郎的黑色硬壳物种，有既能展翅飞翔又能快速爬行、身体黑亮状如蟑螂的物种，有身体呈黑色、细而软、爬行时扭来扭去的物种……

如果在小时候，这些小动物一旦进入领地，刘宇轩必让其有来无回。但随着年龄的增长，他发现大家活着都不易，包括这些小动物，人家又没有招惹自己，只不过来串个门，又何必置它们于死地呢？老子曾说"天地不仁，以万物为刍狗"，人们对这句话理解得有些偏颇，其实老子讲的是天地对万物都一视同仁。天地尚且如此，我们又何必横插一杠？

时间一久，这些小动物也习惯了刘宇轩的宿舍，来来去去，进进出出，有时一天不来一只，有时一天会同时前来几只甚至十几只，而那些身体呈绿色、时蹦时飞追逐灯光的袖珍小飞虫出现时则数以百计。正是通过对小动物种类和数量的观察，他发现，它们的活动轨迹与天气有着密不可分的关系。否则它们不可能在某一天突然就消失得一干二净，然后又在某一天突然成群结队地出现。

无论是人还是动物，对周围环境和其他物种都有一个适应性，当一方不再打击或消灭另一方时，后者便不再害怕或躲避前者。这就如刘宇轩与宿舍里的小动物。鉴于他对它们的不理不睬、不打不灭，它们见到他时也表现得不怎么害怕，或者说，它们见到他时就像没有见到他一样。

就这样，刘宇轩与它们互不骚扰，相安无事。

马晓倩获知刘宇轩这里的情况后，说了一句："有这么一群小动物每天陪伴着你，不寂寞啊。"刘宇轩说："是啊！"知己就是这样，话里都有弦外之音。

每当夜色降临后，刘宇轩便从院子里起身回到宿舍区。简单吃上一口后，他要么翻看关于脱贫攻坚的一些文件汇编，要么琢磨白天的工作还有哪些没有做完，以及明天还需要做什么。当感觉一天下来太累时，他会取出一本文学类读物看上一会儿，然后洗漱熄灯睡觉。

他已习惯了这种孤独。他常拿"耐得住寂寞，守得住清贫"这句话来勉励自己，但后来发现，这句话不完整，于是他又补充了一句"忍得住孤独"。

二十三　基础母羊

"黄书记，你发现没有，咱们这个村子既不是单纯发展农业，也不是单纯发展畜牧业，而是两者都在发展，但老百姓家里的牲畜数量不太多。无论是羊，还是牛，或是其他，都象征性地点缀在老百姓的院子中，不成规模。"刘宇轩和黄永强在一次入户回来的路上交流着。

入户已成了刘宇轩的常态化工作。用韩晓生的话说："刘科长不是在入户，就是在入户的路上。"虽然是同样的一户贫困户，但每一次入户走访的收获都不一样。这是刘宇轩总结出来的。随着对刘宇轩的逐渐熟悉，贫困户们也开始敞开心扉和他谈一些自己的心里话，不再有所保留或遮遮掩掩。刘宇轩曾和黄永强专门交流过一次，他说："老百姓其实都是淳朴善良的，只要你对他们好，他们就会对你好。哪怕你只给他们解决了一件你认为的小事，他们都会记着你的好。这个世界上没有平白无故的'刁民'，所有人都想把光鲜亮丽的一面呈现在别人面前。所谓'刁民'，都是被周围环境逼迫出来的，比如一些地方发生的强拆，比如一些人员的野蛮执法。所以，没有不合格的老百姓，只有不合格的官员。"黄永强非常赞同刘宇轩的观点，并说了一句通俗易懂的话："谁都不是傻子，你对人家好或者不好，人家能感受不到吗？"

"是呢，我也发现这个问题了。这个村六畜样样都有，但样样都不兴旺。"黄永强很形象地总结了一句。

"这也是为什么咱们这个村有这么多贫困户的另一个原因，不但农业收入低，畜牧业收入也低。前一阵子，解决了水浇地的问题，老百姓在农业方面的收入肯定会有一个大幅度的提升。但咱们要两条腿走路，畜牧业的收入也要跟上来。这样老百姓的腰包才会鼓起来，他们才能尽早脱贫。"

"有道理。刘科长打算从哪方面入手呢？"

"我有一个想法，不知是否成熟。我想找我们单位投入一些资金，给这些贫困户每人分两只基础母羊，让母羊进行繁殖。这样一来，大羊生小羊，小羊长大后再生小羊……老百姓家里的羊很快就会成倍繁殖。到那时，走进贫困户的院子时，就能看到或大或小的羊群，那将是怎样一种美好的景象啊！"

黄永强呆呆地望着刘宇轩，眼睛有些湿润："刘科长，看得出你真心想给这个村子里的老百姓办实事，真是党的好干部啊。"

刘宇轩笑了笑："这只是我的想法，不知能否实现。"

"你有这个想法，就已经是这个村的老百姓几世修来的福分啊！"

两天后，刘宇轩回到了单位。这也是他驻村扶贫后的第一次回家，其间已有三个多月。

按照文件要求，驻村工作队员必须全脱产。所以自从刘宇轩到达 D 村后，他就属于全脱产状态，和原来的部门在业务上已经完全脱钩，归人事处直接管理了。

赵处长在办公室里热情地和刘宇轩握了手。

"宇轩，这段时间辛苦了！脸都晒黑了！不过这是健康肤色。哎，我怎么感觉你头发变少了？"赵处长显得有些惊讶。

"脸倒是确实晒黑了，每天就在外头跑呢。头发变少了吗？我怎么没感觉？"刘宇轩笑道。

"莫非是我的错觉？"赵处长笑了笑，"前段时间你给村里打井的事我听说了。你小子嘴还挺牢，干了这么大的事，居然也不说一声，我还是从 X 县一位领导那里听说的。怎么样，这段时间适应那里的生活了吗？"

"打了几眼井，都是企业赞助的，没什么值得炫耀的。这段时间我一直没回单位，回来就肯定和领导汇报了。"刘宇轩笑道，"三个多月了，基本也适应那里的生活了，就是那地方的饭太咸。我入户时经常和老乡们讲做饭要少放盐，否则容易得高血压。老乡们道理都明白，但多少年养成的习惯一时半会儿是不好改变的。"

"是呢，改变一个习惯是多么难的事情啊。"

"对了，你那儿住宿条件还是那样？"赵处长突然问了一句。

"还那样。"刘宇轩笑道。

"以后有条件的话，还得改善一下呢。吃饭呢？伙食怎么样？"赵处长接着又问了一句。

"伙食还行吧。就是家常便饭。厨师做啥我吃啥，我这个人从小就不挑食。"刘宇轩笑了笑答道。

"该改善一下伙食也得改善呢。你也不要不好意思，不能厨师做啥你吃啥，你想吃啥可以让厨师做点啥。你也不是那种大吃大喝的人，但饭菜至少得合胃口，就像我就不喜欢吃米饭，所以你嫂子经常给我弄点面食，就是这个道理。"赵处长显示出了家长式的关怀，"这次回来能休息一段时间吧？"

"估计休息不了，我这次回来打算办点事。"

"办啥事？公事，还是私事？"

"公事。"

"公事也是按驻村时间计算的，不能占用个人休息时间，文件里都明确规定着呢。"

"是呢，我看文件了。但是我想办完事就尽快回去，还有可多事情等着推进呢。"

"不错，你小子角色进入得还挺快，看来组织没有选错人啊！"赵处长点了点头，"你说的公事是啥事，需要单位出面吗？"

"这个还真的需要单位出面，我个人是办不了的。"

"你说，什么事？"

"通过这段时间的入户走访，我发现村里老百姓饲养的牲畜都不成规模，所以畜牧业在收入方面的占比非常低。我打算先给贫困户每人分两只基础母羊，让母羊进行繁殖，这样大羊生小羊，小羊长大后再生小羊，用不了多长时间，贫困户的收入就会提高，这样贫困户就可以早日脱贫。"刘宇轩小心翼翼地说着，生怕哪一句话表述得不准确，无法说服赵处长或被赵处长直接否定了。

"这是好事啊！这样正好可以保证老百姓收入的稳定性，不至于今年有了，明年没了。而且这几年羊的价格呈上升趋势，市场前景看好。你打算让单位出面做些什么？"刘宇轩刚说完，赵处长就说了一长串。

"单位能出面协调资金最好，如果不好协调或不方便协调的话，能否单位自己投入一部分资金？"刘宇轩说话的时候，有点儿腼腆，感觉让单位出面或出资是在要求单位帮扶他个人似的。

赵处长沉默了片刻，突然开口了："其实按照上面的文件要求，帮扶单位有义务出资、出人、出物。用文件里的话说，派出部门（单位）与驻嘎查村干部在责任、项目、资金上实行'三个捆绑'，从政策、人力、财力、物力上支持驻嘎查村干部开展工作。

"文件里还有一段话，财政部门要统筹安排，为驻村工作队提供必要的工作经费，专项用于开展帮扶工作。所需经费按照'谁选派谁负责'的原则，由选派单位同级财政负责保障。所以，帮扶单位有义务出资。当然了，现在单位只派了你一个人，还不是完整意义上的驻村工作队。既然叫'驻村工作队'，我理解至少得两个人以上才能叫工作队，其实从严格意义上讲应当是至少三个人才能叫工作队。三人为众嘛。所以，我觉得单位以后应当还会继续增派人手。

"现在单位把你派过去，人力出了，但物力和财力，咱们还没有付诸行动。按理说，这些事情都不用你回来请示，单位应当积极主动地去做。但是组织把你派过去，你就代表了单位，你又对当地的情况熟悉，你的意见应当基本就是单位的意见，所以我相信局党委会采纳你的意见。"

"谢谢赵处长。"

"不用谢。我刚才说了，这些事情其实应当是单位主动去考虑的，现在你提前想到了，单位应当感谢你才对呢。对了，你测算了没有，大约需要投入多少资金？"

"村里有七十户贫困户，一共是二百二十二人口，如果每人按两只基础母羊计算的话，一共是四百四十四只羊，每只羊按九百元市场价计算，总共需要投入近四十万元。"

"你小子可以啊，如数家珍，看来确实进入状态了。口算也可以啊！"

"已经去三个多月了，还不进入状态哪能行呢？"刘宇轩笑道，"不是我口算好，而是我计算过好多遍。羊的价格也是我和村委会的同志们根据目前的市场行情估算出来的，应当八九不离十吧。"

"不错，不错。"赵处长又点了点头，"那你回去等我消息，局党委会一有结果我第一时间通知你。"

"谢谢赵处长了。"

"我刚说了，应当是单位感谢你才对呢。"

两人握手道别。

一周后，刘宇轩接到了赵处长的电话，说局党委会已通过了这项议题，同意拨付资金四十万元，用于帮助 D 村的贫困户购买基础母羊。四十万元经费于近日直接打到 Y 镇经管站的账户上，购买基础母羊的具体事宜，由刘宇轩和村委会负责。

赵处长在电话里特意叮嘱了刘宇轩："宇轩啊，资金的事一定要谨慎，手续一定要完备。钱上的事，咱们一分钱都不要沾。"

"请赵处长放心，咱们干干净净做人，清清白白做事。"刘宇轩微笑着说，语气坚定。

刘宇轩想起了以前部门老主任曾说过的话。老主任说，赵处长这个人嘛，别看平时一副拿腔作势的样子，其实是办实事的。但是尽管他是办实事的，他那副拿腔作势的样子让很多人看着不舒服，所以在单位里说他好的人并不特别多，尤其在每年年终评优评先时就能看出来，因为他的得票数并不高。不过口碑这个东西，未必能准确评价一个人。一个喜欢你的人，或者和你是一伙的人，会极力赞扬或肯定你；一个讨厌你的人，或者和你站在对立面的人，会极力贬损或否定你。此外，还有一部分人则人云亦云，甚至以讹传讹，没有自己的独立观点，纯属信息的复制者和传播者。通过基础母羊拨付资金这件事，刘宇轩发现老主任的评价是正确的。

在城里待了一周后，刘宇轩返回了 D 村。

在这一周的时间里，刘宇轩与马晓倩见了一面，请马晓倩吃了一顿西餐。

一见面，马晓倩就惊叫了一声："你头发哪儿去了？"

"这不都在上面长着呢吗？"刘宇轩边说边用手捋了捋头发。

"不对，你走的时候比这多。"马晓倩还在直勾勾地盯着刘宇轩额头以上的部分。

"不要一惊一乍的，这不都在吗？"刘宇轩笑道。

"是不在那里休息不好？"马晓倩关心地问。

刘宇轩微微点了点头："咱们这头和那头的作息时间不一样，咱们这头睡得晚起得晚，那头睡得早起得早。本来去了以后想入乡随俗早睡早起，但这头经常有电话打来。好不容易睡上一会儿，那头已经有人过来敲门了。再就是宿舍隔音效果不太好，我睡眠又轻，院子里或过道里稍微有一点儿动静我就醒了。另一个就是，老感觉睡得不踏实，生怕睡过头误了事。"

"那你得想个办法，解决一下呢。再就是，不要有太多的心理负担，你尽心尽力做就行了。"马晓倩又说。

刘宇轩又点了点头。

席间，马晓倩噘着嘴佯装生气地问他是不是已经把她忘记了。一走就是三个多月，当初说好的"每月皆归"呢？刘宇轩赶紧解释说工作太忙走不开，关键是刚到那里，需要一段时间的熟悉过程。好在马晓倩通情达理，但依旧在刘宇轩"下不为例"的保证下，马晓倩才"既往不咎"。

刘宇轩回到 D 村没几天，四百四十四只基础母羊就被浩浩荡荡地运到了村里。为了确保这些羊的质量，刘宇轩、黄永强、燕如山、魏谦厚、韩晓生一行几人专门到临县规模最大的一家养殖企业进行了观摩调研。在双方讨价还价后，确定由对方负责将四百四十四只基础母羊运送到 D 村。

在分羊的当天，徐若谷、甄建设、邢石又都闻讯来到了 D 村。这次徐若谷没有邀请县里的领导到场，而是看着七十户贫困户高高兴兴地赶着分给自己的羊回家了。

临走时，徐若谷握着刘宇轩的手说："我代表 Y 镇党委向刘科长表示诚挚的谢意，发自肺腑的。"

"我也说句心里话，向刘科长致敬。"甄建设握着刘宇轩的手说。

邢石什么也没说，只是握着刘宇轩的手重重地晃了两晃。

分羊后，刘宇轩在 D 村的威望达到了空前的高度。村里的老百姓不论是贫困户还是非贫困户，不论和刘宇轩熟悉还是不熟悉，只要迎面走过来，都要笑嘻嘻地叫一声"刘科长"，仿佛站在他们面前的这个人不是刘宇轩，而是一位影视圈中的电影明星。

二十四　动态管理

星期四上午，韩晓生用微信给刘宇轩转来一个文件。刘宇轩打开一看，是镇里要求参加建档立卡常态化动态管理的一个会议通知，时间是下午2：30，地点是镇党政大楼四楼会议室。自从驻村扶贫后，刘宇轩基本每个星期都会去镇里参加一次会议。会议内容大都是和脱贫攻坚有关的，除此之外，就是和村里有关的社会综治、"三禁"、防汛、防鼠疫、扫黑除恶等。

每次来参加会议的，基本是镇属各个村子的"两委"班子成员、第一书记、驻村工作队员。参加的次数多了，邻村或别的村子里的一些参会人员，刘宇轩也慢慢认识了。这里面就有一些同属厅局级帮扶单位派下来的驻村工作队员，大家都相互加了微信。

每次坐在主席台上给大家开会的，基本是徐若谷和甄建设。传达一些文件或讲解一些与文件相关的知识点时，镇里的一位副书记或党委委员或副镇长也会坐到台上。台下依旧是各个村子的"两委"班子成员、第一书记、驻村工作队员。

一次，韩晓生悄悄和坐在他身旁的刘宇轩说："刘科长，按理说台上这些领导和你是一个级别，有的还没有你级别高呢，开会时为什么不邀请你也坐到主席台上？"

刘宇轩笑了笑，说："这个就不能按级别来了。你想，一个镇里至少有五六个厅局级单位的驻村队员，级别都是科级或副处级，要是都坐到主席台上，能坐得下吗？再说了，厅局级单位的驻村工作队员来了之后，就得按属地原则接受管理，不能按级别来。"

韩晓生有些不解，又问："为什么县里开脱贫攻坚方面的会议时，脱贫攻坚工作总队的人却都在主席台上坐着呢？按说，他们也和你们一样，都是从厅局级单位派下来的。"

刘宇轩说："虽然大家都是从厅局级单位派下来的，但性质不一样。脱贫攻坚工作总队的人属于挂职性质，在县里都有具体职务，享受的是县领导的待遇。像总队长都是副厅级，在县里低半格任用，兼任县委副书记；副总队长都是正处级，同样在县里低半格任用，兼任县委常委、副县长。他们因为都兼着县领导的职务，所以县里开脱贫攻坚方面的会议时都坐在主席台上。驻村工作队员就不一样了，不兼任县里或镇里的任何职务，不但要接受所在镇党委的领导，还要接受脱贫攻坚工作总队的管理，待遇就不一样，所以在台下坐。"

韩晓生听后点了点头，不再言语，像听明白了似的。

下午的会议由徐若谷主持。他正在传达一份 W 市印发的文件。

韩晓生把头凑过来低声和刘宇轩说了一句："你看徐书记，念起文件来，字正腔圆，铿锵有力，多像个播音员。"

刘宇轩笑了笑，没有说话。他没有听明白韩晓生是在表扬徐若谷，还是在挖苦徐若谷。高级黑和低级红，有时确实不好区分。韩晓生虽然也不小了，但属于爱学习的那一类人，开会时喜欢挨着刘宇轩坐。用他的话说，便于随时请教刘科长，以消化会议精神。

台上的徐若谷正认真地念着文件，正如韩晓生所说，字正腔圆，铿锵有力。

他念道：

按照年度减贫计划，将通过享受帮扶政策、子女赡养、自身努力等途径达到脱贫标准的贫困户，按照贫困户脱贫退出程序，有序退出。坚决不搞"虚假式"脱贫，"三保障"未实现的不能脱贫。不搞"算账式"脱贫，既不能把预期收入算成当年实际收入，也不能把还没有变成商品的产品收入巧算为现金收入，一拔高就脱贫。不搞"指标式"脱贫，杜绝层层分解年度脱贫指标。不搞"游走式"脱贫，不能把项目、资金、技术等集中倾斜到一些贫困户，等脱贫验收达标后，政策和资源就收回转移到另外的贫困户上。精准脱贫工作按年度进行，每年第四季度集中开展一次。

…………

……做到信息随变化、随修改，确保扶贫对象信息真实准确。扶贫对象基础信息维护权限长期开放，各盟市、旗县自行组织开展信息核实修改工作，对数据信息开展常态化清洗，确保数据质量达标。

…………

以户为单位，以"两不愁、三保障"是否达标和人均纯收入是否低于国家扶贫标准为主要依据。具体指标为：

不愁吃：是根据居住地饮食习惯，贫困户有能力通过资产或自购满足口粮需求及一定的肉蛋豆制品等必要营养物质。

不愁穿：指根据居住地环境，有能力自主购买或通过亲属购买，做到四季有换季衣服、日常有换洗衣服。

饮水安全：农村牧区居民能及时取得足量够用的生活饮用水，且长期饮用不影响人身健康。具体为：水量不低于20升/（人·天）为基本达标；饮用水中无肉眼可见杂质、无异色异味、用水户长期饮用无不良反应；人力取水往返时间不超过20分钟，或取水水平距离不超过800米、垂直距离不超过80米为基本达标；牧区拉水牧户房前屋后有储水设备的可视为入户，单次拉水量可供牧民多天饮用的（不含规模化养殖牲畜用水），取水往返时间可折算成日平均拉水时间进行评价；供水保证率90%及以上。

住房安全：指农牧户家庭住房安全。具体为：经旗县级及以上住房与城乡建设部门评定为A级、B级的为安全住房；经旗县级住房与城乡建设部门评定为C级、D级危房，必须进行加固维修和改造，改造后必须达到《农村危房改造基本安全技术导则》标准；对通过易地扶贫搬迁安置的建档立卡贫困户，集中安置的达到入住标准（标注脱贫时没有居住在危房中）、分散安置的达到入住标准且入住视为住房安全有保障。

义务教育：指家庭适龄儿童依法接受义务教育。具体为：义务教育阶段适龄儿童不因家庭经济困难失学辍学；家庭中有特殊儿童的要根据实际情况和残障程度采取进入特殊教育学校就读、随班就读、送教上门等多种方式提供义务教育服务。

基本医疗：基本医疗有保障是指农牧户能够看得上病、看得起病，不因病影响"两不愁"。具体为：城乡居民基本医疗保险覆盖所有建档立卡贫困人员；建档立卡贫困人口参加城乡居民基本医疗保险个人缴费部分按规定由财政给予补贴；建立基本医疗保险、大病保险、大病医疗救助等制度的衔接机制；全面落实大病和慢病分类救治。

…………

贫困户脱贫退出标准：贫困人口脱贫退出以户为单位，必须稳定实现"两不愁、三保障、一达标"。即吃、穿不愁；义务教育、基本医疗、住房安全有保障，且家庭年人均纯收入稳定达到自治区确定的年度脱贫收入标准……

当徐若谷用手指在舌头上蘸了一下唾沫，然后将文件的最后一页翻过来时，韩晓生嘀咕了一句："终于念完了。"

"脱贫攻坚期内，对符合贫困户识别条件的农牧户和返贫户及时纳入建档立卡贫困户范围并享受精准扶贫政策，达到脱贫标准的贫困户有序退出并继续给予政策扶持，对精准识别和退出中发现的漏评、错评、错退问题及时予以纠正，实现动态管理常态化，确保'应纳尽纳、脱贫即出、返贫即入'。回去以后，大家要尽快启动该项工作，并保质保量地完成。"甄建设做了总结发言。

"好好学习，天天向上。"韩晓生哼哼唧唧地跟随着散会的人流走出了会议室。

这小子，有点儿像老顽童。刘宇轩心里想。

在从镇里返回的路上，一只形状像孔雀、羽毛非常华丽的大鸟突然出现在了山脚下，溜溜达达，像在寻觅食物。其实，与其说它像一只大鸟，还不如说它更像一只家鸡。它的体形和家鸡很相似，只是稍微比家鸡苗条了一些。它长着格外显眼的细而长的尾巴，这样的尾巴是家鸡的尾巴完全不能比拟的。

"这是什么鸟？"刘宇轩问。

"这叫山鸡，又叫野鸡。"燕如山边开车边说。

"刘科长，你们那里没有吗？"坐在后座的韩晓生问。

"我还是第一次见。"刘宇轩说。

"这是只公的，母的颜色没有这么艳丽，而且母的尾巴也没有这么长。"韩晓生说。

刘宇轩以为韩晓生在逗他，便调侃道："好像你见过母的似的？"

韩晓生一副很认真的样子，说道："当然见过了，我们还吃过呢，山鸡的肉不好吃，可硬呢。"

"你还能吃上山鸡肉呢？"刘宇轩愈发有些怀疑。

"能呀，小时候我们经常套山鸡。"韩晓生又说。

"真的，刘科长，小时候我们经常套山鸡。"一直没有说话的魏谦厚像作证一样，补充了一句。

一说到"小时候"，刘宇轩基本就信了。

小时候，刘宇轩还吃过野兔肉呢。在那个年代，人们对保护野生动物的意识淡薄得很，根本弄不清楚那个时候关于保护野生动物的相关法律有没有出台，甚至以吃到野生动物为荣。但有一点儿是可以肯定的，人们当时在打猎和捕鸟时，似乎都明目张胆地进行，没有丝毫遮掩的意思。

随着人们法律意识的增强，很少有人会因为一点儿食欲去触犯法律，铤而走险，再加上一些地方生态环境的不断改善，一些野生动物又重新回到人们的视野。

一直看着那只山鸡消失在大山深处，刘宇轩才将头扭了过来。

入户工作是从第二天开始的。按照会议精神，对符合退出贫困户序列的，刘宇轩、黄永强与村"两委"班子成员一一进行了政策解释，并将退出贫困户序列的人员信息录入系统。

由于之前每户贫困户中每人都分到了两只基础母羊，仅此一项就将收入提了上去。等将 70 户贫困户的收入全部重新摸底统计后，稳定脱贫户为 60 户，正常脱贫户为 9 户，未脱贫户只剩下了 1 户——姜少春。

看着这些渐趋向好的数字变化，刘宇轩心里充满了期待，他对黄永强说："等明年水浇地发挥作用了，老百姓的收入还会上一个大台阶，到那时，稳定脱贫户的数量还会上升，正常脱贫户的数量还会下降，我们的脱贫攻坚成果会进一步扩大。"

黄永强笑了，说："嗯哪，明年一定会更好。"这一笑，让他本来就不怎么大的一双眼睛愈发眯成了一条细线。

二十五　综合体

刘宇轩又一次和单位协调资金，想在原村委会办公的地方重新建立一个综合体，涵盖村委会办公室、卫生室、图书室、活动室、幼儿园、超市和澡堂等。根据大家的测算，大约需要 100 万元的资金。

当刘宇轩坐在赵处长的办公室并说明此次回单位的意图后，赵处长笑了，说："你小子看来真把村子当成自己的家了，这是不打算回来的节奏啊!"

刘宇轩也笑了，说："回来呢，再过一段时间，我就一年期满了，到时候我就正式回单位上班了。"

赵处长长吁了一口气，说："100 万元不是个小数目，这得上局党委会研究呢。还是老规矩，你等我消息。"

刘宇轩道谢后，正要离开，赵处长又叫住了他："宇轩，我记得你入职时是硕士研究生学历吧? 当时我印象挺深。"

"是呢。"刘宇轩感觉有点儿莫名其妙。

"那就是你一入职就是副主任科员，这么说，你在副主任科员的岗位上已经满六年，在科长的岗位上也已经满三年了，对吧?"赵处长又问了一句。

"是呢。"刘宇轩又一头雾水。

"没别的事，我随便问问。"赵处长最后说了一句。

"啥意思，要给我调岗位？干了将近一年的基层工作，意思是要调整到一个和基层打交道的科室？想调就调吧，调到哪个科室都行。近一年的基层工作确实积累了许多基层工作经验，这是坐在机关里无法学到的。"刘宇轩边往外走边心里琢磨。他转念又想，也许赵处长就像他说的那样，只是随便问问。人事处就这样，神神秘秘的。念头一闪而过，刘宇轩便不再想这件事情。

一个星期后，刘宇轩接到了赵处长的电话，说局党委会同意拨付 100 万元用于建设村综合体项目。还是老规矩，资金直接打到镇经管站，按照工程进度和双方签订的协议，由镇经管站直接支付工程队款项。局主要领导说要在综合体正式投入运行那天，亲自过去看一看。

三个月后，村综合体项目正式竣工。又过了半个月，各项调试工作全部完毕，综合体正式投入运行。

在投入运行的当天，在赵处长和分管扶贫工作的党委委员、副局长的陪同下，刘宇轩所在单位的主要领导——党委书记、局长来到了新建成的村委会综合体大院。

提前获知消息的当地领导陪同刘宇轩所在单位的领导进行了调研。这些当地的领导有 W 市委常委、副市长、X 县委书记、X 县县长、X 县秦副县长、Y 镇领导徐若谷、甄建设、邢石。第一次见面的副市长、县委书记、县长分别与刘宇轩进行了亲切握手，并表达了相同的意思：刘科长驻村辛苦了，为当地的脱贫攻坚事业做出了贡献。秦副县长拍着刘宇轩的肩膀说："刘科长尽干大事啊，佩服，佩服。"徐若谷、甄建设、邢石等人则和刘宇轩相约改天一起吃个饭。

站在刘宇轩身旁的黄永强压低声音说道："县里有些领导，他妈的平时连个影儿也见不到，一听说上面的领导要来，腿脚比兔子还快，唰唰就来了。市里的领导就不说了，县里这些领导离咱们村子这么近，平时也见不到他们，除非上面有专门的检查组要来，他们怕被查出问题，才过来打个前站。再就是像今天你们厅局级单位的领导来了，他们就准时出现了。你看咱们镇里有些领导也学得虚头巴脑的，一有领导来就出现了，再就是有重大项目竣工或投产时，他们就又都出现了。还'改天一起吃个饭'，'改天'到底是哪天啊？你来了都快一年了，我也没见徐若谷他们单独请你吃过一顿饭。他妈的，都是些精致的利己主义者。"

刘宇轩笑了笑，轻轻拍了拍黄永强的肩膀，没有说话。

综合体的大门向南敞开着，两扇高大的铁门立在那里，大门内两侧摆放着各种体育器械。这些体育器械是刘宇轩第三次回单位争取资金时，专门到体育局争取来的。综合体大院的正中央是国旗台，旗杆上悬挂着鲜艳的国旗。大院的最北侧是一排建在六七层台阶上的砖瓦结构平房，这是综合体的运行场所，涵盖了村委会办公室、卫生室、图书室、活动室、幼儿园、超市、澡堂等。在办公区的走廊墙上，张贴着村委会管理层的照片，照片下面写着每个人的姓名与职务。第一书记、书记、村主任、各委员按组织机构图的格式分层级排列着。村委会的一些规章制度和重要文件也都在醒目的位置张贴着。沿着走廊右转，是一个长长的过道，过道的左侧是窗户，透过窗户可以看到村委会的后院和紧邻后院的山坡。过道的右侧是办公区。办公区由几间屋子构成，每个屋子侧面的墙上都有一个崭新的牌匾，牌匾上依次写着"第一书记""书记""村主任""委员""会议室"等。进入各个房间，电脑、打印机、复印机、文件柜、碎纸机等办公设备应有尽有。

看着眼前的村委会办公场所，刘宇轩想起了他小时候村里的情况。那时候，村里只有一个村主任，没有书记。至于村委会，印象中也没有。既然叫村委会，就得有这个委员、那个委员，但那时的村里，人们只知道村主任，没有听说过各种称呼的委员。村委会都没有，村委会办公室就更没有了。乡里老百姓有事找村主任时，都直接到村主任家里，也只能到村主任家里。村里有重大事情需要开会时，经常会选择位于村中央供销社的东墙根儿下进行，这个地方避风。村主任在墙根儿下讲，村民围成一片听。这场景仿佛在演讲，又像在动员。有时，村里开会会借用学校的教室。如果遇上学校上课，只能在晚上开会。那时村里没有通电，只能点煤油灯，连蜡烛都很少有。于是，在一个教室内，黑压压地坐着一片人，在昏暗灯光的映衬下，闪烁着一张张干了一天活儿后满是灰尘、疲惫的脸。当对一个问题产生较大分歧时，人们就会争吵起来，会场便不再安静。随着争吵的升级，由动口变为动手，情绪激动的一方会随手抄起一把凳子扔向另一方。昏暗中，有往外奔跑的，有上前拉架的，场面变得愈发混乱。等到局势平稳后，村主任又提高了嗓门，继续开会。

几位领导沿着综合体的各个区域进行了参观。当看到墙上挂着的之前村委会办公场所的照片时，他们发出了阵阵感叹：以前的条件太差啦！并一致表达了相同的观点：以后村里的老百姓在生活、就医方面就方便多了，基本足不出村就可以解决这些问题了。

在卫生室，一位乡村医生正在坐诊。前来量血压、输液的人挤满了屋子，也有揣着一颗好奇的心前来观看就医条件的。

在图书室内，几千册与农业、畜牧业相关的图书摆放在那里，这是前段时间刘宇轩和黄永强专门协调县里的农牧业局和新华书店捐赠来的一批图书。这次赵处长特意又带来一批文化方面的书籍。赵处长开玩笑说要物质文明和精神文明一起抓。

虽然幼儿园还没正式开园，但此时已经有几个小朋友在滑梯上爬来爬去，上去又下来，下来又上去，玩得不亦乐乎。其中一个小朋友把即将流到嘴里的鼻涕径直擦在了袖口处。

在超市里，一些食品和日用品整整齐齐地被摆放在货架上，并用标签标示着价格。

澡堂安装的是太阳能热水器，几个男村民正在澡堂里洗澡，"哗哗"的流水声传得很远。

参观环节结束后，召开了座谈会，主要听取刘宇轩对近期工作的汇报，以及下一步工作的打算。刘宇轩简要回顾了这将近一年的工作，并说如果时间允许的话，下一步将大力发展产业，以产业带动扶贫，比如可以建立一个养鸡场以提高老百姓的收入；同时，考虑发展集体经济，让贫困户以劳动力入股进行分红，让他们尽快脱贫……

刘宇轩所在单位的主要领导一边认真听取刘宇轩的汇报，一边不停地点头，其间偶尔还和紧挨他坐着的分管扶贫工作的副局长耳语几句。

刘宇轩发言完毕后，与会人员也都从各自的工作角度提了一些意见。

在总结发言阶段，单位主要领导对刘宇轩的工作给予了充分肯定，表示局党委将一如既往地支持刘宇轩的工作，并让刘宇轩放开手脚、心无旁骛地全身心投入工作之中。

会议在一片掌声中结束了。

单位主要领导因第二天有一个自治区的常委会需要列席，所以下午就得赶回去。鉴于时间有点儿紧张，中午就没在 X 县用餐，而是直接去了 W 市，说要在 W 市简单吃一口午餐就去机场。

和刘宇轩握手后，单位几位领导上了汽车。陪同刘宇轩单位领导一同前来参观调研的 W 市领导、X 县领导、Y 镇领导，也都上了各自的汽车。几个转弯后，车辆都消失在了视线之外。

这时，刘宇轩的手机响了起来，是周全打来的。

"刘科长，你中午是不和领导们一起吃饭呢？村里有一个过本命年的，叫我呢，我得去答礼。中午正好咱俩各吃各的。"周全说道。

刘宇轩稍微停顿了一下，说道："好，你去吧。"

挂断电话后，刘宇轩瞅了瞅还站在院子里的黄永强和村"两委"班子成员，说道："走，中午我请大家吃刀削面。"

二十六 水泥路

为了解决一下大雨村里的土路就泥泞不堪的状况，刘宇轩一共回了五趟 H 市。

这五趟，他都去了交通部门：从一开始的被门口保安拦住登记盘问，到后来的保安一看到刘宇轩就主动问一句"又过来了"；从一开始的相关处室人员爱搭不理，到后来的见到刘宇轩时用一次性纸杯给他倒一杯白开水；从一开始的处长打官腔，到后来的真心实意帮刘宇轩分析问题、解决问题。

当刘宇轩最后一次到来时，处长高兴地告诉了他一个消息，村里那段路通过立项审批了，从村里到县里，包括村里的那几条岔路，全部硬化，一共是 30 千米。这样就和到县里的公路连接起来了，实现了无缝对接。刘宇轩激动得眼睛都湿润了。

通过这段时间的接触，刘宇轩与这个处室的人们已非常熟悉，有时大家还会开玩笑。

在得知村里那段路已通过立项审批的当天，刘宇轩执意要个人请这个处室的同志们吃一顿便饭。处长见他是一番诚意，不便硬推辞，带着处里的一位科长和一位副科长一同出席了。席间，处长感慨地说，他参加工作将近二十年了，很少见过为了公家的事这么执着尽责的同志，他被刘宇轩的这种精神感动了。为此，他多次找分管领导专门汇报这件事情，这也是这件事能这么快就立项审批的原因。

处长还说："你确确实实在用心用力做扶贫工作啊!"

刘宇轩说："在其位谋其政，换成谁可能也会这么做，我只是做了一些分内的事。"

处长听后摇了摇头，说："不是所有人都是在其位谋其政的，很多人得过且过，做一天和尚撞一天钟。这里面还不包括那些说一套做一套的，也不包括那些察言观色、见机行事的投机分子。"

处长的这些话显然是在他近二十年工作经历中的观察和总结。几人都默默地点了点头。

一想到以后村里的老百姓雨天后再也不用深一脚浅一脚卷起裤管走路，再也不用担心牛车、马车、驴车、自行车陷进泥泞的坑里，刘宇轩的心情就异常激动。席间，他真心实意地向处长一行几人一轮又一轮地敬着酒，处长几人也非常诚恳地一轮又一轮回敬着刘宇轩。

不到一个半小时的时间，几人就喝进去两瓶白酒。那位副科长这段时间打算要孩子，他爱人每天在按时按量吃着叶酸。为了达到优生优育的效果，他爱人向他下达了"禁酒令"，所以他没有喝酒。这样一来，刘宇轩三人每人几乎喝进去七两白酒。酒又是53度的高度酒。很快，刘宇轩就觉得有点儿头晕。等喝到最后时，他已经断片儿了。

当第二天清醒过来时，刘宇轩已记不起昨晚的饭局是怎么结束的，是谁提议结束的，又是怎么回来的。他下意识地在枕头旁摸了摸手机，还好，手机还在。这么多年来，他酒后唯独可以沾沾自喜并炫耀的有两件事：一是他喝多后手机从来没有丢失过；

二是无论喝得再多，他都可以回到自己家。不像他的一个朋友，曾站在小区楼下高声朝上空喊道："乡亲们，麻烦你们都打开窗户看一下，我是谁家的？"他又瞅了瞅身子，这才发现，自己居然没脱衣服没盖被子斜着身子在床上躺了一晚上。就在这时，手机铃声响了，是昨晚一起吃饭的处长打来的。

"醒了？"处长在电话那头笑着问。

"刚醒。"刘宇轩说。

"以后可不能这样喝了。昨天从饭店出来后，你在路边可没少吐。吐就吐呗，结果还停不下来，最后都成干呕了。可把我们几个吓坏了。"

"那最后咋样了？"

"我们怕你有个啥事，赶紧把你送到医院了。"

"送到医院了？那我怎么在家里躺着呢？"刘宇轩觉得有些惊讶。

"在医院输了一瓶液体，你才止住呕吐的。医生说你没啥大碍了，我们几个才把你送回去。"

"我怎么什么都不记得了？"

"你看你手背上有没有一个针眼？"

刘宇轩一瞅，左手手背上果真有一个小红点。

"不好意思，折腾处长你们几个了。对了，昨晚的输液钱是谁付的？不能让你们掏钱啊！"

"什么钱不钱的？你身体没事就好了。我还是那句话，不管为什么都不能这么喝！再这样喝下去，把身体都喝坏了。"

"是呢，以后我得注意啦，但说是这样说，感情一上来不由人啊。"

"通过这段时间的接触，看得出来，你是个性情中人。"

刘宇轩不好意思地笑了笑，说道："昨晚多谢处长你们了，我这都失忆了。"

"失忆没什么，喝多了谁都会失忆，只要不失身就行。"处长说完后笑了。

"咱们的底线是失忆不失身。"刘宇轩也笑了。

二十七　基建

日子过得像流水，转眼间，刘宇轩来到 D 村已将近一年。在这近一年的时间里，D 村又发生了很多事情。具有代表性的有这么几件。

一、危房改造

根据上级的统一安排部署，县里对所有贫困村的危房进行改造。

村里符合危房改造条件的有二百多户，借着这次危房改造的机会，刘宇轩再一次协调所在单位，最终单位出资三百多万元，对 D 村的房屋进行了整体翻新。这一工程结束后，D 村的所有房屋都变成了砖瓦房，彻底告别了土坯房。在最后一户房子封顶的那一天，老百姓自发地购买了鞭炮，经久不息的炮声响彻四周，在山腰中引发持久的"轰隆隆"回声，像前线战场发生了激烈的阵地争夺战。

二、院墙改造

对村里所有土坯院墙进行了改造。改造后的院墙全部换上了空心砖，并用水泥进行了加固，然后整体粉刷了一遍。那些存续了几十年、已经变得歪歪扭扭残缺不全的土坯墙一去不复返，取而代之的是笔直的水泥墙。有怀旧情结的老百姓掏出手机把即将被推倒的土坯院墙留在相册中，就像当初他们对土坯房屋拍照留念一样，有几丝伤感。人们都是这样，虽然不愿在破旧的土坯房屋里生活，并渴望着有朝一日能搬进宽敞明亮的砖瓦房，但真正让他们离开生活了几十年的土坯房屋时，却有了几分眷恋。

三、自来水

全村铺设了管道，接通了自来水，彻底告别了院子里那个"吱吱呀呀"作响的辘轳井。当拧开水龙头看着"哗哗"流出的清澈的自来水时，人们有点儿不敢相信自己的眼睛。只需轻轻地转动一下水龙头，就省去了摇把、提水、倒水一系列体力劳动，真不可思议。尤其对那些老弱病残孕来说，这简直太便利了。他们激动地用双手捧着流出来的自来水，喝一口，脸上露出了惊奇的表情，嘴里不停地重复着一句话："和从辘轳井打上来的水是一个味道，太神奇了！"

四、路灯

村里安装了二百盏太阳能路灯。当夜幕降临时，方圆几里之内的数个村子里，只有 D 村发出了一束束明亮的灯光。老百姓说，从此以后，走夜路时再也不用打手电，再也不用害怕了。

五、公共厕所

当刘宇轩向单位建议再投入一些资金，为 D 村修建几座公共厕所时，赵处长在电话那头稍稍停顿了几秒，然后问了一句：打算修建几座？一座需要多少钱？

刘宇轩回答，有十座就差不多了，每座大约需要两万元。

赵处长说的还是那句"你等我消息"。

三周后，刘宇轩接到了赵处长的电话，说局党委会同意拨款，他可以先着手前期工作了，程序还是钱由财务处直接打到镇里的经管站。

刘宇轩笑着说："明白，还是老规矩。"

当十座公共厕所投入使用后，人们随地大小便的现象几乎看不到了。

城市也好，农村也罢，文明程度的提高还得有赖于配套设施的到位。如果条件允许，没有谁愿意做一个不文明的人，刘宇轩心里想。

六、"平改坡"

村里的所有房屋进行了"平改坡"。原来的平屋顶全部改建成了坡屋顶，并对外立面进行了粉刷。"平改坡"后，每个房屋都像戴了一个"小红帽"，既整齐又美观。"平改坡"后的房屋，有效改善了保温隔热和防水功能，雨天人们不用再为屋顶的渗漏担心，冬季也不用再去担忧消融后的雪水。这一举措达到了改善住宅性能和建筑物外观的双重效果。

二十八　红手印

转眼一年时间已到。

刘宇轩该回单位了。

在即将到期的前一个星期，刘宇轩给赵处长打了一个电话，告诉他再有一周就到期了，届时他就正式回单位报到了。电话那头的赵处长显然有点儿没反应过来，问了一句："这么快就到期了？"又说，"宇轩啊，这一年你确实辛苦了，不论是吃还是住，条件都很一般。我们也从侧面了解了一下，你确实受了很多苦，但这一年来你的工作是有目共睹的。单位的主要领导和分管领导对你都非常认可，也非常满意，我这头就更不用说了。D村的老百姓对你非常认可，你在D村树立了非常高的威望，而且和第一书记、村'两委'班子成员关系处得也非常好。Y镇、X县，就连W市，对你的工作都是非常肯定的。你为咱们单位争了光！我还是那句话：组织没有选错人。既然一年的时间已经到了，你就先回来吧，回来也不用急着报到，先在家休息上几天。"

刘宇轩对赵处长的肯定和关怀表达了谢意。

赵处长又说："宇轩，说句实在话，你要是真回来了，单位下一步还真找不到一个合适的人选。可能你也听说了，我也不隐瞒你，当初组织考虑驻村扶贫人选时，找了好几个人，包括一些处长，没有人愿意去。说句良心话，就你现在的吃住条件，我也不愿意去。尤其是你住的那个院子，经常有蛇出没，有的还是毒蛇，从某种程度上讲，你是冒着生命危险在工作的。这种精神确实令人敬佩！当初组织找到你时，你没提任何条件就答应了，而且去了就干得这么出色。我都不愿意让你回来。但你在这么艰苦的条件下，硬坚持了一年，如果不让你回来，我们良心也过不去。所以说，你还是回来吧。具体下一步单位往下派谁，让局党委研究去吧，我已经尽力了。"说到最后，赵处长显得有些沮丧。

刘宇轩的情绪被赵处长带着也有些起伏，一时不知说什么好，只是平淡地说了一句："谢谢赵处长，其实我也没做出什么成绩。"

挂断赵处长的电话后，刘宇轩开始收拾行李。不收拾不知道，一收拾吓一跳。连他自己都没有想到，在这一年的时间里，在以前购置的基础上，又陆续添置了许多"小家当"。这里面有四季替换的半袖、衬衣、线衣、毛衣、羽绒服、单秋裤、保暖秋裤；有被罩、床单、枕头套；有晚上不忙时用来打发时间的十多本文学类书籍；有各种药物，感冒药、去火药、消炎药，很多药还没有开封，原样躺在抽屉里。事先准备好的行李箱和背包很快就被塞得满满的，而这些东西只占到所有东西的四分之一。脱贫攻坚方面的书籍和资料，他没有打包，打算留给继任者，以便其尽快开展工作。

周全是第一个发现刘宇轩收拾行李的人。那一天，刘宇轩早早就起了床。听到刘宇轩屋里的响动后，睡眼惺忪的周全打开了屋门，趿拉着一双拖鞋朝厨房走去。当路过刘宇轩的屋门时，他见刘宇轩正蹲在地上往行李箱里装东西。他愣了一下，似乎还没有反应过来，说了一句："咱们煮挂面吃？"刘宇轩说行呢，他继续揉着眼睛朝厨房走去。

下午的时候，燕如山和魏谦厚两辆车一前一后停在了刘宇轩的宿舍前面，两人都是从村部过来的。

"咋，刘科长你要走？"燕如山推开刘宇轩的屋门，脚还没站稳就问了一句。

"单位让我来这里工作的时间是一年，这一年马上就到了，我得回去报到了。"

"没有商量的余地吗？"魏谦厚紧跟着问了一句。

"商量什么？"刘宇轩被问得有点儿蒙。

"就是说，能不能不回去？"魏谦厚又补充了一句。

刘宇轩笑了，说："我说了也不算，这是单位定的。"

"那和你们单位可以反映吗？"燕如山插了一句。

"反映什么？"刘宇轩感觉今天大脑有点儿不够用，又感觉他们今天说的都是半句话，一点儿也不完整，听得费劲。

"反映让你继续留下来。"燕如山又说道。

刘宇轩这回听明白了。

"这个我说了不算，这些事情都得单位定。"

"你来了以后，仅仅一年的时间，咱们 D 村可以说发生了翻天覆地的变化。你走了以后，我们怎么办啊？"燕如山眼睛有些湿润。

刘宇轩拍了拍燕如山的肩膀说："我走了以后，还会有别人来的。继任者也许比我干得还好。"

"不会的！不会的！"魏谦厚的头像拨浪鼓一样摇晃着，"一年的时间，我们都看得出来，你是真心实意为咱们 D 村的老百姓着想，真心实意为咱们 D 村的老百姓办实事呢！你走了以后，不知道会不会有像你这样的扶贫干部了！咱们 D 村不可能运气一直都这么好，每来一个都是尽心尽力的好干部。"魏谦厚的眼睛也湿润了。

"关键是你对咱们 D 村的情况也都熟悉了，再换别人还得熟悉一段时间，是不是？而且你脑子里肯定已经有了一个咱们 D 村未来发展的规划。那天你们单位领导来时，我认真听了你的汇报，我觉得关于下一步你肯定还有更好的发展思路，咱们 D 村老百姓的收入肯定还会再上一个台阶。"燕如山又说道。

"再说了，脱贫攻坚还没有结束，单位这样随意换人其实对工作是不利的，是不是？"魏谦厚又说道。

"你们的心情我能理解，在这一年里，我是做了一些事情，但这些都是靠你们'两委'班子、第一书记、单位领导和咱们 D 村老百姓对我的信任和大力支持才得以完成的。如果没有这些，我什么也干不成。但是组织上决定的事，必须要严肃对待，且有始有终。所以，我肯定得回去。至于下一步组织会派谁下来扶贫，那就是另一回事了。"刘宇轩眼睛也有些湿润。

"刘科长执意要走？"魏谦厚有些沮丧。

"没办法，单位确实是这样和我谈的，我个人不能违背组织的意图。"

"一年的时间里，你时时都在想着为咱们 D 村的老百姓办实事、办好事，为什么这个时候却铁了心要回去呢？你莫非对咱们 D 村的老百姓突然间就没有了感情？"燕如山显得一脸的不解。

"我刚才说了，组织上定的事，我个人不能违背。你以为我对咱们 D 村的老百姓没有感情吗?"刘宇轩的眼泪在眼睛里打转。

三人都不再说话，现场一片寂静，时间像凝固在了这一刻。

还是刘宇轩率先打破了沉默:"你们也不要太那个啥，都先回去吧。你们也看见了，我这些东西一下子也带不回去，估计还得来一趟呢。咱们还有见面的机会。"

燕如山和魏谦厚没再说什么，两人不约而同地拍了拍刘宇轩的肩膀，转身出了宿舍。

在接下来的几天里，大家见面后都显得有几分伤感，话语也比以往少了许多。这期间，刘宇轩招呼黄永强、村"两委"班子成员吃了一顿大餐——涮羊肉，算是他兑现一直要请大家吃大餐的承诺。这一次，大家都喝了不少酒，有一种"借酒浇愁"的感觉，又有一种"劝君更尽一杯酒，西出阳关无故人"的凄凉。再之后，黄永强、燕如山、魏谦厚分别小规模请刘宇轩各吃了一顿饭，算是践行。

在即将启程的前两天，甄建设给刘宇轩打来了电话。

"刘科长，你这打算走呀也不告诉兄弟一声，得亏我听到的消息及时，否则你这就悄悄回去了?"

"你每天一堆事，我也不好意思打扰你，本打算回去后和你通个电话。"

"回去后通电话那不太晚了?刘科长，你也太见外了。今天晚上我给刘科长饯行。听说村'两委'班子这几天都已经表达过心意了，今天晚上就不招呼他们了。我把邢石和黄永强叫上，一起陪刘科长吃个饭。对了，你晚上没什么事情吧?"

"事倒是没什么事，你每天太忙，你快忙你的吧。"

"我再忙也得晚上吃饭呢。刘科长，晚上怎么也得赏光，我一会儿就开车去接你。"

"不用接，我打个车就行。"

"你那个地方又不是城里，不好打车呢。你就别客气了，我二十多分钟就过去了。"

刘宇轩一想这里确实也不好打车，便没再坚持。他原本想说让燕如山或魏谦厚送他一趟，但突然想起甄建设说晚上没招呼村"两委"班子成员，于是已经到嘴边的话又咽了回去。黄永强平时都要从村里回一趟镇里，今天镇里有一个会议他就没来村里，否则坐上黄永强的车就直接过去了。

二十多分钟后，甄建设的车驶进了院子里。刘宇轩一看不是他平时坐的那辆车，也没看见司机。

"你自己来的？"刘宇轩问。

"嗯哪，晚上咱们是私事，我就没让司机来，也没坐公车。"甄建设说。

"好同志，现在严禁公车私用，还是按规矩办事好。"

"嗯哪，就为这么一点儿小事，犯不上。"

两人来到一家私房菜饭店。

刚推门进去，黄永强就迎了过来，快到雅间门口时，邢石从雅间里走了出来，做了个"请"的手势，让两人先进了雅间，自己跟着走了进来，黄永强最后一个跟了进来。

"这家伙，得亏我知道得及时，否则再见刘科长时，还得跑到 H 市呢。"甄建设朝邢石和黄永强说道。

"本来打算回去后和大家逐个通电话的，结果收拾行李时让周全那小子看见了。好家伙，周全那张嘴的传播速度我算是佩服了，绝不亚于村里的那个大喇叭，也就一上午的时间，村'两委'班子成员就全知道了。"刘宇轩笑道。

"这恰恰说明刘科长是村里老百姓关注的焦点，刘科长的一举一动都是村里的头条新闻。"甄建设笑道。

"这么说我现在的受关注度，仅次于燕如山和魏谦厚了？"刘宇轩调侃道。

"你没来之前，他俩的受关注度确实挺高，但自从你来了之后，他俩就黯然失色了。你没发现，他俩除了敬佩你之外，还多了一份羡慕嫉妒恨呢。"甄建设开玩笑道。

"没发现啊，早知道这样，我就低调一些。"刘宇轩笑道。

"你想低调也不行啊。不是有句话叫'哥也想低调，但实力不允许啊！'。"

几人被甄建设逗得"哈哈"大笑。

甄建设打开了一瓶白酒，准备给每人的杯里倒酒。黄永强站起身子说："领导，我倒吧。"

"不用，今天我倒。"甄建设连续倒了三杯，正要倒第四杯时，邢石说："两位领导，我解释一下，我一直喝不了酒，过敏呢。"

甄建设把已经伸到酒杯口的酒瓶放了下来，说："我倒忘了邢镇长喝酒过敏这档子事啦。那咋，邢镇长你来点啤酒？"

"啤酒也别了，我这身体喝啥酒都过敏。"邢石说。

刘宇轩头一次和邢石喝酒时，邢石就说他喝酒过敏呢。他当时特别好奇邢石过敏后是啥反应，但鉴于两人是第一次见面，不太熟悉，便没好意思问。在之后一年的时间里，虽然他和邢石再没有喝过第二次酒，但经常见面，所以慢慢熟悉了，两人偶尔还会开个玩笑。

"邢镇长，我一直有个问题想问你，但一直没好意思问。"刘宇轩还是没有忍住，好奇心战胜了他的克制。

"刘科长随便问，咱们都这么熟悉了，还有什么不能问的？"

"你喝酒过敏后，有啥反应呢？"

"就是浑身难受啊！"

"怎么个浑身难受法？"

"就是喝多了想吐。"

"其他症状呢？"

"其他症状没发现。"

"你这也叫过敏？！"坐在一旁的甄建设突然插话道。

"这不是过敏吗？"邢石反问了一句，脸上有点儿不自然。

"如果这也叫过敏的话，那我喝酒也过敏呢。我一喝多不是想吐，而是直接就吐了，有时候还呕吐不止，比你过敏程度严重多了。"刘宇轩一本正经地说，强忍着没让自己笑出来。

"其实不只刘科长，我喝酒也过敏呢，我过敏的程度也比你严重，与刘科长接近。"甄建设也一本正经地说，像在模仿刘宇轩。

"按照邢镇长的标准，我喝酒也过敏呢，我的症状和刘科长、甄镇长接近。"黄永强也一本正经地说，像在模仿刘宇轩和甄建设。

邢石的脸变得通红："这莫非真不是过敏症状？"分贝比刚才低了许多，显然有些底气不足。

"你小子不实在。"甄建设说完后，把酒倒在了第四个杯子里，"居然忽悠了我们这么多年！来，喝！"说罢，他把酒杯放到了邢石面前。

"甄镇长，我真过敏呢！"

"拉倒吧，还装呢？出了啥事，我负责。"甄建设说道。

"那我就舍命陪君子啦！"邢石给自己找了个台阶下。

"我们也不敢标榜自己是君子，你那条命也不用舍，你就放开喝吧。"甄建设笑道。

几人边喝边聊，边聊边喝，并相约日后有机会一定再聚。

甄建设酒量不太大，舌头率先打起卷来："刘科长，咱们弟兄相识一场，日后你如果发达了，一定要'苟富贵毋相忘'。"

刘宇轩站在那里也有点儿晃悠，应道："甄镇长，我也是这样想的，日后你如果发达了，同样'苟富贵莫相忘'。"

口口声声称自己过敏的邢石，居然是四个人里面最清醒的一个，他端着个酒杯也凑了过来："能不能加我一个？如果你们两人中有一人日后发达了，能不能不要忘记我？'苟富贵莫相忘'。"

黄永强坐在桌子旁，脑袋又开始像一只啄米的小鸡，猛地向桌面弹去，然后再猛地弹了回来，以此往复。

饭店里的其他客人都陆续走了，只剩下了他们这一桌。时间已将近十一点。老板娘坐在吧台后面，不时向这里张望，并伴以厌恶的表情，眼里满是期盼他们尽早结束的眼神，一张脸也拉得修长，有向驴脸或马脸靠拢的嫌疑。

饭局还是在邢石的提醒下结束的。四人摇摇晃晃走出了雅间，又相互碰撞搀扶着走出了饭店的大门。在大门外的一排杨树下又都站住了。

甄建设握着刘宇轩的手，抬起他醉眼蒙眬的双眼，舌头僵硬地说道："酒逢知己……千杯少……今朝……酒醒何处……"

刘宇轩同样舌头僵硬地接道："杨柳岸……晓风残月……"

邢石像一个不倒翁一样感觉要摔倒却偏偏又摔不倒地走了过来，一只胳膊扶着甄建设，另一只胳膊扶着刘宇轩，舌头略微僵硬地问道："你俩……磨磨叽叽……在说什么呢……一句也听不懂……"

黄永强在一旁口齿不清地插话道："人家……两位领导……在吟诗呢……"

"我们……不是在吟诗……我们……是在吟词……唐诗……宋词……"甄建设纠正道。

"嗯哪……吟词……吟词……我们两个没文化……诗词也不分……"

"你还能分出……诗和词……刚才……他们说的那几句……我都没听……说过……"

……

当第二天醒来时，刘宇轩无论怎么开足马力，也回忆不起来他是怎么回来的，再一次断片儿了。他挣扎着爬了起来，勉强洗漱完毕。

这时，手机铃声响了起来，是赵处长的电话。

"宇轩，你买了回来的机票没？"赵处长没头没尾地来了一句，语气里满是焦急。

"买上了，提前几天买机票，不是能便宜几百元嘛，给单位能省点就省点。"刘宇轩笑道。

"哎呀，估计你这个机票得退呢。"赵处长语速依旧很快。

刘宇轩有点儿没反应过来："为啥得退呢？"

"是这样的，前几天接到你的电话后，我第一时间向局党委做了汇报，让局里尽快物色接替你的合适人选。局党委还是把这个差事交给我了，责成我去找合适的人选。没办法，我又硬着头皮找了一圈，和上次找你谈话前的情况一样，没有找到。尤其听说了你在一个废弃多年的砖厂大院居住且还有高跟鞋、裙子之类的传说，再加上你吃的也一般，特别是你每天'与蛇为舞'这种状态，就更不好找了。局党委的意思是，想征求一下你的意见，看你能不能再坚持一年半载。我去过你那个地方，知道你那里的条件，说句心里话，我不忍心让你继续留下，所以这几天一直压着没和你说，想等几天看看有没有人愿意接替你驻村扶贫。但几天过去了，没有什么动静。唉……"赵处长在电话那头无奈地叹气。

"知道了，赵处长。"刘宇轩只说了这么简单的一句，他实在不知道该说什么好。

"这些还不是我要给你打电话的真正原因。"赵处长又稍微停顿了一下。

"赵处长，还有别的事情？"刘宇轩问。

"这不今天单位收到了一封信，是你们 D 村寄过来的。"赵处长不紧不慢地说着。

"我们 D 村？"刘宇轩有些惊讶，"我们 D 村寄什么信啊？"

"还不是因为你的事？"

"我的事？"刘宇轩又一头雾水。

"是啊，你的事！你们 D 村三百多户人家一千多号人，几乎每人按了一个红手印，大家希望以这种联名的方式，能够让你继续留下来。"

"我的天呀！肯定是燕如山和魏谦厚他们干的。"刘宇轩突然提高了分贝。

"宇轩啊，你可不要乱联系！这可是三百多户人家的共同心声啊！可不是村支书和村主任两个人能左右得了的事。你想，村支书和村主任他俩有这么大的影响力吗？即便在竞争村领导时，他们有过这么高的支持率吗？"

赵处长的一句话点醒了刘宇轩。以他这段时间对燕如山和魏谦厚的了解，他俩在村里还真没有振臂一呼应者云集的影响力。

"他们按手印怎么也不事先征求一下我的意见？"刘宇轩又说道。

"怎么征求？征求的话，你会同意他们这么做吗？这也是他们没有办法的办法。"赵处长说。

"那我该怎么办啊？"刘宇轩一时没有了主意。

"你再好好想想，明天再做决定。等你决定了走或留时，再通知我。我觉得组织不会难为你，会尊重你的选择。"

"好的，赵处长，我明天给您回复。"

挂断电话后，刘宇轩陷入了沉思。

他在宿舍里来回走着，从门口走到窗户，再从窗户走到门口，像极了他第一天晚上来到这里时的情形。那一天，他在想着"留还是不留"。今天，故事像重演了一遍。他又在思考同一个问题：留还是不留？

留下来的话，要留到什么时候？没有一年半载恐怕是回不去的，而这里的条件依旧那么艰苦：潮湿走风的宿舍，宿舍里活蹦乱跳的各种小动物，除了冬眠时每天至少能见一面的蛇，夏天臭气熏天、冬天能冻掉屁股的旱厕……

不留的话，就可以回到 H 市，过一个正常的城里人生活，每天在机关里朝九晚五地按时上下班，有空时还可以和马晓倩一起吃个饭喝点茶……

当刘宇轩想到这里时，他突然想起了赵处长刚才说的一千多个红手印，他的眼睛顿时湿润了，两滴泪水情不自禁地流向了脸颊。男儿有泪不轻弹，只因未到动情处。

如果就这样回去，还有很多心愿未了。虽然现在村里通了水泥路、盖了砖瓦房、进了自来水、有了水浇地、分了基础母羊，来年老百姓的收入肯定会有一个质的提升。但至少到目前，村子还没有退出贫困村的序列。虽然稳定脱贫户增加到了六十户，但正常脱贫户还有九户，未脱贫户还有一户。等到整个村子都退出贫困村序列，那九户正常脱贫户也都划入稳定脱贫户的序列，那一户未脱贫户也脱了贫，到那时，他的心愿也就了了。他心里想。

不行，不能就这样走了。如果就这样走了，怎么能对得起那一千多个鲜红的手印？怎么面对来这里驻村扶贫时的初心？他心想。

　　他又想起了临行前马晓倩为他饯行的那个晚上，当马晓倩问他决定来驻村帮扶的真正原因时，他说在他心里一直有一份农村情结。他想起他和马晓倩那个晚上还说了好多话：这么多年来，他一看到农民，就有一种特别亲切的感觉；一看到那些穷人，心里就特别难受；一看到那些真正的乞讨者，就要摸摸衣兜，看看有没有零钱。那一晚上，他和马晓倩说的全是心里话。

　　第二天一早，刘宇轩拨通了赵处长的电话："我打算继续留下来。"

　　赵处长笑了："我就知道你会这样选择。还是那句话，'组织没有看错人'。"

二十九　新来了两个人

时间匆匆向前奔腾着，没有一刻停歇的意思。转眼间，几个月又过去了。

根据上面的最新要求，脱贫攻坚已进入攻坚克难的关键阶段，需要加强各村驻村工作队员的力量。

这一天，X县组织部专门组织召开了一个村"两委"班子扩大会议，宣布D村又新来了两位驻村队员。邢石、刘宇轩、黄永强都参加了会议。

新来的两位驻村队员是一男一女。组织部的一位同志对两人做了简单的介绍。男的是从X县宣传部派下来的，叫周振云，年纪比刘宇轩大几岁；女的是从Y镇派下来的，叫上官如玉，年纪比刘宇轩小几岁，和黄永强算是同事，但不在一个部门。

会上，周振云和上官如玉分别做了表态发言。大家相互做了介绍，这样就算都认识了。

组织部的同志说，按照要求，驻村队员是要驻村的，即吃住都要在村里，村委会要尽快想办法解决两人的吃住问题。燕如山积极表态，说会后就落实，并说自从新的综合体建成后，空闲的屋子有的是。会议很快就结束了。

燕如山把综合体里两间空闲的屋子让人收拾了出来，又从街里买来两张折叠床，算是解决了两人的住宿问题。

第二天一大早，周振云搭乘上官如玉的车来到村委会，两人各自从家里搬来一套行李和一些洗漱用品，家当就算安置全了。

收拾妥当后，几个人站在院子里聊了起来。

周振云说："其实我们用不着在村委会住，因为我和上官如玉的家全在街里呢，每天早晨来晚上回去就行，不像刘科长，离家那么远。"

燕如山说："我觉得也是呢，但是那天开会时，组织部的人特别强调让你们住在村里呢。"

魏谦厚有些愤愤不平地说："现在有些单位和部门做工作，尽整些形式主义。你说人就在街里住着呢，而且离村子这么近，开车二十分钟就来了，非得让人住到村子里，又不是保卫金库呢，有什么重要的事，非得二十四小时有人值守呢？再说了，村'两委'班子的人员都在村子里住着呢，有啥急事第一时间就都到了，还用你们住在这里呢？真要是有啥要紧的事，刘科长也在砖厂的院子里住着呢，离村部也就二里地，我们几个人完全可以应付得过来呀！"

燕如山说："这样吧，你们先把行李都放在这里，晚上该回去就回去。上面要是有人来检查，我们第一时间通知你们，你们赶过来就行。咱们这叫以形式主义应付形式主义。再说了，晚上就剩下你们两个人，住在村部也不合适，一个男的，一个女的。周振云同志倒是成家了，但上官如玉还是个小姑娘呢，村里人多嘴杂，会说闲话的，对你俩影响也不好。这些事情组织也不替驻村队员考虑考虑，制定出来的东西都是冰冷生硬的，一点儿都不人性化。"

上官如玉说："谢谢燕书记和魏主任了。"

周振云也说："那就有劳燕书记和魏主任了，有啥消息，咱们第一时间联系。"

燕如山说："不用客气，大家出门在外都不容易。"又说："对了，你们两个人中午吃饭时，就到后面的砖厂大院和刘科长一起吃，那里有个厨房呢，还有一个厨师。黄书记经常在那里吃，我们有时候也过去吃呢。以后那个地方就是咱们的食堂了。"

上官如玉和周振云又一前一后分别道了谢。

燕如山笑了笑，说："谢啥呢，你们都是过来帮助我们村脱贫的，我们应当感谢你们才对呢。有照顾不周的地方，还请两位同志原谅。"

黄永强瞅了瞅刘宇轩，突然开玩笑说："刘科长怎么不说话啊？不欢迎我们上官如玉美女吗？我们上官如玉可是镇里数一数二的大美女啊！"

刘宇轩笑了，赶紧说："欢迎，欢迎，热烈欢迎。"

上官如玉轻声说了句"永强哥就拿人寻开心"，然后下意识地瞅了一眼刘宇轩。

周振云站在那里没有说话，听着几人在开玩笑，脸上保持着礼貌性微笑。

魏谦厚提议大家中午就到后面的砖厂大院一起吃饭，算是正式给周振云和上官如玉接风，又说他一会儿去菜铺买点菜，再割点肉。

燕如山说马上就中午了，大家现在就过去吧。

刘宇轩上了燕如山的车。黄永强说他把车就停到村委会院子里呀，下午再过来取，说罢和周振云一起上了上官如玉的车。两辆车向砖厂大院驶去。魏谦厚则开车去了菜铺。

周振云和上官如玉都是第一次来刘宇轩的住处，两个人站在院子的中央，瞅了瞅这排平房，又瞅了瞅空旷的院落，眼里充满了不解和惊诧。

"这里的条件也太差了！"周振云脱口而出，"刘科长为什么不到村部住呢？那里的条件比这里好啊。"

"你们没来之前，那里和这里一样，村委会也是最近一段时间才盖的，之前也是土坯房。我住在这里已经习惯了，不想折腾着搬了。"刘宇轩笑道。

这时，上官如玉突然惊叫了一声，一下子向后弹了出去。众人回头一看，一条灰白色长约八十厘米的蛇从她身旁经过，快速向周围的草丛钻去。

"蛇！这里怎么会有蛇?!"上官如玉被这个不速之客吓得顿时花容失色，手捂在心脏处，大口大口地喘着气。

"慢慢你就习惯了。这里是蛇的乐园。"黄永强在一旁说道，"你问问刘科长，每天他至少得见一次蛇，最多时一天见过四条蛇。"

刘宇轩笑了笑："以黄书记的数据为准。"

"这地方怎么能住人呢？你还是赶紧搬出去吧。"上官如玉瞅着刘宇轩，快速地说道。

"蛇这个东西，其实只要你不招惹它，它就不会咬你。你看它见到人时那副仓皇逃窜的样子，就知道它内心其实胆怯得很，它怕人的程度绝不比人怕它的程度低。"刘宇轩说道。

"关键是如果人一不小心踩到它，它就会发起攻击，这是最让人害怕的地方。"上官如玉又说道。

刘宇轩点了点头："那倒是呢。"

"所以刘科长平时在院子里活动时，手里都拿着一根铁棍。"黄永强在一旁插话道。

"拿铁棍干啥啊？打蛇？"上官如玉不解地问。

"不是打蛇，是防止蛇攻击。"黄永强解释道。

"那还不是打蛇？"上官如玉又说道。

"不一样。拿铁棍是为了防止蛇攻击，主要用来防御。蛇如果不主动攻击，就不使用铁棍；蛇如果发动攻击，就用铁棍来防身。但防身也未必一定要把蛇打死，比如可以把它挑开。"黄永强说完后，看了一眼刘宇轩，"刘科长，我解释得对吗？"

刘宇轩笑了："黄书记可以当外交部发言人了，完全正确。"

"一看你俩关系就不一般啊。一个人都能替另一个人回答问题了。"上官如玉眼里露出了羡慕的神色。

"他俩经常一起入户，关系和亲兄弟似的。"站在一旁的燕如山说。

"以后咱们都要一起入户呢，所以你和刘科长的关系也差不了。"黄永强笑着说。

上官如玉笑了笑，没有说话，脸上掠过一丝红晕。

周全听到大家在院子里聊天，推开门走了出来。

"对了，一会儿多做点饭，我们都在这里吃饭呢。"燕如山朝周全说道。

周全脸上有些不自然，脱口说了一句："这么多人吃饭啊？"

"人多吃饭香。"燕如山边说边向周全使了个眼色。

周全赶紧换了一副语气："嗯哪，人多吃饭香。"

周振云和上官如玉装作没有听到周全和燕如山的对话，借机说了些别的话题。

这时，魏谦厚已把菜和肉买了回来，一下车拎着个塑料袋向平房走去，边走边招呼大家："都站在院子里干什么呢？进来啊！"

几个人跟着魏谦厚进了走廊。

"刘科长在哪个屋子住呢？"周振云边走边问。

"紧挨厨房这个屋子。"刘宇轩边说边推开了屋门，"大家进来坐。"

几个人又都进了刘宇轩的宿舍，本就不大的宿舍顿时拥挤起来。"这条件也太简陋了！"周振云又说。

上官如玉没有说话，这里瞅瞅，那里看看，注意着屋里的每一个角落。

"先将就一段时间，看下一步能不能改善一下条件。"燕如山说道。

"刘科长来的第一天，燕书记就是这么说的。刘科长现在待了快两年了，燕书记还是这句话。"黄永强在一旁笑道。

"惭愧啊！"燕如山有些不好意思。

"有个地方住就行。"刘宇轩笑了笑。

隔壁传来了魏谦厚和周全的说话声。周全似乎在嘀嘀咕咕说些什么，但声音太低，听不太清楚。魏谦厚的嗓门大，只说了一句，大家全听见了："别瞎鸡巴说，人家都是来帮咱们脱贫的，多做几个人的饭，能累死你啊?!"话音一落，魏谦厚也没有了声音，想必是想起隔壁有可能听得到。

大家又聊了一些这个大院里的事。约莫半个小时后，魏谦厚从厨房走了出来，招呼道："饭好了，大家吃饭吧。"

几个人朝厨房走去。

"我中午有人叫吃饭，你们吃吧。"周全黑着个脸边说边出了厨房。

"看那个熊样。小家子气。"黄永强走到刘宇轩身旁，压低声音说了一句，近乎耳语。

刘宇轩笑了笑，没有说话。

饭桌上大家基本没怎么说话，气氛有些低沉。燕如山故意讲了几个笑话，让沉闷的气氛中多了几许活跃。

吃过午饭后，周振云又上了上官如玉的车，两个人去了村部。燕如山和魏谦厚都开着各自的车回家了。刘宇轩和黄永强回到各自的宿舍。临进自己的屋子时，黄永强像自言自语地说了一句："周振云老爱搭上官如玉的车，这小子有想法啊！他是真不会开车，还是假不会开车?"然后若有所思地关上了屋门。

三十　队长

除了县里加强了驻村扶贫工作队的力量，厅局级单位也加派了人手。

冯唯一就是在这种情况下被派到 D 村的。

在获知冯唯一要来的同时，刘宇轩也获知自己被提拔为扶贫工作队队长。

那一天，一场大雨降临 D 村。

清晨，当刘宇轩拉开窗帘时，他发现外面灰蒙蒙一片，淅淅沥沥的雨点还在飘零着，院子里已全是积水，明晃晃的水滩铺在地面上，像一层透明的漆。显然，雨是在早些时候下起来的。

刘宇轩再定睛一看，发现窗户上竟然停留着大量的飞蛾，一动不动，像休克了一般，一改夜晚追逐灯光时的激情与执着。莫非这些都是昼伏夜出的夜行物种？刘宇轩琢磨着。没有想到，飞蛾这种一动不动、接近休克的状态，在一个小时后，给它们带来了灭顶之灾。

两只麻雀敏锐地发现了停留在窗户上已经不怎么活泛的飞蛾，一前一后在窗户前上下起舞，然后分别用力一啄，两只飞蛾便被衔走了。一会儿的工夫，两只麻雀返回来，又分别用力一啄，另外两只飞蛾也被衔走了。飞蛾在被麻雀衔走的瞬间，似乎都没有察觉到危险的到来，至于逃跑或反抗，可能连意念都没起。这些飞蛾的体形都比较大，看上去厚墩墩的，基本相当于一颗大豆的大小。刘宇轩开始怀疑，一只麻雀如果连续吃进去三四只飞蛾，会不会属于暴饮暴食？又过了一会儿，又来了两只麻雀，在重复着刚才的捕食程序。多少年来，刘宇轩一直分别不出两只同属于一个品种的鸟长相到底有何差别。所谓"脸盲"，大约指的就是这种状态。所以他无法判断每次出现的两只麻雀是新来的，还是刚才来过的。在不到一个小时的时间里，落在窗户上的三十多只飞蛾被悉数消灭了。如果不是麻雀透过窗户玻璃看到屋内的刘宇轩的话，这些飞蛾被消灭的时间可能会更短。它们在捕食的过程中显然考虑到了刘宇轩这个因素的存在，因为它们好几次准备"下嘴"时，望了一眼他又飞走了。

上午，刘宇轩接到了赵处长的电话。

赵处长在电话里笑吟吟地说有两件好事要通知他，问他想先听哪一件。

赵处长的这句话让刘宇轩想起了非常熟悉的另外一句话：有两个消息要告诉你，一个是好消息，另一个是坏消息，你想先听哪一个？

刘宇轩笑了笑，说先听哪一个都行，赵处长定。

赵处长说："那就先小后大，逐一告诉你吧。第一个好消息是，单位给你增派了一名队员，他叫冯唯一。"

刘宇轩有点儿不敢相信自己的耳朵，赶紧反问了一句："不是说单位没有人愿意来吗？怎么还能增派一名队员？"

赵处长又笑了笑，说："单位里是没有人愿意来，但这个属于例外。"

刘宇轩愈发有点儿糊涂了，问："怎么个例外法？"

赵处长说："冯唯一是刚毕业的大学生，入职一个星期就找到了组织，问有没有艰苦的地区，他要下去锻炼，所以组织就想到了驻村扶贫。"说完这句话，赵处长笑了一声。这笑声里仿佛有一种别样的意味。

"大学生还是单纯。"刘宇轩像自言自语地说了一句。

赵处长也像在感叹，说："是呢，大学刚毕业的孩子，身上还满是书生意气，与这个社会还没有完全接轨，有一种挥斥方遒、激扬文字的劲儿在里面。等再过上几年，就被这个社会磨得没了棱角，也逐渐趋于中庸了。"

刘宇轩问冯唯一什么时候过来，赵处长说下周一正式过去，让他这几天准备一下，又问砖厂大院还有没有空余的屋子。刘宇轩说正好还剩下一间。

赵处长说到时候让刘宇轩去接一下站，他们就不过去了。又说等一会儿挂了电话，他把冯唯一的手机号给刘宇轩发过去，他俩好提前对接一下。

稍微停顿了一下，赵处长清了清嗓子，说："第二件事和你本人有关。"

刘宇轩有点儿好奇，问："和我本人？"

赵处长一本正经地说了起来："局党委会刚讨论通过，决定提拔你为副处长，你的新职务是扶贫工作队队长，代表单位履行帮扶职能。你们部门的同志们都非常给力，在谈话环节给予了你相当高的评价，拟任前的相关程序已经全部走完了。在这里，我谨代表我个人向你表示祝贺。以后，冯唯一就是你的部下，归你直接指挥。你的任命文件马上就印发了。"

刘宇轩感觉有点儿不可思议，连说了两句感谢的话："谢谢组织，谢谢赵处长。"他觉得有些事情来得也太突然了，事前没有一点儿征兆。随即又笑着说："我们部门的同志们保密意识也太强了，居然没有一个人和我提前通气。"

赵处长也笑了，说："证明大家都是久经考验的好同志。不过这个事速度挺快的，昨天下午刚找他们谈完话，今天上午就上会研究了，估计他们还没来得及给你通风报信呢。"又说："宇轩啊，这次局党委提拔你，充分说明了组织对你的信任和对你工作的认可。你要戒骄戒躁，在今后的脱贫攻坚岗位上，继续做出新的更大的成绩。"

一周后的星期一，冯唯一来到了 D 村。

经赵处长的中间牵线，刘宇轩和冯唯一在正式见面之前，两人已通了电话。

冯唯一是刘宇轩到县汽车站把他接到 D 村的。

乍一看，冯唯一果然是一副学生模样，如果没有人介绍，人们会以为他还是一名在校大学生。

"你怎么想起来这么一个地方？"刘宇轩在汽车站到 D 村的路上问冯唯一。

"我就想到祖国最艰苦的地方去，到祖国最需要的地方去，这些地方是最能锻炼一个人的。毛主席不是说过嘛：农村是一个广阔的天地，在那里是可以大有作为的。"

刘宇轩点了点头。

"你平时喜欢写诗？"刘宇轩又问。

"是啊，您是怎么知道的？"冯唯一非常惊讶地问。

"你身上有诗人浪漫的气质。你是写现代诗的？"刘宇轩又问。

"是啊！您连这都知道？我不太会写古体诗，平仄、押韵太麻烦，现代诗想怎么写就怎么写，不用管那些条条框框。对了，您是不是会看面相？面相和星座有关系吗？"

"我不会看面相，也不太了解星座。"刘宇轩笑了笑。

"那您是怎么看出来的？"冯唯一愈发显得有些吃惊。

"推理。我是推理出来的。"

"哇，您太厉害了，我有点儿崇拜您了！我来之前赵处长找我谈了话，他对您评价非常高，说您非常有能力，让我好好和您学习，跟着您好好干，在基层尽快锻炼成长。"

"你不用崇拜我，等你在社会上摸爬滚打上几年，很多事情你也都懂了。赵处长那是在表扬我呢，其实我并没有他说的那么厉害，我只是尽心尽力地干了我该干的工作。"

"干了该干的工作，这已经就很了不起了。很多人在其位不谋其政，尸位素餐。"冯唯一说到这里，显得很激动。

"你刚从学校毕业，知道的还不少？"

"这是我们老师在课堂上讲的。"

"你们老师是位好老师。"

"可不是呢！我们老师在课堂上经常鞭挞社会的阴暗面，是个非常有热血的知识分子。"

刘宇轩又点了点头。

"有对象吗？"刘宇轩问。

"没呢，我现在一点儿事业都没有干出来，怎么能谈对象呢？赵云不是说过一句话嘛，大丈夫只患功名不立，何患无妻？"

"该谈对象还得谈呢，这与事业和功名没有关系，日子终究是要过的。而且在这个世界上，绝大部分人是平庸的，精英只是少数。我们不能把目标定得太高，当然也不能定得太低。"

冯唯一扭过头来，盯着刘宇轩的脸看了好一会儿，像在消化刘宇轩刚才说的那句话。然后他又将头扭了回去，一副若有所思的样子。

一路上，燕如山都在认真地开着车，并仔细听着刘宇轩和冯唯一的对话，没有插一句话。

车子很快到了砖厂院内。冯唯一把他唯一的一件物品——一个硕大的行李箱从后备厢拎了下来。这排平房里最后一间空余的屋子迎来了它的主人。

三十一　姜少春

　　这一日下午，刘宇轩、冯唯一、黄永强、燕如山一行又到姜少春家入户走访。

　　有一次，马晓倩在电话中问刘宇轩没事老去老百姓家的原因，刘宇轩说为了了解情况。马晓倩不解地又问："去上几次不就了解情况了，还用隔三岔五地去？"刘宇轩说："每一次去收获都不一样，就像读一本书，每一次读感受都不一样。"马晓倩又问："经常去老百姓家，人家不烦吗？"刘宇轩说："至少他们嘴上没说烦。"马晓倩又问："是不总去，连老百姓家的狗都不咬你们了？"刘宇轩说："还真是，不过也有咬的。那些咬的狗，估计和人一样，属于'脸盲'型。"马晓倩在电话那头"哈哈"大笑，说："笑死我了，再怎么'脸盲'，去的次数多了，那也能认住啊！"刘宇轩说："那倒未必，上次另一个厅局级单位的一位驻村队员说，他们县脱贫攻坚总队的人下来检查工作，指着他问一位贫困户见过他没？那位贫困户摇了摇头，说没见过。这位驻村队员说，'你说冤枉不冤枉啊，我至少去过他们家不下五次'。"马晓倩听后显得有点儿着急，问："你们村有没有这种'脸盲'型贫困户？别上面来人检查时，也给来一句'没见过'。"刘宇轩说："我们村倒是没有发现这种'脸盲'型的，可能和我去的次数太多也有关系。每次我去这些贫困户家，他们和我打招呼时都会说一句'刘科长来了'，证明他们都记住我了。不过也不能怨老百姓记不住，关键是去老百姓家的人太多了。这里面有镇里的，有县里的，有市里的，有自治区的，有北京过来帮扶的。如果再从部门划分，有防疫站的，有综合执法局的，有林业局的，有农村信用社的，有保险公司的，有自来水公司的，有电力公司的，有派出所的，有教育局的……不间断地更换面孔，搁谁也不好记呢。"马晓倩说："那倒是呢，要是我也记不住。"

几人推门进入时，姜少春正在吃饭。见他们进来了，姜少春开始往下撤饭场。

刘宇轩赶紧说："你吃你的，我们没事过来转转。"

姜少春笑了笑，说："正好吃完了。"边说边将蒸笼和碗盘朝外屋拿。

自从危房改造后，姜少春住进了四十平方米的砖瓦房，曾经的铁丝网院墙已经不见了，全部换成了空心砖水泥院墙，墙面也进行了统一粉刷。但卫生状况没有实质性进展，屋子里依旧乱糟糟一团。四十平方米的屋子，格局依旧和过去一样，被一堵墙隔成了内外两间，两间的出入处由原来的一扇旧木门变成了崭新的防盗门。这个防盗门并不在危房改造的范畴内，是刘宇轩和燕如山协调一家施工企业免费给安装的。里外两间屋子摆放的物品也保留了原来的模样，连位置都不曾变化。外间最里面还是锅台，锅台上还是那个直径不小的铁锅，铁锅上还是那个蒸笼，蒸笼上还是那个锅盖。锅台旁边依旧堆放着各种袋子，袋子旁边依旧是盆子、坛子、罐子、玻璃瓶等杂物，杂物往外延伸处依旧是灰渣和玉米秆，再往外延伸就是刘宇轩几人刚进来时的那一扇铝合金门。这扇铝合金门是危房改造时统一更换的，而之前是两扇旧木门。从外面进来的人如果不太注意的话，推开门后，依旧会一不小心踩到玉米秆上。每一种生活习惯看来都不是短时间内可以改变的。

针对姜少春家里的卫生状况，刘宇轩他们曾专门制定过两套方案。一套是督促姜少春勤打扫、勤收拾，但清洁的局面只能保持一天，第二天就"涛声依旧"了；第二套方案是"刺激式"的，即由他们几人轮流去为姜少春家收拾屋子，以此让其"知耻而后勇"。但一个月下来，姜少春没有丝毫"谦让"的意思，你们收拾你们的，我该干啥还干啥。而且清洁的局面同样只能保留一天，第二天就"涛声依旧"。

两套方案均以失败而告终。刘宇轩觉得这两套方案之所以没有起到效果，是因为方案治标不治本。要想彻底解决姜少春家的卫生状况，必须让姜少春自己认识到问题并行动起来，这才是根本。

这一次他们几人依旧是为姜少春家的卫生状况而来的。他们采取的策略是与姜少春谈心，让其从思想上认识到卫生的重要性。按照他们来之前的计划，先由黄永强上场，动之以情，晓之以理，阐述保持清洁卫生的重要性，比如看上去环境整洁，住着就心情舒畅，人活着如果每天能够心情舒畅那是多么美好的事情啊！关键卫生搞好了，就不容易滋生细菌，这样就不容易生病，身体健健康康多好啊！

听着黄永强的"说教"，姜少春闷声不响地坐在那里。等黄永强说完时，姜少春来了一段："卫生有那么重要吗？现在虽然我还没有脱贫，但收入比以前提高了许多，收入提高是因为有了水浇地和分了基础母羊。如果没有这些，每天把卫生搞好能增加收入吗？光靠一个搞好卫生能脱贫吗？不能！搞卫生就是一个面子上的事，花里胡哨的没用。再一个就是，是你们觉得我家里的卫生状况不好，我个人觉得这卫生状况挺好呀！"

"老姜，你这个认识是不对的，搞好卫生是不能直接解决脱贫的事，但物质文明和精神文明需要一起抓啊，不能落下一个呀！刚才我和你也讲了搞好卫生的好处。你要是卫生搞不好，得上一个病，还不得花钱看病吗？这样一来，不照样影响脱贫吗？"黄永强又解释道，"再者，你家里这卫生也能叫好吗？你随便去一户人家看一看，哪一户不比你家干净？"

"卫生这个事你们就别劝我了，我还是那两句话：一、卫生还真不是个什么重要的事；二、我觉得我家的卫生挺好。"姜少春说完后，又闷声不响了。

几个人你瞅着我，我瞅着你，一时无语，屋子里有些沉闷。

这时，姜少春又开口了："刘科长，你们能不能帮我弄几只兔子？我想养兔子，这样可以增加一些收入。"

"还刘科长呢？人家已经提拔成副处长了，现在是刘队长了。"燕如山在一旁说道。

"称呼就是个代号，叫什么都行。"刘宇轩笑道，"上次我们给你买回来的那些兔子呢？"

"死了，都生病死了。"姜少春边说边低下了头。

"前段时间我们来时都还活得好好的，这才多长时间就全死了？刘队长，你可别听他忽悠，肯定是他全弄死吃了。"燕如山在一旁说道。

"真没吃，真是生病死了。"姜少春底气有点儿不足，感觉像狡辩。

"既然死了，那些兔子的尸体都哪儿去了？"燕如山又问。

"我都埋了。"

"埋到哪儿了？"燕如山又追问。

姜少春支支吾吾："我埋到屋子后面了。"

"具体在屋子后面的哪个位置呢？我现在过去挖出来。"

"好几天了，我记不清具体位置了。"

"我信你个鬼，你个糟老头子坏得很。吃了就是吃了，还狡辩！"燕如山又说。

姜少春这回没有回应，把头甩了甩，以示抗议。

"你想增加收入这个诉求我们记着呢，这一点咱们目标都是一致的，我们会替你想办法。"刘宇轩说道。

"谢谢刘队长。"姜少春笑了笑。

"记性还挺好，刚说完就记住了。"燕如山打趣道。

"哼，我又不傻。"姜少春撇了撇嘴。

从姜少春家里出来后，燕如山在路上说："刘队长啊，我知道你心地善良，一心想着为村里的老百姓增加收入，但这些人里面，有的可狡猾呢，不和你交实底。就像这个姜少春，把兔子吃了还在那里忽悠你们。我听说村里还有一些贫困户，基础母羊生下羊羔后，只留母羊，等公羊长大后不是卖钱，而是杀掉吃了。这帮人，逮住啥吃啥，不贫困才奇怪呢！有句话叫'可怜之人必有可恨之处'，我觉得这句话是完全正确的。"

刘宇轩听后有些吃惊，问了一句："吃了？"

燕如山说："嗯哪，吃了。幸亏咱们村弄的是基础母羊，如果是公羊，说不定早被吃得差不多了。"

刘宇轩显得有些担忧，说："这真还是个问题，以后得引起注意了。"

燕如山又说："其实村里每户人家的情况，我们这些村干部大致是了解的，毕竟大家在这个村子里共同生活了这么多年。当然具体到每户人家有多少头牛多少只羊，我可能记得不如韩秘书清楚，毕竟他经常要往电脑里录入数据呢。你们因为不是本地人，所以需要经常性入户了解情况。夸张一点儿说，我们即便不入户也比你们了解他们。这是我们村干部的优点，毕竟是坐地户嘛。不足之处是，我们虽然知道他们的基本情况，但是不知道采取什么样的措施能够让他们脱贫，或者说，即便知道采取什么措施，但能力、门路都有限，同样解决不了问题。这就是国家要派你们下来驻村帮扶的原因了。你们一来办法比我们多，二来门路也比我们广，所以解决起问题来就游刃有余。"

刘宇轩点了点头，说："你说得对，咱们各有所长，也各有所短。"

这时，黄永强插了一句话，说："燕书记，刚才那句'我信你个鬼，你个糟老头子坏得很'这么时髦的话，你也知道？"

燕如山一脸的白豪，说："知道啊！毛主席说过，三天不学习，赶不上刘少奇。我也得不断学习啊！"

刘宇轩有点儿好奇地问燕如山这些话都是从哪儿学来的。燕如山再一次展示出神气十足的神态，说："从手机上啊！我每天都在手机上看抖音和快手，里面的视频可搞笑呢，偶尔有些哲理性的话，听起来很有道理。这些话叫什么来着？一下子想不起来了。"说完，他挠了挠头，一副思考的样子。

刘宇轩问："是'心灵鸡汤'吗？"

燕如山说："对对对，是叫'心灵鸡汤'。"

刘宇轩说："那些心灵鸡汤，听起来感觉都对，操作起来又不着边际。就像一些专家的讲座，听起来都头头是道，但很多东西是不实用的。"

听完刘宇轩这几句话，燕如山一下子来了劲，说："你这么一说，似乎很有道理，就像主席台上的一些领导，讲起话来句句都正确，但做出来的事情有时候却见不得天日。你看对那些落马官员的通报，我觉得就连小孩子都做不出来的事情，他们却做了。说得难听一点儿，有些落马官员所做的事情，就连畜生都未必会做，但他们做了。所以，有句话叫'连牲畜都不如'。"

黄永强瞅了瞅燕如山，说："你好像对这类人挺关注，还挺有研究。"

燕如山笑了笑，说："我这个水平哪能称得上研究呢！这都是抖音和快手上现成的段子。不过，我确实挺痛恨这帮贪官，拿着纳税人的血汗钱不干事，有时还不干人事，真他妈的不是东西！落马，真是活该！人间不收拾他们，老天爷也不会放过他们！"

黄永强笑了笑，说："没发现燕书记还挺疾恶如仇。"

燕如山说："谁让咱们是党员呢！"刚说完他又突然停顿了一下，说，"其实也不对，那些落马官员绝大多数也是党员。"

刘宇轩在旁边补充了一句："他们是变质蜕化了的党员。"

燕如山又笑了起来，说："对，对，还是刘队长有文化，他们是变质蜕化了的党员。"

冯唯一一路上也不怎么说话，只是在专注地听着他们几人聊天。

进入砖厂大院，刘宇轩和冯唯一下车后，车子又掉头走了。

无论是春夏还是秋冬，这里的天总比 H 市要黑得早，就像总比 H 市要亮得早一样。

刘宇轩和冯唯一回到了各自的宿舍。

当刘宇轩打开宿舍灯的一刹那，几只停留在墙壁上的蚰蜒开始仓皇逃窜。他已经习惯了这样的场景。

蚰蜒，呈棕黄色，和蜈蚣长得很相似，但比蜈蚣小了许多。蚰蜒身体两侧排列着的那些密密麻麻的脚，看后都能让人起一身鸡皮疙瘩。女人和小孩看到蚰蜒后，大都会惊叫一声，止步不前，可见其尊容多么影响市容。

经过长时间的接触，刘宇轩发现蚰蜒虽然外表丑陋，经常吓人一跳，但它的胆子十分小，一见到人就落荒而逃了。蚰蜒与人，属于典型的相互吓唬对方型。

一次，周全将厨房里闲置的一块废砖掀起来时，两大一小三只蚰蜒正弯曲着身子趴在那里。显然这是一家三口。三只蚰蜒被这突如其来的动静吓了一跳，几乎同时做出了反应，将弯曲的身子瞬间都伸直了，准备逃跑。但为时已晚，周全以迅雷不及掩耳的速度将一只大脚严严实实地踩在了它们身上。可怜的一家三口顷刻间都一命呜呼了。

站在一旁的刘宇轩非常不解地问周全："为什么要踩死它们呢?"

周全一脸的不屑,说:"看着它们就硌硬!"

在这个看脸的年代,长得丑不但不招人喜欢,有时候还会付出生命的代价。

三十二　小猫

小猫是刘宇轩收养的一只孤儿，如果猫也可以跨界借用"孤儿"一词的话。

由于在废弃砖厂的院内仅住着固定的寥寥数人，所以见到一只动物进来，也会让人欣喜不已，甚而激动。"物以稀为贵"，其正确性将长期存在。此处的"贵"应有两层含义，一是身价高，二是招人喜欢。这里特指后者。这是刘宇轩思考后得出的结论。

一日傍晚时分，在清静的院子内，居然出现了一只黄色的成年野猫，肚子鼓鼓的，一副怀孕的状态。过了数日，这只猫再次出现时，肚子已瘪了下去。又过了几日，这只成年野猫领着三只小猫在院子里嬉戏。一大三小，其乐融融。倘若能看到小猫的爸爸，这个五口之家看起来也许会更温馨。刘宇轩曾一度替猫着想。但五只猫聚在一起的画面终究没有出现，直到这个家庭分崩离析。

每到中午或晚上，猫妈妈便会来到宿舍区，隔着窗户玻璃"喵喵"地叫，试图讨一口饭吃。一只带着三个孩子的猫妈妈不容易。人皆有恻隐之心，无论是刘宇轩，还是冯唯一，还是周全，看到猫妈妈到来时，都会给它一些食物，满足它那点小小的诉求。

又过了数十日，出现了痛心的一幕。猫妈妈和一只小猫摇摇晃晃地走进了院内，几分钟后，它们先后倒了下去，再也没有站起来。一家四口，仅剩下了两只年幼的小猫相依为命。他们几个猜测，那一大一小两只猫有可能吃了不干净的东西，中毒身亡了。

之后，在院子里偶尔会看到两只小猫出来活动的身影，但它们一见到人便跑得无影无踪了。

再之后，院子里便只剩下了一只孤零零的小猫。另一只小猫，显然也已死去。

唯一活下来的，是一只黄白相间的小猫。

根据时间推测，它应当有半岁。

起初，它独自在院内活动时，见到刘宇轩几人照旧会撒腿就跑，但慢慢地，它在有意缩短与他们的距离，三丈、两丈、一丈、两米、一米……即便是最近的距离，它也不允许人们靠近，总是一副若即若离的样子。

一日，刘宇轩几人合谋一计，试图引诱其进入宿舍，然后予以收养。几人将走廊的大门故意敞开，将食物置于走廊内。小猫果然上当，尽管警惕地徘徊了好一阵子，但终究难抵食物的诱惑，还是犹犹豫豫地迈进了大门。躲在门外的周全见状，迅速麻利地"咣当"一声将大门关闭。小猫闻声大惊，再回头已无退路，伴随着惊恐的叫声朝大门冲去。它试图以其弱小的身躯撞开坚固的大门，结果是显而易见的。

刘宇轩站在远处静静地观察，估摸它在几番碰壁后自会消停，消停后自会气馁，气馁后收养之目的便可实现。

但局面并非如此。

　　小猫不停地叫着，毫无停下来的意思，等到最后，嗓子已完全嘶哑。如果仅仅是叫倒也罢了。伴随着叫声，它一次又一次地用头撞击走廊的大门，发出"嗵嗵"的响声。其求生之欲望，视死如归之决心，显而易见。而每一次的撞击都听得人们胆战心惊。

　　人皆言猫性温顺，然不可一概而论，刚烈如斯者，罕见。

　　刘宇轩赶紧将门打开，小猫一溜烟跑得没有了踪影。

　　此后，数十日不曾再见。

　　又一日，刘宇轩几人在院子里说话，小猫突然出现了。

　　几人都很惊讶，他们本以为它也离开了这个世界，追随它的家人去了。对于一个出生没有几个月就失去妈妈照料的小动物，死，也许就在须臾之间。

　　小猫径直朝几人跑了过来，在不到半米的距离停了下来，比之前保持的距离又缩短了一大截。这一举动出乎人们的预料。

　　当冯唯一试图伸手触摸它时，它还是警惕地跑开了。过了一会儿，它又跑了过来，比刚才的距离又缩短了一截。看来它在试探人们有无伤害它的意图。又过了一会儿，它径直朝刘宇轩走了过来，用身子蹭刘宇轩的裤脚。周全笑着说，它是来找刘队长的。刘宇轩不信，故意走开，小猫果真从后面追了上来，一副认定刘宇轩是它主人的样子。

　　这是时隔二十多年后，刘宇轩与猫再次近距离接触。

　　小时候，刘宇轩家中一直养猫。那时村中几乎家家都养猫，因为家家都有可能遭遇老鼠。那时的猫有明确的工作职责：抓老鼠。即便抓不到老鼠，也要起到震慑的作用，达到让对方"闻声

而逃"或"见影而逃"的效果。那时的猫大多是恪尽职守的,不
但真的去抓老鼠,有时还会干一些超出自己岗位职责范畴的事,
比如,将一条蛇衔了回来。当然,这样做虽然费力,却不讨好。
主人看到蛇后,大都会惊叫一声,顺带骂一句,弄不好还会踢一
脚。猫自知无趣,衔着那条蛇灰溜溜地躲到墙角处。人见蛇不怕
者少,人见猫害怕者少,蛇见猫能生还者少。一物降一物。

离开村庄后,刘宇轩的家中便不再养猫。

来城里后他发现,城里养猫者大有人在。此时的猫已摇身一
变成了宠物,集主人万千宠爱于一身,锦衣玉食,享尽洪福,独
不用再去抓老鼠。

三十年河东,三十年河西。此一时,彼一时。

小猫自从决定跟随刘宇轩后,便用行动证明真的跟随了刘
宇轩。

刘宇轩进入宿舍时,它便跟着进入宿舍;刘宇轩走出宿舍
时,它便跟着走出宿舍;刘宇轩坐在床上时,它便"嗖"的一下
跳到床上,身体紧挨着他卧下;刘宇轩起身时,它便坐了起来,
双眼睛盯着他,看他要向何处去。刘宇轩向冯唯一宿舍走去
时,它便"嗖"的一下跳到床下,紧随其后;刘宇轩在冯唯一宿
舍逗留时,它便蹲在门口朝他"喵喵"地叫,一副催他尽快回去
的样子。如果刘宇轩一时没有回去,它便蹲在门口不走,等他离
开时,它起身相随。

一日,刘宇轩又到冯唯一宿舍谈事,小猫见他暂无离去之
意,竟大胆地走了进来。这是它第一次跨入别人的宿舍,并
"嗖"的一下跳到他身后的床上,静静地卧着。等刘宇轩起身时,

它又"嗖"的一下从床上跳了下来。

傍晚时分,刘宇轩都会在院子里或院外的那条土路走好长一段时间,小猫便一路小跑,紧随在他身后。有时候还会几个跳跃,跑到他前面,然后停下来等待。人们经常会看到狗跟在主人身后慢跑的场景,但猫跟在人身后小跑,刘宇轩还是头一次见。

小猫一旦吃饱,便即刻将其两条前腿绷直,将整个腰弓起来,做一个极其夸张的"伸懒腰"动作,并用那薄而柔软的舌头沿着嘴唇四围舔几圈。在将嘴巴弄干净后,它便开始用肉墩墩的前掌心擦拭整张面积并不庞大的脸。接着它或蹲或躺在那里,舔舐身上或腿上的毛发。再接着,它便用爪子挠挠下巴,挠挠腮帮,挠挠耳朵,然后将整个脑袋摇晃几圈,像一个拨浪鼓,似乎在抖落头上的尘埃。

这一套动作结束后,它便开始寻找玩耍的对象,比如一截绳子、一串钥匙或一只拖鞋。它只要认为可以作为攻击目标的,都要尝试一番,一副独孤求败的架势。很多时候,它会将刘宇轩作为攻击目标,先是过来"啪啪"两腿,接着扑上来就是一口。一般情况下,刘宇轩都会配合它比画两下,比如,看看谁的出拳速度快。无暇陪它玩耍时,它便躺在他身后,用爪子挠他的衣服,并试图隔着衣服咬他一口。

一日,小猫突然不见了。

按惯例,在中午或傍晚时分,它都会从院子的某一个角落溜达回来,但一天过去了,它丝毫没有出现的迹象。刘宇轩几人猜测,有三种可能,一是被偶尔来院子里的另一只大公猫领走了。每次大公猫到来时,小猫都会表现出一副稀罕并热烈欢迎的架势。在这里，见人不易，见到自己的同类更不易。它要么扑过去玩人家尾巴一下，要么跑过去在人家背上拍一下，极尽调皮之能事。大公猫的年龄显然比小猫大好几岁，长长的身体，健壮的身材，比小猫大出了好几号。如果用俄罗斯套娃来打比方，小猫就是最里面的那一个，大猫就是最外面的那一个。二是被几里地外的村民收养了。三是死了。

在小猫不见的第二天，刘宇轩怀着一丝希望，沿着院子附近的土路从南走到北，又从北走到南，边走边"喵喵"地叫着，期盼着它会冷不丁从路旁的玉米地或草丛中蹿出来，给他一个惊喜。但两趟过后，一无所获，唯一见到的活物是头顶电线上蹲着的一只隼。

三天过去了，小猫依旧没有出现，几人认定它的确已经死了。于是，它存在时的种种美好画面逐一在刘宇轩脑海里浮现。

人都是这样，存在时不太在意，失去时方觉可贵。

第四日中午，当黄永强打开他的宿舍准备进去午休时，一道黄影从他眼前闪过，并迅速钻到了床下。黄永强惊叫了一声："刘队长，是你的小猫！"刘宇轩心中一阵惊喜，赶紧跑了进去。小猫怯生生地看着刘宇轩，仿佛又回到了那个野生的阶段。刘宇轩这才想起，前几天他去黄永强宿舍时，小猫也跟了进来。两人说了几句话就出来了，黄永强锁门时没有注意到小猫还没有出来，一连三天他都没来这里午休，这样硬生生地将小猫关了三天。这家伙，三天滴水未进，居然还顽强地活着。

失而复得，虚惊一场。

自从"误关事件"发生后，刘宇轩对小猫格外关照。他突然觉得，人与人、人与物的相逢就是缘分一场，有些缘分可能很长，长到几年、几十年，而有些缘分可能真的很短，短到只有几天。

有人说，人生得一知己足矣。在这个两千多里外的地方，遇一形影相随的小猫，是不是也已足矣？刘宇轩想。

小猫一直跟随了刘宇轩好几年，直到之后的新冠肺炎疫情暴发。在那段时间里，人们都被要求居家隔离，不得外出。数月后，当刘宇轩返回 D 村时，小猫已彻底消失了。

三十三　检查组

刚吃过早饭，刘宇轩就接到了魏谦厚的电话。

魏谦厚一副着急忙慌的样子，说："刘队长，上面来检查组了，你们赶紧来一趟村委会吧。"刘宇轩说："来就来呗，欢迎检查。"

魏谦厚依旧一副着急的样子，说："你们不来村部，让人家查住呀！"刘宇轩说："我常年就在这里住着呢，还怕他们查吗？"魏谦厚说："人家不是要求你们吃住都在村部嘛，你们却一直在砖厂大院住着。"刘宇轩听后笑了，说："我在离村部二里地的砖厂大院住着呢，你说算不算在村部？"魏谦厚说："刘队长，你就别抠字眼了，还是来村部吧，这样保险一些。"刘宇轩说："真没事，如果上面的检查组要求驻村队员必须 24 小时待在村部且不能离开，那这帮人就是一帮不折不扣的形式主义者。"魏谦厚又说："刘队长，你快来吧，就别较真了。"刘宇轩笑了笑，说："那我听魏主任的。"他又问是哪个单位的检查组。魏谦厚说："我也不知道，反正是三个陌生人。我现在开车过去接你俩，这样快点。"刘宇轩说："不用接，我俩步行过去，我们平时也是走着到村部参加会议的。"魏谦厚说了句"好吧"，似乎还想说点什么，但没有继续说下去，随后挂断了电话。他可能觉得今天的刘宇轩有点儿不对劲，感觉像和谁憋了口气。

刘宇轩招呼上冯唯一朝村委会走去。

两人进入村部时，燕如山和魏谦厚正在楼道里站着，见刘宇轩和冯唯一进来，魏谦厚用手指了指会议室，说："上面检查组的人已经来了，黄书记正在里面陪着说话呢。"说话间，周振云和上官如玉也赶到了，四人一起进了会议室。

黄永强给双方做了介绍，说这是县里脱贫攻坚总队的 F 总队长、X 副总队长和 E 队员，然后又向对方介绍了刘宇轩几人。

F 总队长笑眯眯地说："按照工作要求，我们对驻村工作队有一个日常动态管理。刚才听黄书记介绍，你们常年都在驻村，远远超出了文件要求的每月 20 天，很多法定节假日都没有回去，这一点非常好。除日常动态管理外，还有一个对驻村工作队知识点的考查，了解大家对脱贫攻坚理论知识的掌握情况。下面咱们就随便聊聊。"

F 总队长虽然说随便聊聊，但冯唯一、周振云和上官如玉还是紧张地瞅向了刘宇轩。

"那就请各位领导提问吧，我代表驻村工作队进行回答。"刘宇轩说。

冯唯一、周振云和上官如玉如释重负地又瞅了一眼刘宇轩。刘宇轩晚上没事时就学习这些脱贫攻坚方面的知识，他们觉得让刘宇轩回答应当没什么问题。

F 总队长微笑着清了清嗓子，问："脱贫攻坚工程目标任务是什么？"

"'两不愁，三保障'，一高于，一接近。"刘宇轩回答。

"驻村工作队要对贫困户情况做到'五清'，'五清'分别是指什么?"

"家庭情况清、致贫原因清、收入情况清、脱贫政策清、困难问题清。"

"'五个一批'是指什么?"

"发展生产脱贫一批,易地扶贫搬迁脱贫一批,生态补偿脱贫一批,发展教育脱贫一批,社会保障兜底一批。"

"'六个精准'是指什么?"

"扶贫对象要精准,项目安排要精准,资金使用要精准,措施到位要精准,因村派人要精准,脱贫成效要精准。"

F总队长微笑着点了点头:"你们D村有爱心超市吗?"

"有,每月都按积分开展活动。"刘宇轩回答。

"你们村有多少户,多少人口?"

"三百零一户,一千零二人口。"

"稳定脱贫户有多少?正常脱贫户有多少?未脱贫户有多少?"

"稳定脱贫户六十户,正常脱贫户九户,未脱贫户只剩下一户。"

"未脱贫户一共有几人口?"

"三人口。"

"未脱贫户致贫的原因是什么?"

"因病致贫。"

"什么病?"

"慢性病,具体为高血压和糖尿病。"

"该贫困户的贫困属性是什么?"

"低保贫困户。"

……………

随着提问的深入，坐在刘宇轩身旁的冯唯一、周振云和上官如玉脸上的表情越来越不自然，他们生怕哪一个问题把刘宇轩一下子问住了。尤其是上官如玉，本来一张白净的脸涨得通红，显得局促不安。

坐在他们对面的几人表情却越来越和蔼，不时点着头。

只见 F 总队长又露出了他标志性的笑容，继续问道："该贫困户年龄多大？"

刘宇轩稍微停顿了一下，冯唯一、周振云和上官如玉立即紧张了起来，只见刘宇轩嘴里像念念有词："五十七，五十八，五十九……"然后他突然提高了分贝，"今年五十九岁"。冯唯一、周振云和上官如玉都长出了一口气，如释重负。

F 总队长又微笑着问："你们有没有考虑过要采取一些具有个性化定制特点的措施，让未脱贫户脱贫？"

刘宇轩又停顿了一下："我们也曾考虑过，但还没有想出一个特别适合他们脱贫的个性化定制方案，这也是我们下一步要努力的方向。"

"好。"F 总队长又微笑着点了点头，"不错，看来你们在脱贫攻坚方面确实做了不少理论功课，在了解掌握贫困户实际情况方面也比较到位。工作值得肯定。"说罢，回头瞅了一眼 X 副总队长，"X 县长，你还有其他需要了解的问题吗？"

X 副总队长微微欠了欠身子："没有了，F 书记提问得已经非常详细了。"

F总队长又回过头瞅了一眼E队员："小E，你还有其他问题吗？"

"没有了，F书记。"E队员说。

"好，今天的情况就了解到这里。你们以后有什么困难随时到总队找我们，我们会力所能及地帮助你们。在保证驻村质量、正常开展工作的同时，一定要注意人身安全，要注意煤气泄漏、用电安全，还有，马上汛期就到了，要随时关注天气预报。"

"谢谢领导关心。"刘宇轩几人分别与总队的几位同志握手道别。

F总队长临走时，特意瞅了瞅刘宇轩额头以上部位，说了一句："你这么年轻怎么头发就掉成这样了？回去找个中医好好调理调理。"

刘宇轩再次表达了谢意。

"哎妈呀，吓死宝宝了！"冯唯一又长长地呼出一口气。

"我紧张得感觉心脏都快蹦出来啦！"上官如玉边说边将手捂在了心口处。

"他们问得够详细啊！"周振云感叹道，"多亏了刘队长肚子里有东西，否则咱们几个这次真就挂了。"

"我挺好奇，刘队长是怎么记住这么多东西的啊？关键还记得这么清楚！这里面有啥窍门吗？"上官如玉一脸惊讶的表情。

"哪有什么窍门啊！理论知识部分全靠看的次数多记住的，贫困户情况全靠入户次数多记住的。"刘宇轩笑了笑，"如果说这里面有什么窍门，就两个词——'多看''多入'。"

"你每天也挺忙，这些理论知识是什么时候看的啊？"上官如玉还是有些不解。

"晚上啊,晚上一个人时,正好静下来看点东西。"

"佩服啊。我们晚上的时间大部分都被电视、微信、抖音和快手占据了。"上官如玉边说边点了点头。

"哎,刘队长,他们既然是县里脱贫攻坚总队的,为什么彼此之间不称呼队长,而是称呼书记和县长呢?"冯唯一有些茫然地问。

"我上次和韩秘书也讲过,脱贫攻坚总队的同志还在县里兼职呢。刚才那位 F 总队长兼着县里的副书记,X 副总队长兼着县里的常委、副县长,所以彼此就这样称呼了。"

"明白了。"几人又都点了点头,看来这个疑问不仅冯唯一一个人有。

三十四　养鸡场

"习近平总书记在宁夏考察时指出，发展产业是实现脱贫的根本之策。要因地制宜，把培育产业作为推动脱贫攻坚的根本出路。从咱们村的发展实际看，正如总书记所言，如果没有一个产业来支撑，想大幅度且稳定地增加老百姓的收入，想从根本上脱贫恐怕是有难度的。所以，我们要在产业发展上下功夫，物色一个好的项目。"刘宇轩在黄永强安排完各项工作后，表达了自己的想法。

"我觉得刘队长的提议非常好，是本周'双书记'例会的一个亮点。咱们村是该发展产业了，如果有一个稳定的产业，老百姓就会实现稳定增收。从长远发展看，是非常有益的。"黄永强说道。

"发展产业肯定大家都没有意见。这里面涉及两个问题，一个是发展产业的类型，另一个是资金的来源。"燕如山说道。

"小型牲畜我觉得就不用考虑了，得吸取上次的教训。大型牲畜还行，保险系数高一点儿。"周振云说。

"是啊！这次我们真还得吸取那个养鸡场的教训，不能重蹈覆辙了。"魏谦厚说道。

"我觉得养鸡场这个事也需要辩证地看待。首先建养鸡场这个项目是没有问题的，问题出在了管理上。"燕如山说道。

"讲话要靠真凭实据，怎么能说问题出在管理上呢？那些鸡明明就是因为鸡瘟死的嘛。"魏谦厚反驳道。

"你说得对，讲话确实要靠真凭实据，怎么就能证明这些鸡是因为鸡瘟死的呢？"燕如山反问道。

"不是因为鸡瘟那是因为什么死的呢？几百只鸡突然全死了，除了鸡瘟还能是什么？"魏谦厚说道。

"比如说饿死呢？"燕如山语调有些阴阳怪气。

"怎么会饿死呢?！村里专门雇的饲养员，还能把鸡饿死吗？"魏谦厚说道。

"有饲养员就能保证鸡不被饿死吗？你没看新闻报道，动物园里的老虎还有被饿死的呢，请问哪个动物园没有饲养员呢？"燕如山又说道。

"你的意思是村里雇的那个饲养员渎职呗？"魏谦厚显然有些生气了。

"渎职不渎职自己不清楚吗？"燕如山又说。

"抬头三尺有神灵。说话要积点口德，小心出门遭雷劈。"魏谦厚说完后靠在了椅背上。

"你诅咒谁遭雷劈呢？"燕如山有点儿急眼了，瞪着一双大眼睛瞅着魏谦厚，"难道是我在胡说吗？有人把死去的鸡开膛了，发现鸡肚子里没有一粒粮食，这不是饿死的，是怎么死的？人家刘队长辛辛苦苦协调来的几万元就这样泡汤了？真他妈的是败家玩意儿。这样做能对得起谁啊？自己良心能过去吗？"

"好了，好了，这个事已经过去了，就别再提了。咱们也是在摸着石头过河，在前进的道路上难免要有些失败，以后要认真吸取教训就是了。"黄永强在中间劝道。

"黄书记、刘队长，你们不知道，他这是在指桑骂槐，不就是因为那个饲养员是我小舅子嘛！现在鸡死了拿我小舅子说事呢！当时一个月给人家五百块钱工资，谁愿意去干？你们又不是没找过别人，有人愿意去吗？我小舅子去，还是因为我给他做了半天的思想工作。你们现在翻脸不认人了？如果换成是别人，他还会这样攻击吗？"魏谦厚显得余气未消。

"你小舅子当饲养员我也没有意见呀！当时这个饲养员确实没有人愿意去干，人选也确实是在村'两委'班子会上定下来的。问题是，他既然同意了，也拿了工资了，就得干活啊！不能每天自己喝得五迷三道的，把鸡晾在一边挨饿啊！"燕如山又说道。

"如果真是饿死的话，还能一夜之间全死吗？那也得拉开一个时间段吧？污蔑人也得有个常识吧？！"魏谦厚气又上来了。

"那还有啥？同时不进食，同时就死掉了，就这么简单。不过，这些鸡还挺讲江湖义气的，不求同年同月同日生，但求同年同月同日死，是不是趁人不注意时，它们还举行过一个歃血为盟的仪式？"燕如山说到这里，自个儿"哈哈"大笑了起来，不知是这句话真把他自己逗乐了，还是故意在给自己营造一点儿欢快的氛围。稍一停顿，他又说道："而且这些鸡死的时间节点也太蹊跷了，刘队长回去协调资金，前前后后也就十多天的时间，回来鸡就全死了。这鸡瘟也来得太是时候了，早不来，晚不来，就等刘队长回去的时候来啦？退一步讲，假如真是鸡瘟，我说的是假如，为什么村子里其他的鸡还活得好好的？"燕如山环环相扣的思维像一个 D 村版的福尔摩斯。

"这还不好理解吗？养鸡场离村子有二里多地，又是封闭式的，所以村子里的鸡没有被感染。至于鸡瘟什么时候来，还真不好说，也许就是赶巧了，正好和刘队长回去的时间重合了。"魏谦厚说道。

"好了，好了，别在这件事情上争论了。咱们还是讨论下一步产业的事情吧。"刘宇轩插话道。

"哼！现在很多事情本来是'人祸'，最后都成了'天灾'啦。"燕如山说完后，重重地将身子靠在了椅背上。

冯唯一坐在那里一直没有吭声，当听完燕如山的这句话时，身子突然震动了一下，像产生了共鸣，然后朝着燕如山点了点头，仿佛在说"我支持你的观点"。

"哪个庙里还没有几个冤死鬼？"魏谦厚说完后，也将身子重重地靠在了椅背上。

会议进入了短暂的安静期。

上官如玉打破了沉默。她说："结合之前我们了解到的一些村民把羊吃掉、把兔子吃掉、把……"她似乎原本还想再列举一种被吃掉的动物，但没有继续说下去，稍微停顿了一下，转而说道，"……吃掉的先例，我觉得下一步的产业项目可以考虑动物以外的东西，比如植物，或者其他。"

"植物，或者其他？"黄永强思考了一下，问，"植物有什么项目呢？"

上官如玉说："具体有什么项目我还没有想好，但我觉得这是一个尝试的方向。"

刘宇轩说："我也是这么想的，比如可以尝试食用菌。"

"食用菌？食用菌都有什么呢？"坐在一旁的韩晓生问。

"蘑菇、木耳、银耳、猴头菇等都属于食用菌，这些东西营养价值都是很高的。"刘宇轩解释说。

周振云说："这个听起来倒是挺新鲜，咱们这里能养殖吗？"

刘宇轩说："我查了一下资料，咱们这里的气候条件是可以养殖的。黑木耳在我国的东北、华北、中南、西南及沿海各省份都有养殖。往近了说，咱们邻县 L 县就有一家养殖黑木耳的，而且非常成功。"

燕如山像一下子来了兴趣，说："刘队长一说我想起来了，L 县确实有一家养殖黑木耳的，销量不错，现在在咱们市里的知名度也挺高。既然他们能养殖，咱们应该也能养殖，气候条件都一样嘛。"

魏谦厚接过了话茬："既然这么近就有一家养殖黑木耳的，咱们可以先去 L 县考察一下，如果行的话，完全可以复制过来。"

刘宇轩说："考察肯定是必需的，因为这件事是全村的大事，和老百姓的利益息息相关，所以前去考察时人员覆盖面一定要广。建议除了'两委'班子成员，村民代表也都要去，把退下来的前任村领导和老党员也要邀请上，毕竟他们对这个村子的地理环境、气候条件都熟悉。"

黄永强沉思了一会儿，说："参加考察的人员范围广一点儿肯定好，但这么多的人怎么去啊？加起来有二十多号人啊！"刘宇轩说："看能不能协调一辆中巴车，尽量少动几辆车，这样安全一些，而且车上有老同志。"周振云说他们部里有一辆考斯特，能坐下二十三个人，他回去问一下领导，看能不能协调借用一下。黄永强说要是能协调下来，那最好了。燕如山眨巴眨巴眼睛，说如果这个黑木耳项目可行的话，资金从哪里解决啊？刘宇轩说："咱们先去考察摸底，了解一下这个黑木耳产业投入大不大，正常情况下需要投入多少，然后再考虑资金从哪里解决。"黄永强说："咱们就按刘队长的思路来，先考察摸底，再研究资金出处。"韩晓生点了点头，说："这样稳妥一点儿。"刘宇轩说："在咱们正式考察前，大家可以从其他渠道多了解一下这个黑木耳产业，咱们对它了解得越多，对咱们越有好处。"周振云说："大家等我的消息，一有消息我就第一时间通知大家。"

会议正式结束了。

"我刚才会上给他留了点面子，没好意思都说出去，那些鸡除了被饿死外，很多让他小舅子吃了，有人亲眼看见过养鸡场里一地被开水煺掉的鸡毛。"刘宇轩正要离开会议室时，燕如山快速走到他身旁，低声耳语了几句。

刘宇轩怔了一下，瞅了一眼燕如山，没有说话，继续向外走去。

三十五 蜘蛛与老鼠

周振云办事效率还是挺高的。在会议结束的第三天，他就给刘宇轩打来了电话，说部里的那辆考斯特协调好了，免费接送大家去一趟 L 县，来回油费和过路费也都由部里出，明天就可以出发。还说部里的领导说了，有钱出钱，有力出力，这也算是县宣传部为 D 村的脱贫攻坚事业贡献了一份力量。刘宇轩对 X 县宣传部的大力支持表示了由衷的谢意。挂断电话后，他通知了燕如山，按那天会上定下来的人员范围，通知村里准备参加考察的人员于明天早上 8：30 准时在村委会院内集合。这个时间是周振云和刘宇轩通电话时，根据考斯特司机提供的行车建议确定下来的。

第二天一大早，周振云就坐着上官如玉的车来到了砖厂大院。刘宇轩正一个人在院子里溜达，他和冯唯一、周全刚用过早餐。一次，黄永强专门开周振云的玩笑，问他每天搭美女的车是一种什么样的感觉？是不是特别美好？周振云脸有点儿红，说他自己不会开车，只好搭上官如玉的车。又说他已经成家了，人家还是小姑娘呢，不要瞎开玩笑。黄永强笑了笑，说："要是我每天也能搭美女的车，你们怎么开玩笑我都乐意，尽管我也成家了。"周振云不再接茬。

周振云和刘宇轩说，一会儿黄永强搭司机的车到村委会，他正好给司机指路。刘宇轩说其实他俩也不用开车，一块儿搭司机的车就行。周振云说他最早也是这样想的，但上官如玉说她还是开着车吧，这样方便一些，他俩的家离宣传部都还有点儿距离，考斯特在宣传部院子里停着呢。

几人在院子里交流了几句后，上官如玉向宿舍东侧的厕所走去，临走时朝刘宇轩问了一句："哪面是女厕？我看上面也没有标'男''女'。"

"北面是'女'厕，我们这里也没有女士，所以一直也没有标。"刘宇轩笑了笑。

上官如玉刚进厕所，就传来了一声尖叫，然后慌里慌张地跑了出来。

"怎么了？"刘宇轩赶紧问。

上官如玉上气不接下气地说道："吓死人了，坑里竟然有老鼠！"

"老鼠还怕？"周振云在一旁说道。

"我最怕蛇和老鼠了，结果这里这些东西都全了。关键这只老鼠还在坑内不停地发出声音，吓死人了。"上官如玉显得心有余悸。

"我们已经习惯了它在坑内活动了。这么高的坑估计它爬上来的可能性不大，它的一生也只能与厕为伍了。"说到最后，刘宇轩的语气里似乎有几分同情。

"'李斯溷鼠'这个成语看来确确实实是来源于生活的，我以前一直以为这个成语是编造出来的，看来真有生活在厕所里的老鼠。"周振云显得很惊讶，像发现了新大陆。

"文学都是来源于生活的，成语也一样。我来这里之前，也没有见过厕所里的老鼠，来了之后确实开眼见了。"刘宇轩说道。

"咦，你身上怎么还粘着蜘蛛网呢？"周振云瞅着上官如玉问。

"别提了，厕所入口处结着一张硕大的蜘蛛网，上面还爬着一只大蜘蛛，我进去的时候都是弯着腰的。出来的时候有点儿着急，忘了这张蜘蛛网了，直接撞了上去。我刚才边跑边往下扒拉呢，身上还有吗？"上官如玉紧张地问。

"还粘了一些。"周振云边说边帮她把外套上残留的一些蜘蛛丝取了下去。

"身上没有蜘蛛吧？"上官如玉又问。

"没有，估计蜘蛛在被你撞破网的时候跑掉了。"周振云说。

"蜘蛛和蜘蛛网我们也已经习惯了。"刘宇轩说，"男厕的入口处也一样，时常会有一张蜘蛛网。"

"你们不怕吗？"上官如玉问。

"反正看见也挺硌硬人的。"刘宇轩说道，"所以，当蜘蛛刚一结网时，我们就会拿一根棍子把网给挑掉。估计蜘蛛快把我们恨死呀，我们经常破坏人家的劳动成果。"

"感觉你还挺了解它们的。"上官如玉笑了，似乎已从刚才的惊吓中恢复了过来。

"在这个院子里住了几年，就和这些小动物打交道了，多少还真了解点。"刘宇轩笑了笑。

"那你没研究研究它们？说不定等脱贫攻坚结束后，你会成为半个动物专家呢。"上官如玉笑道。

"研究算不上，观察倒是没少观察它们。这些小动物其实每一种都不简单，比如这蜘蛛。"刘宇轩又说。

"不简单？"上官如玉有些不解，"一只蜘蛛有什么不简单的？"

"就拿它织的蜘蛛网来说吧。那一个基本呈圆形的网，虽然每个格子不是等距离分布，但整体也是很均匀的，一般人们很难会将这一'成果'和其外形丑陋的主人联系到一起。再就是这个蜘蛛网，除了可供蜘蛛休息外，还可以用来捕获猎物。所以时常会看到这样的场景：一只蜘蛛趴在网中央，网的其他部位粘着一些诸如飞蛾、苍蝇、蚊子、蜜蜂等小昆虫，有的在挣扎，有的已经死去了。当然，也有一些枯草会随风飘入网中。再就是这个蜘蛛网，也不知其材质的成分是什么，质地是非常不错的，黏性好，弹性强。如果走路时不小心将一根蜘蛛丝粘到脸上或胳膊上，取掉时就比较麻烦，要么看不清楚它具体粘在了哪里，要么虽然看清楚了它在哪里，却丝丝冉冉，扯也扯不下，揪也揪不断。刚才如玉可能已经体会到这一点了。"刘宇轩说道。

"嗯哪，嗯哪，这个网就是你说的这样。"上官如玉使劲点了点头。

"除了织网，蜘蛛还有另外一个高超的技能，就是高空下坠。我不知道你们注意过没有，在屋顶，经常会看到一只蜘蛛垂直悬挂在半空中，而连接它与屋顶的，依旧是一根细到用肉眼不易觉察的丝。从这一极具杂技特色的动作看，基本可以分析出四个方面的问题，一是蜘蛛在下坠时吐丝及时。倘若时机把握不当，身子已经开始下坠了，丝还没有吐出来，等丝吐出来时，身子早已摔在了地上，摔不死也得摔残废。二是这根丝确实结实。如果不结实的话，悬在半空中的身子依旧会摔下来，这与跳楼没什么区别。一根细丝，居然能承受自身几十倍甚至几百倍的重量，这是一根怎样的丝啊！三是蜘蛛的平衡能力很强，小脑很发达。如果一个平衡能力差、小脑也不怎么发达的动物悬挂在半空，不头晕恶心呕吐就不错了，还能优哉游哉地自得其乐？四是蜘蛛没有心脑血管方面的疾病。如果将一个患有心脑血管疾病的人悬挂在半空中，用不了多久，身体就会出现异常。"稍微停顿了一下，刘宇轩又说道，"除了高空下坠，蜘蛛还会高空上升呢。如果在半空中待的时间久了，或是受到其他方面的干扰，蜘蛛会沿着这根细丝快速上升。在上升的时候，丝便跟着缩短。当蜘蛛重新回到屋顶时，那根丝也不见了。从这一点看，蜘蛛的臂力又是何等惊人。试想，如果让一个人沿着半空中一根晃荡的绳子向上攀爬，能爬几米呢？"

周振云边听边不住地点着头。上官如玉已听得入了神，刘宇轩已经讲完了，她还一动不动地愣在那里，好一会儿才反应过来，"你观察得太细致了！分析得也非常有道理！你没事时莫非就瞅蜘蛛了？"

"我屋子里每天都会出现各种小动物，也只能瞅瞅这些小动物了。"刘宇轩笑道。

"如果刘队长的屋子里有个女朋友，那他每天就只顾瞅女朋友了，哪还有工夫瞅小动物呢？"周振云笑道。

刘宇轩"哈哈"笑了起来。

上官如玉的脸"腾"的一下子红了，不再说话，转身向后面望去。后面是空旷的院落。

刘宇轩掏出手机看了一下："时间差不多了，咱们该到村委会大院和大家集合了。"

说话间，燕如山的车子开进了院里，"刘队长，村里的人到齐了，人员都是按那天会上定下来的范围通知的。"这时，冯唯一也从屋子里走了出来。

"行，咱们过去吧。"刘宇轩说道。

周振云又上了上官如玉的车，刘宇轩和冯唯一上了燕如山的车，两车一前一后驶向村委会的大院。

三十六　考察学习

一辆考斯特停靠在院子的中央。黄永强、魏谦厚、韩晓生、其他村"两委"班子成员、村民代表、前任村党支部书记、前任村主任和两名老党员都来了，大家在车身旁三三两两地聊着天，司机一个人站在车头处吸着烟。

"大家都过来了。"刘宇轩笑着和众人打招呼。

"我们也刚过来。"大家七嘴八舌地回应道。

"辛苦师傅和我们跑一趟了。"刘宇轩和司机握了握手。

"这是我们刘队长。"黄永强在一旁介绍道。

"刘队长好。不辛苦，不辛苦。"司机微笑道，"人都到齐了？"

"到齐了。"燕如山回答。

"那咱们就出发吧。"司机边说边将烟头扔到了地面上，然后伸过一只脚踩在上面，使劲旋转了一下脚掌，烟头上的火星全熄灭了，一缕蓝色的残烟向上飘去。

车子在轻微的晃悠中出发了。

燕如山坐在副驾，时刻准备着和司机聊天。但凡走过长途路的人都知道，副驾一定要坐一个人，一来路上陪着司机说话，防止司机犯困；二来司机口渴时，帮助司机打开矿泉水瓶盖子或水杯盖子，防止司机分神。

刘宇轩和黄永强坐在车的第一排，两人挨着坐着。上官如玉一个人坐在他俩的后面。周振云和魏谦厚坐在上官如玉的后排，两人挨着坐着。其他人自行搭配，随意组合。

起先人们还有说有笑的，一会儿的工夫，车厢内就安静了下来。有头挨着窗户的，有头靠着靠枕的，有手臂搭在前排的座椅上、头又搭在手臂上的。偶尔，车厢里会传来忽高忽低的几阵鼾声。

约莫两个小时后，车子停靠在一家大院门前。

"到了，到了，都醒醒吧！"燕如山提高嗓门喊叫着。

人们一个个睁开惺忪的眼睛。

"有上厕所的赶紧上厕所，旁边就有一个公厕呢，一会儿咱们就进入参观环节了。"燕如山大声提醒大家。

"还真是'上车睡觉，下车尿尿'，幸亏咱们不是旅游，否则还有'景点拍照'呢！"梁小军咧着个大嘴说。

"你还别说，一会儿还真得拍照呢。现场如果有没了解透的，拍好照片回去再好好研究学习。"燕如山说道。

说话间，这里的负责人已来到了大门口。

黄永强向该负责人说明了来意，并介绍了一行人的情况。该负责人做了自我介绍，说他是这里的总经理，姓牛，随即从身上取出一盒名片，给每人发了一张。名片上印着三个字：牛如意。现在居然还能看到名片，人们都觉得有点儿稀罕。

牛如意看上去不到四十岁，很干练，一看就是一位精明的生意人。"各位领导是先到厂区参观，还是先到会议室喝点水？"牛如意朝着刘宇轩问。

"先到厂区参观吧，参观后再到会议室聊一聊，大家可能有很多问题想向牛总咨询呢。"刘宇轩说。

"好，那咱们就先去参观。大家随我来。"说罢牛如意带领着大家朝厂区走去。

整个厂区占地有三十多亩，基本分为四大块儿：一块儿是田间，另一块儿是塑料大棚区，再一块儿是生产车间，最后一块儿是办公住宿区。

牛如意带领着大家先参观了田间。在平整的地面上，每隔十多厘米就整齐地摆放着一个用塑料袋包裹的白色圆柱体，在白色圆柱体上面长着一朵朵黑色的木耳。牛如意介绍说，这个白色圆柱体专业名称叫菌棒，主要由木头末子、石灰、麸子等原辅料构成，将菌棒均匀打孔后，过上一段时间，黑木耳就会从这些孔里钻出来。这些摆放在田间的菌棒，人们一般称之为"地摆"。一会儿还要参观大棚里的菌棒，那里的菌棒人们一般称之为"挂袋"或"吊袋"。

除了见过成品的黑木耳，黑木耳的生长过程，大家都是第一次见。牛如意在讲解时，一个个都聚精会神地听着，充满了好奇。

人们你一言我一语地问着。

"这个东西放到地里自己就长出来了？"

"不是，需要定期浇水。"牛如意讲解道。

"这个东西浇水时怎么浇呢？是和玉米一样，往地里浇灌吗？"

"不是，是用喷头往木耳上喷洒呢。"

"黑木耳摘下来后，菌棒还往出长新的黑木耳吗？还是只生长一茬？"

"黑木耳摘下来后，后面的还要长呢，一茬一茬地长。"

"那也不能无限期地长吧？那不成了摇钱树了。一共可以长几茬？"

"能长四到五茬。"

"黑木耳摘下来就能卖吗？"

"不能，得晒干后再卖。"

"一个菌棒能出多少斤干木耳？"

"产量高的话，能出一两三；低的话，就不好说了。"

"一斤能卖多少钱啊？"

"价格不等，这要看黑木耳的品种和品相，好的话能卖到一百多元一斤，最次的也能卖到十五六元一斤。"

"差别这么大呢？"

"嗯哪，这就和普通大米和有机绿色大米是一个道理，价格是不一样的。"

"这些东西摆放在田间，不怕冰雹吗？"

"怕啊！冰雹一打就全完了。"

…………

在边问边答中，人们参观完了摆放在田间的"地摆"木耳。

随后，大家又跟随着牛如意进入塑料大棚区。

大棚区里林立着十多个大棚，这些大棚和普通的蔬菜大棚整体上没有什么两样，只是比普通的蔬菜大棚高出了一些，整体高度有四米多。在大棚内，横平竖直地架着很多钢管，在钢管上用绳子悬挂着一个个菌棒，像一串串白色的大丝瓜。在这些菌棒上，同样长着很多黑色的木耳。

人们又开始你一言我一语地问了起来。

"这个'挂袋'木耳和刚才那个'地摆'木耳有什么区别呢？"

"区别就是如果老天下雨，'地摆'木耳只能被动接受，而'挂袋'木耳就可以自己控制浇水量。如果有冰雹时，大棚也可以起到一定的保护作用。再一个就是可以防风。风大时可能会影响'地摆'木耳的产量，但'挂袋'木耳受风的影响较小。"牛如意讲解道。

"两个产量有什么区别吗？"

"产量基本差不多，我说的是在管理好的情况下。如果管理不好的话，产量还是有区别的。"

"感觉还是'挂袋'木耳优势明显一些，那为什么不都养殖'挂袋'木耳呢，还弄这个'地摆'木耳干什么呢？"

"'地摆'木耳成本低啊，只要把'菌棒'摆放到地里就行。'挂袋'木耳成本比较高，建一个大棚得好几万元呢，而且对里面的技术要求也比较高，比如对温度和湿度的控制，等等。"

参观的人们不停地用手机拍着照，还有用微信视频聊天的，当视频接通的一刹那，传来手机另一端惊奇的尖叫声："这黑乎乎的一片是什么？""黑木耳？黑木耳是这样长出来的？""黑木耳能直接摘下来吃吗？"……

参观完大棚区域后，牛如意又带领着大家参观了生产车间。

"你们来的时候黑木耳已经过了生产期，都已经下地了，所以生产过程你们就没法直接参观了。下面，我给大家大致介绍一下生产流程。"牛如意说道。

"这个大一点儿的空旷车间是拌料区，在这里进行木头末子、麸皮、石灰等原辅料的均匀搅拌工作，当然搅拌时需要水。"牛如意用手指了指那个空荡荡的车间说，大家便在心里想象着一幅搅拌时的画面。

"这台机器是装袋机，用来将刚搅拌完成的原辅料装进塑料袋里，大家刚才看到的菌棒就是由这台机器制作而成的。"牛如意边带领大家参观边介绍说。人们又都在脑海里想象一幅机器自动装袋的画面。因为没有见过具体的装袋画面，所以每个人想象出来的画面估计也各不相同。

"这是蒸锅。"牛如意用手又指了指一个硕大的由钢板制作而成的像纸箱子一样的铁壳子，"把制作好的菌棒放到这个蒸锅里蒸十二个小时，温度必须达到一百摄氏度以上，这样就将菌棒里面的各种杂菌杀死了。"

"这个是接种车间。"牛如意带领着大家站到接种车间外说道，"由工作人员将配制好的菌种注射到菌棒里，让其发育。"

"这个接种和小孩儿接种疫苗，是一个道理吗？"魏谦厚问道。

"嗯哪，基本是一个道理。"牛如意笑了笑，接着介绍道，"大家再跟随我来，前面这些用铁皮盖的房子叫养菌室，就是把接种好的菌棒都放到这里，让其培育。等到菌棒口出现白色的菌丝时，证明这个菌棒就成功了。当然了，养菌室里的温度一定要控制好，不能低于二十摄氏度，也不能高于三十摄氏度。"

"这个温度要怎么控制啊？"魏谦厚又问。

"冬季时，可以生炉子或安装暖气片，夏季时可以安装空调或自然通风。"牛如意解释道，"当菌棒里的菌丝全部培育好后，就可以打孔了。打孔有专门的打孔机器，将菌棒往打孔机里一塞，孔就打好了。大家刚才看到的黑木耳，就是从这些孔里钻出来的。这个环节结束后，就可以把菌棒摆放到田间或是挂到大棚里了，这就是大家最早看到的那个环节，其实它是所有环节里最后的一个环节。"

"还挺复杂的。"魏谦厚说道。

牛如意又笑了笑："其实也不是太复杂，因为你们是第一次了解这个东西，所以感觉挺复杂，等养殖上一年后，所有环节就都熟悉了。咱们再到会议室聊一会儿？看看大家还有哪些方面需要了解的。"

一行人又跟随牛如意来到了厂区会议室。

"大家还有什么想了解的，尽管问，我知道的都给大家解答。"牛如意说道。

"这个黑木耳，我们老百姓个人能养殖吗？"妇联主席张秀花问。

"最好还是由集体来弄，因为这个投资比较大。个人的话，除非你经济实力非常强。"牛如意回答。

"建这么一个木耳厂需要投资多少钱？"刘宇轩问。

"规模小的话，按每年生产10万棒来计算，也得一百多万元，资金主要是用来建设厂房和购买机器设备等。"牛如意回答。

"规模再大一点儿呢？比如生产50万棒到100万棒。"刘宇轩又问。

"得个四五百万吧。规模大的话，厂房、配套设施也都得跟上，大棚的数量也得跟上去。"

"整个流程的操作，是不得有一个专人来负责呢?"黄永强问。

"必须要有一个专人来负责! 这个专人太重要了，我们行业内叫技术员。黑木耳产业能否成功，有相当大的因素在于技术员。可以毫不夸张地讲，一个好的技术员可能是黑木耳产业成功的直接因素，一个差的技术员也可能是黑木耳产业失败的直接因素。"

"那直接选一个好一点儿的技术员不就完事了吗?"魏谦厚又说。

"话是这么说的，可在实际操作过程中，谁也不知道这个技术员到底好不好。每个技术员在介绍自己的时候都头头是道、口若悬河，但只有真正实战起来时，才能见分晓。而一实战你就会发现，有些技术员确实是纸上谈兵，有些技术员是一瓶不满半瓶晃荡。黑木耳产业不像其他产业，实战的时候就是投入大量人力、物力的时候，所以我们不能拿实战来检验技术员的水平，我们不是技术员的试验田，我们输不起啊!"

"黑木耳一般是哪个季节开始生产?"燕如山问。

"黑木耳按生产季节划分，一般可以分为春耳和秋耳。顾名思义，春耳就是春天养殖的木耳，秋耳就是秋天养殖的木耳。春耳一般在一月份开始准备生产，等到五月份左右就可以卜地。由于咱们这里到秋季后气温下降得比较厉害，所以秋耳我一直没有养殖过，怕影响产量。"

"菌种是怎么来的?"上官如玉问道。

"菌种的来源有两种,一是从市场上购买,即购买别人已经培育好的菌种;二是自己培育。从形态上划分,菌种又分为两种,一种是固体菌种,另一种是液体菌种。"

"固体和液体这两种菌有什么区别吗?从产量上看。"上官如玉又问。

"有些技术员讲,液体菌种产量高,而有些技术员说固体菌种产量高。还有技术员讲,液体菌种不容易感染杂菌,但另一些技术员说液体菌种更容易感染杂菌。因为国内现在也没有相关的行业标准,所以这些观点只能作为参考,或者说是不是都是一家之言,也不好说。"

大家你一言我一语地在认真询问着,牛如意非常细致地回答着。

提问环节进行了两个多小时。

该问的问题基本都问得差不多时,会议室开始安静下来。最后,牛如意开始反问:"大家还有其他问题吗?"

人们有摇头的,有默不作声的。

黄永强看了看刘宇轩:"刘队长,是不差不多了?"

"我觉得今天差不多了。以后大家有啥新的问题,还可以继续请教牛总,牛总把名片也都给大家留了。"刘宇轩说。

"嗯哪,以后有什么问题,欢迎大家随时给我打电话。"牛如意笑道,"如果你们村明年有养殖黑木耳意向的话,也可以从我们这里购买生产好的菌棒,我会让技术员全程进行技术指导。"

"谢谢牛总了,以后肯定少不了有麻烦您的地方。"刘宇轩说道。

"不客气，不客气。以后如果能合作的话，咱们就合作双赢。"牛如意说道。

双方握手道别后，D村木耳考察团沿原路返回。

"我说这个牛总态度为什么这么好，原来到最后才说出了目的，是想卖给咱们菌棒赚钱呢，商人这脑子就是好使啊!"魏谦厚说道。

"只要咱们能赚到钱，让他赚点钱也行嘛，现在社会都讲究合作双赢。"黄永强回应了一句。

听到后面的聊天声后，坐在副驾的燕如山扭过头来问道："大家觉得这个项目怎么样？咱们村能不能也上马一个这样的项目？"

"我觉得行呢。牛如意能赚钱，咱们就能赚钱。不知道你们发现没有，他院子里居然停着一辆丰田霸道越野车，那车都好几十万呢，挣得少的话，他能买得起那车？"梁小军说道。

"听牛如意的意思，关键是要选好技术员，只要咱们选一个好的技术员，这事我看能做。"坐在车中间的老党员说道。

"我觉得问题不大，牛如意做黑木耳产业已经好几年了，试想，如果不行的话，他会一直做下去吗？肯定早就转型啦。"与老党员同坐一排的前任村主任说道。

"我也觉得项目本身没有问题，关键是项目建设资金从哪里来？如果能解决了资金问题，我完全同意咱们村也发展黑木耳产业。"韩晓生说道。

"嗯哪，项目应当没问题，关键还是资金。"妇联主席张秀花说道。

"嗯哪，关键还是资金。"大家你一言我一语表达了相同的观点。

"今天来的人比较全，基本代表了咱们村的意见，如果大家都同意上这个项目，资金的事我来负责协调。"刘宇轩说道。

"刘队长，投资兴建一个规模差不多的黑木耳厂，那可得一笔不小的资金啊。牛如意讲，小一点儿的厂子也得一百多万元，大一点儿的得四五百万元。所以协调这么多的资金，可得费老劲啦。"黄永强在一旁提醒道。

"是呢，这笔资金确实不是一笔小数目，但咱们需要多方努力，尽量朝着这个目标奋斗。"刘宇轩说道。

他话音刚落，车厢内就响起了热烈的掌声。这掌声是多年来老百姓对他的认可和敬佩，这是他们发自肺腑的自然反应。在他们看来，此时，任何感谢的话语都是苍白的，唯有这无言的掌声最适合表达他们对他的浓浓敬意。他们也都知道，他是不轻易承诺一件事的，只要他答应了，就一定会去做的，而且一定能够做到，这中间也许包含了千辛万苦，但他都会扛下来。

三十七　上会

考察学习的第二天，黄永强就召开了"双书记"例会扩大会议。村"两委"班子成员、村民代表、驻村工作队员、前任村党支部书记、前任村主任、部分老党员代表参加了会议。

刘宇轩调侃黄永强说："'双书记'例会不都在每周一开吗？怎么这次不时不晌地就召开了？"

黄永强笑了笑，说："这件事关乎村里的脱贫攻坚，是大事中的大事，不能循规蹈矩，要特事特办，特事特议。"

刘宇轩说："'士别三日，即更刮目相待'，黄书记厉害！"

黄永强说："这都是和刘队长学的，近朱者赤。"他又说："人生有三大悲哀：遇良师不学，遇良友不交，遇良机不握。我现在身边有这么好的现成的良师，再不好好学习，那就真活得很悲哀了。"

刘宇轩笑了，说："跟我学容易把你带偏，小心把你带到黑豆地里去。不过你这几句话还挺经典，很有哲理。"

燕如山在一旁插话说："刘队长，你这就是偏心眼儿。我的话就叫'心灵鸡汤'，黄书记的话就'很有哲理'，如果我没有猜错的话，黄书记也是从抖音和快手里学来的。"

刘宇轩"哈哈"笑了起来，说："不是我偏心，这个'心灵鸡汤'和哲理性语言确实是有区别的。"

燕如山有些不依不饶，说："有啥区别啊？我觉得都一样，都是那种听上去感觉很有道理，操作起来却有些难度的话。"

刘宇轩说："你仔细琢磨，其实两者还是有区别的。'心灵鸡汤'基本属于那种'中听不中用'类型；但哲理性语言是对一些东西的归纳总结，且归纳总结得非常好。"

燕如山说："反正刘队长比我们有文化，怎么解释都对。"说罢自己也笑了起来。他又说："我就是觉得刘队长偏心黄书记。"

上官如玉在一旁说："刘队长不是偏心黄书记，是他俩惺惺相惜。"

黄永强显得有些惊讶，说："我还有这待遇呢？能让刘队长对我刮目相看，还惺惺相惜？"

上官如玉说："我觉得你确实有这待遇，我们都很羡慕嫉妒恨呢。"

燕如山又插了一句："为什么刘队长不能和我惺惺相惜呢？"

周振云在一旁"哈哈"大笑，说："你一个大老粗，和人家刘队长这种有文化的人怎么能惺惺相惜呢？"

燕如山说："反正你们咋说咋有理，不和你们辩论啦。"边说边走进了会议室。

众人也笑着走进了会议室。

会议的议题只有一个，就是研究 D 村上不上黑木耳产业项目，以及以什么样的形式发展这一产业。经过讨论，大家一致认为应当上马黑木耳产业项目，形式为村集体经济，名称就叫黑木耳养殖合作社，到时候让贫困户全部入股，年底分红，让黑木耳产业成为脱贫攻坚的重要经济增长点。鉴于贫困户本身没有多余的资金，所以入股的方式为劳动力入股。在建厂规模上，大家也一致认为，既不能太小，也不能太大。太小的话，折腾了半天结果只建了一个手工作坊；太大的话，既不切合资金实际，也不切合村里的发展实际。

因昨天刘宇轩在车上说过，如果大家都同意上马这个项目，资金的事他负责协调，所以会上没有任何反对或质疑的声音，大家一致同意。

通过这几年与刘宇轩一起拼搏，大家都明白了一个道理——发展才是硬道理。而任何一个新项目的上马，都离不开启动资金，所以只要能解决资金问题，且项目又符合村里的实际情况，没有人会持反对意见。如果没有启动资金，或资金不到位，仓促上项目，那就得慎重考虑了，一不留神就会成为烂尾工程。

一次村"两委"班子成员在会后和刘宁轩聊天，说自从刘队长来了以后，他们突然觉得自己都有经商头脑了。

村里每上一个项目，不管大小，他们的脑子里立马会出现收入、支出、利润、成本、风险、可持续这些概念，而之前，他们压根儿就没觉得这些专业名词和自己有什么关系。最后，燕如山问了刘宇轩一句，这是不是传说中的"耳濡目染"？说罢，立马进行了表态："刘队长，这句话真不是从抖音和快手上学来的！"

三十八　单位

刘宇轩再次回到了单位。

赵处长在他的办公室接待了刘宇轩。

"宇轩啊，你这头发掉得可是越来越明显了，你得注意休息啊！再这样下去，用不了多久，就真谢顶了！这可不是吓唬你，我看你有这趋势啊。"赵处长边说边瞅着刘宇轩额头以上部分，又说道，"这几年咱们单位前前后后也给 D 村投入了不少资金，这些资金投入后确实让 D 村的老百姓受益不少，而且当地老百姓的收入确实也实现了大幅度的提高。但每个人思考问题的出发点和落脚点是不一样的，现在单位有一些不同的声音。有的人觉得不能一味地给帮扶点投钱，他们村子自身也应当有造血功能。有的人觉得现在单位的可支配资金也是有限的，资金投到帮扶点后就会影响本单位的支出。还有人觉得当地政府也应当有所作为，不能光靠帮扶单位来出钱。想投资四五百万建一个大型木耳厂，这个思路是非常好的，咱们要整就整一个像样的，不能整个手工作坊出来。但四五百万元的资金，根据我的判断，全出肯定是不可能的，一分不出估计也是不可能的，最有可能是单位出一个居中的数字。当然了，只要我还在人事处处长这个岗位上干一天，我就会努力争取。"在刘宇轩说明来意后，赵处长说道。

"单位有不同的意见，也能理解，毕竟单位的绝大多数人没有去过 D 村。现在 D 村的发展实际是，老百姓的收入确实比以前提高了，但基数太小，底子太薄，整体经济实力离'雄厚'两字还相差甚远，所以从整体上看，抗风险能力是很弱的，一旦有个大病或大灾就容易返贫。只有村子发展了集体经济，有了支柱产业，老百姓才会实现一个较高的稳定的收入，这样家底才会殷实一些，抗风险能力才会增强。也只有村子建立了自己的实体经济，有了支柱产业，才能谈下一步的自我造血功能。"刘宇轩说道。

"你的观点我非常赞同，但持不同意见的恰恰是单位的一些领导，而这些领导恰恰连单位帮扶点都没有去过。过去毛主席说过一句话，叫'没有调查就没有发言权'，现在的情况是，有些领导全靠想象力或道听途说在会上发言。这样吧，我尽量在会上向各位领导做解释工作，尽可能地去说服他们。但你也知道，我也就是一个处长，用人微言轻来形容虽然有点儿过，但也过不到哪里去。"

"谢谢赵处长。刚才赵处长的话也提醒了我，回去后我找一下当地政府，看看他们能不能配套一些资金，确实不能只等着帮扶单位出钱。"

"其实你换位想一下，当地政府如果真有钱的话，还用咱们这些单位去帮扶吗？现在有的地方政府在负债运行。所以国家提出了'三大攻坚战'，其中一项就是防范化解重大风险。当然了，你可以去试一试，当地政府应当有专项扶贫资金，毕竟国家在精准扶贫方面投入了很多。"

"那我尽快回去一趟，单位争取资金的事就拜托赵处长啦。"

"我说过好几次了，其实很多事情应当是单位替你考虑才对，因为你是代表单位去帮扶的。但现在很多事情反过来了，成了你代表村子向单位争取资金了。现在的事情真是没法说。"赵处长叹了一口气，"刚才我也说了，只要我还在人事处处长这个岗位上干一天，我就会努力争取。"

刘宇轩使劲握了握赵处长的手，和他再次告别。

一路上，刘宇轩在想，赵处长确实是一个干实事的人，但在单位，赵处长的口碑却不太好。这一点一直让他想不明白。刘宇轩参加工作也有八九个年头了，他发现了一个奇怪的现象，在单位里，一个人和另一个人在没有任何交集的情况下，就会对对方做出一个随意的评价，比如"那个人人品不行"，再比如"那个人可差劲呢"，就如单位里一些人对赵处长的评价，非常武断且不中肯。这让他想起了一句话：不随意评价别人，这叫修养；不活在别人的评价里，这叫修行。而现实世界是，很多人既无修养，也没修行。

三十九　可行性研究报告

"前段时间刘队长带领大家考察黑木耳产业的事我听说了，非常感谢刘队长为 D 村脱贫攻坚事业所做的贡献。这个黑木耳产业确实是一个好项目。不瞒你说，前段时间我还想着把这个黑木耳产业引进到咱们 Y 镇来，但还是没快过刘队长，你先出手啦。刘队长干事确实雷厉风行，以后我还得多向你学习。"在镇长办公室里，甄建设一见到刘宇轩、黄永强和燕如山就开门见山地说了一大段。

"甄镇长过奖了，发展黑木耳产业也是村民们的意见。"刘宇轩笑道，"今天我们过来，还有一件事想请甄镇长给予帮忙，我们想成立一个黑木耳养殖合作社，形式为村集体经济，但成立黑木耳养殖合作社需要的资金比较多，我们单位预计能给拨付一部分，还有缺口，看咱们镇政府能否配套一部分资金？"

听完刘宇轩的话，甄建设长叹了一声："镇里的财政状况刘队长可能有所不知，说直白一点儿，镇里现在根本没有多余的可用财政。协调资金的话，还得到县里。如果需要我配合的话，我随时可以和刘队长一起到县里协调资金去。"

"镇里的事每天还一大堆，就不麻烦甄镇长了，我们先跑着，如果在什么地方被卡住了，我们再请甄镇长出面。"刘宇轩说道。

几人又聊了一会儿后，三人出了甄建设的办公室，朝县扶贫办走去。

"镇里往年还能往出拨付个十万、几十万的，看来今年也不行了。县里扶贫办应当有这方面的扶持资金呢。"黄永强说道。

"扶贫办经费肯定有，就是不知道能给拨付多少。"刘宇轩说道。

"韩信点兵，多多益善。"燕如山笑道。

"估计多不到哪里去。我现在担心我们单位加上扶贫办也弄不够这点启动资金。"刘宇轩显得忧心忡忡。

"实在不行的话，到时候咱们就有多少钱办多少事。资金少的话，规模就小一点儿；资金充裕的话，规模就大一点儿。"黄永强说道。

"如果资金不到位，也只能按你说的这种办法来。但我还是觉得起步要高一点儿，不能做成那种手工作坊，毕竟咱们是想通过这个实体经济，先带动村里的贫困户脱贫，再带动整个村里的老百姓致富。所以，我希望这个黑木耳产业能最大限度地发挥产业扶贫以及产业致富的功能，不能满足于小打小闹上，也不能满足于仅带动一小撮脱贫户脱贫的目标上。"刘宇轩说道。

"嗯哪，我知道刘队长的意思。"黄永强点了点头。

燕如山也跟着点了点头。

在扶贫办主任的办公室里，一位五十多岁的男子接待了他们。

在听明白刘宇轩几人的来意后，主任清了清嗓子，说这个项目听上去不错，但需要有可行性研究报告。可行性研究报告里面需要包括市场和销售、规模和产品、厂址、原辅料供应、工艺技术、设备选择、人员组织、实施计划、投资与成本、效益及风险等。没有可行性研究报告的话，容易盲目上马项目，一旦项目失败，就会给国家造成损失，所以可行性研究报告是必不可少的。希望大家能够理解。

燕如山有些不解地问："扶贫项目也需要可行性研究报告吗？这又不是一般性的商业项目。我们前段时间刚从L县考察学习回来，他们县的一个黑木耳产业做得非常成功，我们只是把他们成功的经验复制过来。"

主任喝了一口茶，不急不缓地说："你们的心情可以理解，但请你们换位思考一下，如果谁都过来和我们要资金，我们也不管对方是什么项目，可不可行，有没有风险，既不把关审核，也不调研评估，就直接把资金拨付了，那我们这个部门也太不负责了，这和聋子的耳朵——摆设，有什么区别？"

刘宇轩说："我们这就回去写可行性研究报告。"黄永强又问这个可行性研究报告写完后递交到哪里。主任说先给县扶贫办，由县扶贫办再向相关部门走流程。

三人离开了县扶贫办。

燕如山还是有点儿不理解，说头一次听说申请点经费还需要写可行性研究报告呢。

黄永强说："规范一点儿的话，应当在上项目之前有可行性研究报告。但话又说回来，那些中途流产和最后以失败告终的大项目，在上马之前哪一个没有可行性研究报告呢？可行性研究报告这个东西，只是对市场前景的一个预判，真正放到市场后，有很多的不确定因素，这是无法提前预见的。所以，你说这个可行性研究报告到底能起多大作用，还真不好说。"

燕如山一副滑稽的表情，说："说来说去，这个东西还不是个聋子的耳朵——摆设？不过，即便是摆设，也是不能少的。对不？"

黄永强边笑边"嗯哪"了几句。

一周后，刘宇轩将写好的可行性研究报告交到了县扶贫办。在这一周的时间里，刘宇轩和牛如意进行了频繁的通话。他向牛如意详细咨询了县扶贫办主任提到的那些需要在报告中体现的内容，如市场和销售、规模和产品、厂址、原辅料供应、工艺技术、设备选择、人员组织、实施计划、投资与成本、效益及风险等。牛如意就像他们去参观时一样，态度随和而热情，并不厌其烦地为刘宇轩进行着讲解。

在撰写可行性研究报告的这一周时间里，燕如山、魏谦厚、韩晓生几人常常围在打字的刘宇轩身旁，不停地啧啧称赞，说刘队长跑得了项目，写得了文章，简直就是个复合型人才，谁要是嫁给刘队长，那真是上辈子修来的福分。站在一旁的周振云"呵呵"笑了起来，说："你们总结得很经典啊。"上官如玉露出了甜蜜的微笑，脸上泛起一阵红晕。听到几人的聊天后，刘宇轩挥了挥手，说："你们就别晕我了，再晕我血压也高了。"几人又"哈哈"大笑了起来。

大约过了一个月的时间，刘宇轩接到了县扶贫办的电话，说黑木耳项目的可行性研究报告已经批复了，共拨付资金一百五十万元。听到一百五十万元这几个字眼后，刘宇轩高兴得向上空用力伸直了拳头，做了一个加油的动作。挂断电话后，围在刘宇轩身旁的几人又欢呼雀跃了一阵子。

在等待县里批复可行性研究报告的这段时间里，刘宇轩接到了赵处长的电话。赵处长开口的第一句就问刘宇轩这个黑木耳项目有没有可行性研究报告。刘宇轩说有啊，前几天刚给县扶贫办递交了一份。赵处长说那正好，再给单位递交一份。

半个月后，刘宇轩再次接到了赵处长的电话，说单位党委会已经研究通过了，果然是个折中的数字，一共拨付了二百万元，预计几天后就打到镇经管站了。临了，赵处长又和刘宇轩说："单位现在经费紧张，拨付二百万元已经非常不容易了。上次我也和你说了，现在单位有一些不同的声音，这也是分管领导和主要领导顶住压力硬争取来的，你就多理解吧。"

等三百五十万的资金全部到账后，大家立马开始着手建立厂房和购置设备事宜。为稳妥起见，特意邀请牛如意和他的技术员进行了现场指导。牛如意非常热情也很上心，带着技术员实地来了一趟 D 村和刘宇轩、冯唯一居住的大院。一踏进这个废弃砖厂的大门，他就惊叫了起来："占地这么大！太好了！简直就是为黑木耳产业准备的！"随即又感叹了一声，"我要是能有这么大一块儿地就好了。"

刘宇轩问牛如意，建一个年产多少万菌棒的规模好一点儿。牛如意说："这么大的场地，建得小了就白瞎啦，但建得太大了，牵扯到太多的财力、人力、物力，也不符合实际。根据黑木耳产业的发展规律，以及我们这几年的操作实践，我觉得建一个年产一百万菌棒的规模正好适中。当然了，这是我的个人建议，具体建多大，还得你们拿主意。"

大家就地开始了讨论。经过协商，一致觉得牛如意这个建议很中肯，和那天"双书记"例会扩大会议上的意见基本吻合。而且大家非常赞同刘宇轩之前的想法，即将黑木耳养殖合作社打造成先带动村里贫困户脱贫，再带动整个村里老百姓致富的重要经济实体。

在大家商讨的过程中，牛如意带着技术员又绕着大院转了一圈。

等牛如意和技术人员转回来的时候，刘宇轩把大家商讨的结果告诉了他，就按他建议的年产一百万菌棒的规模建厂。

随后，牛如意和他的技术员帮着起草了一个方案，并制作了规划图。这里面包括：搅拌车间需要多少平方米；养菌室需要几间，每间又是多少平方米；养殖黑木耳各个环节都需要什么设备，数量又分别是多少，设备的型号又是什么，国内哪个厂家的设备质量比较可靠……

这些工作全部完成后，牛如意又盯了刘宇轩和冯唯一居住的那排平房良久，说这排土坯房必须得拆，实验室、接种室、监控室、库房等都得建在这里。尤其是实验室和接种室对环境的要求非常高，土坯房灰尘太大，不能满足条件。

站在一旁的燕如山赶紧说："这排土坯房早就该拆了，我们早就想拆了，这不是一直没有找到资金嘛。别的不说，刘队长和小冯他们住在这里多少年了，我们心里早就过意不去了。"

黄永强在旁边笑着说："燕书记这次可能真的要兑现承诺啦。"

燕如山也笑了，说："这次再不兑现，我就辞职不干了。"

刘宇轩又问："牛总，按照刚才的规划，建厂子、进设备，一直到正式投入运行，得多少资金？"

牛如意回答："全部配套下来，估计得个四五百万元吧。"

刘宇轩笑了笑，说："我们现在只争取到三百五十万元。"

牛如意说："这只是我的大致估算。这里面也包括了对整个院子的硬化工程，如果经费不够的话，院子硬化可以先缓一缓，咱们先紧重要的干。"

大家都点了点头，觉得牛如意的话很有道理。好钢应该用在刀刃上。家有三件事，先从紧处来。也只能如此了。

四十　投产

一切都进展得很顺利。从正式开工到整个厂房建成、设备调试完毕，也就用了不到三个月的时间。原本计划除"地摆"木耳外，再上马十座"挂袋"大棚，让"地摆"和"挂袋"同步上线，但由于资金短缺的原因，这一计划只能暂时搁浅，等有后续资金时，再启动"挂袋"大棚。原计划对院内的地面进行硬化，同样由于资金短缺的原因，只能暂时搁浅，等待后续资金到位再行启动。

对这未能如愿的两点，刘宇轩有些惋惜。站在院子里的冯唯一劝慰刘宇轩说："艺术都是有缺憾的，何况是这么大的一个工程？而且在资金有限的情况下，做到现在这样的程度已经相当不错了，咱们应当满足。"

刘宇轩点了点头，说确实应当满足。说罢，他深深地看了冯唯一一眼。他发现经过几年的历练，冯唯一成长了许多，已不再是那个刚到这里时一身诗人与学生气息的毛头小伙子。

新建成的黑木耳养殖合作社以焕然一新的面貌出现在曾经破旧的废弃砖厂大院内。院落还是那个院落，但今昔已有天壤之别了。

一米五高的崭新砖墙将整个院子围了起来，两扇高大的铁门位于院子的正东方，两块两米多高的黄铜色牌匾立在大门两侧，上面书写着几个黑色大字——X 县 D 村黑木耳养殖合作社。院子中央是一处三层高的水泥国旗台，在台上立着一根胳膊般粗不锈钢旗杆，旗杆上悬挂着一面鲜艳的国旗。院子西侧是三十排白蓝相间的彩钢活动板房，这是三十间养菌室。在每一间养菌室内，都放置着三排铁架，每排铁架又分好几层，直达房子顶部。铁架是用来摆放木耳菌棒的。院子北侧是一排砖混结构的平房，其前身就是刘宇轩和冯唯一几人曾经居住的土坯房屋。在这排新建成的平房内又包含了数个平方米数不一的房间，共分为两个区域。一个区域涵盖了实验室、接种室、监控室、库房等，另一个区域涵盖了厨房、餐厅、宿舍等。值得一提的是，刘宇轩和冯唯一几人的宿舍正式告别了土坯房。在宿舍的前面，鲜艳的桑格花正展示着它们美丽的容颜，有紫色的、有白色的、有粉色的，有完全展开的、有半张半合的、有只有一个花骨朵的，一幅群芳争艳的图景展现在院内。那座曾经离他们宿舍只有十几步之遥位于宿舍正东方的旱厕被正式迁移到了厂子的东南角，远离了宿舍区。

看着新建的旱厕，冯唯一向刘宇轩终于说出了憋在他肚子里好久的话："刘队长，这个地方尽管吃、住都不怎的，而且只要蛇还没冬眠就得与其为伍，但最让我无法适应的还不是这些，而是如厕和洗澡。"冯唯一说到这里，表情有些夸张，整张脸都抽搐到了一起。"这么多年来，咱们都习惯了楼里的卫生间，突然恢复到了几十多年前的原生态如厕，简直太不方便了。'由俭入奢易，由奢入俭难'这句话一点儿都不假。你说这个旱厕，夏天时，气味扑鼻，'十里芬芳'，如果东风吹来，只能门窗紧闭，与其让熏死，不如被闷死；冬天时，小便还能勉强，如若换作其他，蹲在坑上，两股战战，坑下寒风袭来，瑟瑟发抖，于是只求速战速决，能少蹲一分，决不多待半秒。如果遇上半夜如厕，漆黑的夜里，一个人蹲在那里，头顶横梁的'呜呜'声、坑内老鼠的'哗啦'声、附近门窗的'吱呀'声，整个人都被整得神经兮兮的。我每次拿着手电都胆战心惊，有时还会疑神疑鬼。胆小的早就被吓死了。有好几次，我都想敲门把您叫醒，让您陪我一起如厕，后来想了想还是算了。您忙了一整天，好不容易正睡得香，让我弄醒后，也许接下来一宿都睡不着了，我知道您睡眠质量不太好。所以，每次半夜如厕时，我都是自己给自己壮胆子，硬着头皮去完成一项'艰巨'的任务。"

刘宇轩听完冯唯一的讲述，眼睛有些湿润。他拍了拍冯唯一的肩膀："让你受苦了。天气暖和时的臭味熏天，天气寒冷时的往死里冻人，半夜如厕时的提心吊胆。我和你一样，感同身受。但条件就是这样，这样的状况估计咱们还得坚持几年。不过好在这次把厕所移走了，至少不上厕所时，那股味道暂时可以避免了。以后这样，你半夜再上厕所时，喊我一声，我陪你一起去，你不要不好意思。"

冯唯一有些腼腆："哪好意思把您弄醒呢？"

"就这么说定了。以后半夜再遇到这种情况，你得叫我啊！这样吧，以后我半夜上厕所时，也喊你一块儿去。"

"这成！"冯唯一脸上终于露出了笑容。

"还有这个洗澡。"冯唯一接着又说道，"幸亏您用塑料桶制作了一个'太阳能热水器'。"

刘宇轩"哈哈"笑了起来："那叫什么太阳能热水器？就是

一个塑料桶里面装了点水，白天太阳把水晒热了，晚上放出来冲洗一下。"

"如果没有这么一个东西，咱们连个洗澡的地方都没有。问题是，这个露天设备，每次冲洗时，还得等到天黑，否则过往的行人都能看到。但天一黑，蚊子就出来了，好几次我冲洗时，都被蚊子叮了好几个大包。不过，不管怎么说，有这么一个东西，夏天的洗澡问题还是解决了。但天气一冷，洗澡又成了一个问题，只能到街里的公共澡堂去。不瞒您说，上次您回去协调项目，我去街里的一个澡堂洗了一次澡，只穿了一次他们提供的拖鞋，回来就感染上了脚气，那命中率没得说了。我曾尝试了各种涂抹用的软膏，治疗了好几个月才好，这中间还复发了一次。唉……"说到这里，冯唯一长叹了一声。

刘宁轩和冯唯一生活在同一个环境中，冯唯一的遭遇与感受，又何尝不是他的遭遇与感受？

"下次再去洗澡时，带一双自己的拖鞋。坚持吧，坚持就是胜利。"

"是呢，唯有坚持，别无他路。"

两人边说边向宿舍走去。在宿舍的外墙面上，爬满的七星瓢虫，密密麻麻的，像在召开一个巨型盛会。他们已经习惯了这种小动物突然在某一天密集出现，又突然在某一天集体消失的场景。

这时，在坚硬的水泥墙缝里生长着的两束花引起了刘宁轩的注意。两束花孤零零地立在那里，紧紧相依，像一对休戚与共、荣辱与共、生死与共、命运与共的夫妻。

"植物的生命力真旺盛，这地方也能生长。"刘宇轩驻足观看了好一会儿。

"真是不可思议。"冯唯一也目不转睛地盯着。

"以后我得勤给它们浇点水。"刘宇轩说。

"我发现刘队长特别有爱心。"冯唯一说。

"人生一世，草木一秋，都不容易。"刘宇轩笑了笑。

在厂房建成、设备调试完毕到正式开工生产的这段时间内，所有生产用原辅材料已全部到位。万事俱备，只欠东风。

开工仪式的举行，就像那股等待已久的东风，正徐徐吹来，拉开了黑木耳养殖合作社正式运营的大幕。

在正式开工投产的当天，举行了一个简单的仪式。仪式是邢石提议的。刘宇轩是一个不折不扣的实干主义者，对一些面子上或形式上的东西不太感兴趣，但这几年来，他每运作成一件较大的事情，几乎都有一个所谓的仪式，尽管这些仪式他一个都不太乐意去弄，但总有人会提议弄，比如邢石，再比如徐若谷。而刘宇轩是一个心肠特别软的人，很多时候尽管他自己不太愿意，但又不好意思把别人的面子驳回去。所以，很多事情就在这种情形中进行了。

出席黑木耳养殖合作社开工投产仪式的县里和镇里的领导，和出席当年水浇地开闸仪式的领导，几乎一样，秦副县长、徐若谷、甄建设、邢石悉数到场。秦副县长首先做了仪式开启讲话，大致意思说黑木耳养殖合作社是 X 县的第一个黑木耳产业，合作社正式投产后将极大地提高 D 村老百姓的收入，并辐射到周边村子，对 D 村甚而周边村子的早日脱贫，必将产生重要而深远的意义。

秦副县长的最后一句"下面，我宣布，X县D村黑木耳养殖合作社正式投产!"话音刚落，现场发出了热烈的欢呼声和掌声，久久没有停息。

在之后的日子里，当D村的老百姓说起这一天时，一个个从内心发出了由衷的感叹，一个个脸上都洋溢着幸福的笑容，像夏天的花儿一样灿烂，因为从这一天起，D村的生活正式迈入了一个崭新的阶段。这个项目让D村退出了贫困村序列，让D村老百姓的收入得到了实质性提高，让D村最后一位未脱贫户正式脱贫。

牛如意和他的技术员也应邀出席了当天的开工仪式。经合作社法人燕如山和牛如意前期几轮协商，最后决定合作社头一年聘请牛如意的技术员进行全程技术指导，具体为从菌种的培育到黑木耳采摘完毕全过程，费用为十万元。

被聘用的技术员找到了刘宇轩，说："刘队长，有一件事想和您商量一下。燕书记说他们董事会有些吃不准，让听听您的意见。"

刘宇轩有些好奇，问是什么事情。

技术员一副神神秘秘且鬼头鬼脑的表情，环视四周后，压低了声音说："我建议咱们在黑木耳养殖过程中，使用一些农药，这样可以保证出耳率，提高产量，同时品相也好看，一举两得。"

刘宇轩愣了一下，没有反应过来，随即变了脸色，严肃而略带警告地对技术员说："我们要打造绿色无公害产品，绝不会为了追求产量而去上农药。农药这个事，你以后就不要再提了。"

技术员呆呆地望着刘宇轩，一脸的惊讶和不自在，仿佛站在他面前的是一个不懂人情世故的书呆子。

技术员走后，站在一旁的冯唯一说话了，他一般很少说话。冯唯一说："燕如山这帮家伙还挺狡猾，又想上农药，又不愿意承担由此带来的责任，就把皮球踢过来了，把责任也甩过来了。以后黑木耳产量一旦上不来，或是黑木耳品相不好，他们就会说是帮扶单位当初不让上农药的。如果产量和品相都上来，他们就不吭声了，躲到后面装好人。那要这个合作社董事会还有什么用？"

刘宇轩笑了笑，说："有些事情，看破但不要说破。咱们做事问心无愧就行。既然他们征求咱们帮扶单位的意见，咱们的意见就是不上农药，这是底线。"

冯唯一点了点头。

四十一　销售

夏季的炎热势头在肆虐了将近一百天后逐渐退去。当第一缕秋风吹到黑木耳养殖合作社时，工人们正在采摘菌棒上的黑木耳，田间到处是忙碌的身影。

刘宇轩、冯唯一、黄永强、周振云、上官如玉、燕如山、魏谦厚几人没事时就跑到田间地头看一看黑木耳的长势，他们对 D 村的这一新鲜事物充满了好奇与期望，就像怀孕的妇人在期待十月怀胎后的惊喜。

一日午后，刘宇轩又在田里沿着一行行菌棒观察黑木耳的长势。一只小蟾蜍突然闯入了他的视野。小蟾蜍蹲在一个对它而言已是相当"高大"的菌棒一侧，躲避着阳光，显然在乘凉。当刘宇轩走到它身旁时，它纹丝不动，用一双鼓囊囊的眼睛从侧面注视着刘宇轩，眼神里满是紧张和侥幸，以为刘宇轩没有发现它。为了不给这只小家伙带来压力，刘宇轩将计就计，假装真的没有看见它，大步从它身旁走了过去。在走过去的一刹那，他仿佛感觉到小蟾蜍长出了一口气。这让刘宇轩想到了晚上的场景。因宿舍走廊的大门一直敞开着，到了晚上，大大小小的蟾蜍就会溜达到走廊和过道内，多的时候，能发现五六只。又因走廊和过道内汇聚了各种各样的昆虫和甲虫，这几处地方便成了蟾蜍觅食的场所。起先这些蟾蜍溜达进来时，刘宇轩还以为它们系误入。后来发现，压根儿就不是误入，是有备而来，而且是大批量潜入，还与日俱增，大有兴师动众之势。走廊和过道里小动物发出的声音和气息，蟾蜍可能早就觉察到了。

甄建设对这个黑木耳养殖合作社同样充满了期待。自从黑木耳菌棒下地后，他几乎每天都要过来一趟。司机拉着他从合作社的大门进入，他也不进宿舍区和刘宇轩几人打招呼，而是直接将车开到地头，下车后蹲在地上观察着黑木耳的长势。观察完毕后，他又起身上车，径直离去。由于宿舍区与田间有一段距离，在这个空旷的院子里，汽车进来时，有时候根本听不到声音。有好几次，等刘宇轩几人发现甄建设又站在田间地头时，他们打算出去打个招呼，但等穿好外套、系好鞋带时，甄建设的车子已驶离了大院。

"这个甄镇长有点儿意思呢。"一次，冯唯一望着甄建设车子离去，对刘宇轩说。

"甄镇长是个干实事的人，来了就看，看完就走，不搞那些形式主义，不做表面文章。而且几乎天天来。凡事贵在坚持，不容易啊！"刘宇轩说道。

秋意渐浓时，合作社里的黑木耳完成了最后一茬的采摘。工人们将已在架子上晾晒了多天的干木耳装入袋中，运输到了库房。当燕如山"咣当"一声将库房的大门关上并转动钥匙时，标志着合作社这一年养殖的黑木耳取得了圆满丰收。

魏谦厚统计了全年的黑木耳产量。因为第一年是探索阶段，为了保险起见，当年共生产菌棒 50 万棒，除去少量的废棒，产量竟接近六万斤，且每一片黑木耳颜色黝黑、光泽鲜亮、朵小而厚，无论是品相还是品质，都是相当不错的。一计算，每个菌棒的产量达到了一两二。

燕如山拨通了牛如意的电话，向他咨询黑木耳的市场价。牛如意说："今年的市场价在四十元左右，你们合作社的木耳卖到四十元以上一点儿问题都没有。"

燕如山在电话里现场算起了账，"四六二十四，这么算的话，今年的黑木耳收入可以达到二百四十万元？"燕如山说完后都有点儿不敢相信自己的耳朵。

牛如意说那当然，一点儿问题都没有。

燕如山又问如果除去成本的话，包括人力成本，今年合作社的利润空间是多大？

牛如意帮他算了一笔账。人力成本至少二十万元，这二十万元里不含技术员的服务费十万元。除去这三十万元后，合作社至少可以挣到一百五十五万元，纯利润。牛如意说："我是按你们合作社自己投入资金来计算的，问题是，今年你们合作社生产投入的资金全是拨付过来的款项，也就是说你们合作社本身没有投入，这二百四十万元基本上是纯利润。"

燕如山在电话里激动地叫了起来："哇！这么多纯利润！太棒了！"随即他又平静了下来，说："咱们现在讲的这些，都是指黑木耳卖出去的情况，那如果卖不出去呢？"

牛如意说："这个你放心，我经营了这么多年的黑木耳，还没有卖不出去的时候。卖是肯定能卖出去的，就看以什么价格卖出去。这么说吧，在北京那些大一点儿的集贸市场，铺一个摊子，就需要一万斤黑木耳，卖咱们这点货还真不是什么问题。再者，每年河北、山东、黑龙江的收货商多了去了，人家都开大货车过来，带挂的那种，一趟好几万斤就拉走了。到时候会有收货商和你们联系，你们就放十二分的宽心吧。"

燕如山说："那我就真的放心了。"然后，开心地挂断了电话。

果然，没过几天，燕如山就接到了收货商的电话，对方让燕如山给他发一些黑木耳的照片，然后再商量黑木耳的价格。两人加了微信后，燕如山将黑木耳的照片发了过去。几分钟后，对方再次给燕如山打来了电话，和他商谈黑木耳的销售价格。

燕如山说："我现在还不能告诉你具体的价格，我们合作社是集体经济，需要集体研究，稍后我给你一个准信儿。"

对方说："燕书记，虽然您是这个合作社的董事长，但这个合作社是集体经济，不是您个人的，黑木耳一斤卖多少钱，和您本人关系也不太大。您想，无论卖多少钱，最后都进了合作社的账了，进不了您个人腰包。您看这样行不行？您把价格稍微往低压一压，让我们也挣点，我们是不会亏待您的，我们会给您个人一些好处费，您看怎么样？"

燕如山"呵呵"笑了两声，说："你消息挺灵通啊，还知道我是合作社的董事长呢，打算给我多少好处费呢？"

对方一本正经地说："给您三千元怎么样？"

燕如山突然开口骂了起来："他妈的！你侮辱谁人格呢？三千元就想收买老子了？老子还是个共产党员吗?!"

对方一副心平气和的样子，说："您先别急，三千您嫌少的话，五千呢？咱们可以商量嘛。"

燕如山又是一声冷笑，说："五千？五万老子也不给你压低价格。滚！"说罢，恶狠狠地挂断了电话。感觉还有些余气未消，他又翻开微信通讯录，把刚加他为好友还没超过半小时的对方微信直接删除了。他边删边骂："奸商！现在社会的风气就让这帮奸商给搞乱了！"

他虽然将第一单生意以简单粗暴的方式直接拒绝了，但觉得当务之急是赶紧确定黑木耳的市场销售价格。既然第一单来了，很快就会有第二单。看来真是酒香不怕巷子深啊！他赶紧将魏谦厚、韩晓生、张秀花这些合作社的董事会成员召集齐，研究确定黑木耳的市场价格。会上，大家一致认为兹事体大，为稳妥起见，还是要召开一次董事会扩大会议，邀请刘宇轩、冯唯一、黄永强、周振云、上官如玉这些人一起来商讨决定黑木耳的市场价格。于是，关于黑木耳市场价格的董事会扩大会议召开了。

刘宇轩首先谈了自己的想法。他说合作社的黑木耳无论是品质还是品相，都非常好，应当根据不同的销售渠道，进行价格的不同定位。比如说，如果是一次性购买上万斤的大额收货商，也不需要包装，散装就可以出货的话，价格可以低一点儿，但不能低于市场价；另一种就是走小额市场的，比如进商场、超市、网络，用来打造黑木耳的品牌和知名度，这就需要包装。包装还涉及注册商标，这样下来成本就会高一些。在包装方面，应当分两个档次，一个是中档，一个是高档。中档的可以做成塑料袋包装，高档的可以做成纸质的硬盒包装。有了包装以后，价格就可以高一点儿，因为成本也高了。塑料袋包装的要比散装的价格高一点儿，纸质硬盒包装的要比塑料袋包装的要再高一点儿。

黄永强说刘队长的这个建议非常好，确实应当走差异化的价格销售路线。针对不同的购买群体，确定不同的销售价格。但整体价格又不能低于市场的正常价格。

上官如玉也说刘队长的建议非常好，但这些包装袋和包装盒的资金从哪里来？这笔费用虽然不太大，但也应当有几万元吧。

刘宇轩说："县里的经济和信息化局有这个扶持项目呢，前段时间我特意托人打听了一下，他们可以帮咱们出这笔费用。"

燕如山又感慨了一番，说："幸亏我们大家一致觉得还得和刘队长你们几人商量决定这件事呢。你看，单凭我们董事会的几个人，哪能想出这么多的好主意呢？而且刘队长提前已经替我们把包装的事情和资金都想好了。"

魏谦厚说："那咱们这个黑木耳价格定多少合适呢？涉及散装、塑料袋包装和纸盒包装三个价格。"

燕如山说："我觉得那天牛如意的建议应当可以参考一下，散装应当不低于四十元每斤，塑料袋装和纸盒装大家再议一议。"

韩晓生说："散装四十元，塑料袋装五十元，纸盒装六十元，大家觉得怎么样？"

周振云笑了笑，说："这倒是好计算，都是整数。"

燕如山扭头看刘宇轩，说："我觉得行呢，先这样卖着看，刘队长觉得这个价格怎么样？"

刘宇轩说："先这样试运行一段时间吧，看看市场情况，行的话就这么执行，不行的话再调整。而且这也是今年的市场价格，明年可能市场就是另一个价格了。"

燕如山说："行，那咱们就这么定了。"

会议结束后，大家开始分头行事。燕如山等几个合作社董事会成员开始到商场、超市进行推销；上官如玉、冯唯一几人开始注册商标，并着手线上的网络推广工作；刘宇轩、黄永强开始跑县经济和信息化局项目。

几天下来，大家都有收获。在县里的商场和超市，销售掉了五十多斤的木耳。商标注册工作也在有序推进中，名称就叫"D村黑木耳"。县经济和信息化局已经同意拨付资金进行黑木耳包装的定制。

又过了几天，一辆悬挂着黑龙江车牌的带挂大车直接开进了黑木耳养殖合作社。车上下来两个人，一个是司机，另一个是老板。在观看了库房里的黑木耳后，老板与燕如山开始商讨价格。对方说三十元一斤的话，库房里有多少黑木耳他要多少。燕如山说低于四十元一斤不能卖。对方说那就这样吧，双方各让一步，三十五元成交，他现在就打款，全部拉走。燕如山又说低于四十元一斤的话，不能卖。对方有点儿急了，说他做了这么多年的生意还没见过燕如山这样做生意的，一口价，不讲价。燕如山说没办法，这是集体经济，价格是大家在会上集体定的，他说了也不算。对方说："你们国家单位就这样，几个人在会上就能把价格定了，价格具体是多少应当由市场来决定，而不应由几个人拍脑袋决定，现在市场的价格也就是三十五元一斤。"燕山如又说："我们大家也是根据目前市场上的价格在会上定的，不是拍脑袋定的。"燕如山吸取了第一单生意的经验和教训后，这次表现得不卑不亢、不急不躁，无论对方怎么说，就是一口价四十元。最后，对方有些气馁，终于妥协了下来，说："好吧，你们国家单位就是牛逼，反正卖不出去也无所谓，即便这些黑木耳在库房里起了虫子也无所谓，反正东西是国家的，又不是个人的，所以你才是这副四十元爱买不买的架势。"又说："没办法，胳膊拧不过大腿，就按你说的价格来吧。如果这笔生意做不成，我空车回去也会产生费用，但装车的费用得你们出，工人得你们帮我找。"燕如山说："你说得不对，我坚持四十元一斤是为了不让国有资产流失，至于你提出的装车费用和工人的事，这都没问题，这个我能说了算。"

村里的九户正常脱贫户和一户未脱贫户姜少春都被召集到了合作社，开始帮着装车，姜少春负责过秤。一共接近六万斤的黑木耳全部装车后，老板打了一个电话，让人把钱打到燕如山提供的合作社指定账户内。约莫过了一个小时，将近二百四十万元全部到账。燕如山终于露出了和刚才讨价还价时截然不同的表情，热情地握着对方的手，说希望明年继续合作。对方笑了笑，说："你这一分钱也不让，我明年得考虑考虑还要不要合作。"燕如山说明年就是老顾客了，老顾客可以优惠。双方互加了微信，并互留了手机号码。

临了，燕如山非常好奇地问了对方一句："你们是怎么找到我们合作社的？"

对方说："现在都地球村了，信息又这么发达，我们是从网上看到你们的信息的。你们的黑木耳销售信息不是在网站上挂着呢吗？"

燕如山"嗯哪"了两句，说："我们的黑木耳销售信息是在网站上挂着呢。"说完后，他开始琢磨是谁挂到网上去的？想了一会儿，想起是前段时间上官如玉和冯唯一挂上去的。现在的小年轻，厉害着呢，年纪不大，却尽办大事。老家伙们已经没什么用了，眼看着就被时代淘汰了。真是长江后浪推前浪，前浪死在沙滩上。燕如山有些凄凉地摇了摇头。

四十二　退出序列

账面上突然多出了将近二百四十万元，让黑木耳养殖合作社董事会一帮人有些不知所措。在董事会上，如何对待这些钱，一时成了难题。

燕如山在会上感慨万千，说："我长这么大，还没见过这么多钱，关键还是在咱们自己合作社的账户上。"

魏谦厚不冷不热地回了一句："好像谁见过这么多钱似的！"

燕如山咽了一口唾沫，没有说话。

韩晓生说："要是把这些钱都取出来，一捆一捆地放到地上，能堆多高啊？"

张秀花说："一捆一万元，二百四十万就是二百四十捆，如果放到咱们这个会议桌上，咋也堆满了。"

燕如山说："咱们还是言归正传吧，研究一下怎么处置这些钱。"

魏谦厚说："上次开会时，刘队长不是说过，有利润时要先给贫困户分红，因为贫困户是以劳动力入股的，当时会上大家都是同意的。"

韩晓生说："分肯定是要给贫困户分的，当时会上就是这么定的，但是给贫困户分多少合适呢？"

张秀花说："咋分呢？这么多钱，总不能都给贫困户分了吧？"

魏谦厚说："肯定不能都给贫困户分了，全分完以后，明年的原材料不买了？明年还生产不了？这么大个黑木耳养殖合作社不能红火一年就关了吧？"

燕如山说："我觉得咱们还是把刘队长他们请过来吧，让他们再帮咱们参谋参谋，就咱们几个这智商，研究上一天，我看也研究不出个门道来。"

大家都表示同意。

会议随即宣布结束。

第二天一大早，黑木耳养殖合作社董事会扩大会议又召开了。刘宇轩、冯唯一、黄永强、周振云、上官如玉又都列席了会议。

燕如山大致介绍了会议议题后，眼睛瞅向了刘宇轩，说："刘队长，谈点意见呗。"

刘宇轩往前挪了挪身子，说："那就我先说。我觉得这笔钱应当这样处理，个人建议啊，仅供大家参考。一是给贫困户分红。因为当时会上就是这么定的，而且当初咱们成立这个合作社就两个目标，或者说就是分两步走的，短期目标或第一步是让贫困户脱贫，长期目标或者第二步是让全村的老百姓致富，这是咱们成立合作社的初衷。现在合作社有利润了，且利润非常可观，咱们不能忘记了初衷。二是进行扩大再生产。我们合作社今年是盈利了，但不能把利润全部分红，需要留足一部分进行扩大再生产。比如我们当初设计的'地摆'木耳和'挂袋'木耳同步上线的目标，现在看只实现了一半儿，另一半儿'挂袋'木耳还没有实现。所以，应当拿出一部分资金，用于建设当初规划的十座大棚，来发展'挂袋'木耳。三是拿出一部分资金进行明年的生产工作。比如原辅材料的采购，工人工资的发放，技术员的服务费等。四是厂区地面硬化。咱们当初的规划是要对合作社院子进行硬化的，但由于受资金限制，院子一直没有硬化，一到下雨天，到处泥泞，人走上去两行脚印，车走上去两道车辙，春秋两季尘土飞扬，非常有必要进行硬化。我就这么几点建议。"说罢，刘宇轩将身子往后挪了挪。

随后是黄永强发言："我非常赞同刘队长刚才的意见，咱们不能有了钱就全部分光了，需要留足发展资金，为长期发展做准备。同时，账上要有一定的现金流，以提高合作社的抗风险能力。现在需要测算的是给贫困户分多少红？怎么分红？"

"现在咱们的注册商标也下来了，塑料包装袋和纸盒包装也都印好了，明年是不要考虑在几大购物网站，比如淘宝、京东、唯品会等建立自己的店铺？这个是不也要留一些资金？虽然不需要太多资金。这是网上销售的第一步。如果咱们以后做得更大的话，我建议建立自己的门户网站，一来提高黑木耳的知名度，二来可以从自己的网站上进行直销，减少中间环节，提高利润率。"上官如玉说。

"我觉得有必要预留一部分广告费用，在媒介上宣传推广咱们的黑木耳品牌，以此提高黑木耳的知名度，进而拉动销售。虽然今年咱们的黑木耳一斤也没有剩下，让一家大客户就全部收走了，但这里面有很多巧合的因素。明年这家大客户还会不会再来？如果他不来，明年我们的销售渠道怎么打开？这些都需要考虑。"冯唯一说。

"从生产安全的角度考虑，我觉得咱们合作社应当安装一套监控设备，这么大的产业现在还没有一个专门的保安或值班人员，存在安防隐患。目前虽然厂里有一个周全，但周全主要是做饭，而且做完饭后基本就看不到人影了。"周振云说道。

等几人发言完毕后，燕如山又是一番感慨："我就说嘛，不邀请你们几位过来，就我们这些草包，别说是一天了，就是研究上一年也研究不出一个门道来。"说罢，他看见对面坐着的魏谦厚脸色有些不好看，又补充了一句，"主要我是个草包。"

"你还草包呢？你这智商如果也算草包的话，那我们就都是草包了。"黄永强笑道。

"三个臭皮匠，顶个诸葛亮。大家群策群力，集思广益，就会把问题想得周全一些。"刘宇轩说道。

张秀花发出了"啧啧"声："还是你们有文化，想问题就是不一样。我们这些大老粗，也就有修理地球的份了。看来还得让我们家孩子好好读书，以后考大学，念书还是有用啊！"

"光考住大学还不行，还得继续深造呢，人家刘队长是硕士呢！"韩晓生在一旁说道。

"shuoshi？什么是 shuoshi？"张秀花一脸茫然。

"你还是好好修理地球吧！"韩晓生一脸的不屑。

上官如玉微笑着朝张秀花解释道："硕士是学历的一种，就是比大学生还高的那种。"

"还有比大学生更高的学历呢？"张秀花一脸的吃惊，"我还以为大学生就是最高的啦。哇呀，刘队长也太厉害啦！"随即向刘宇轩投去近乎崇拜的目光，且许久不愿移开。

魏谦厚说："几位领导再议一议，贫困户怎么分红好一点儿？"

刘宇轩说："既然贫困户是按劳动力入股，那分的红是不不能低于其劳动力的收入？"

黄永强说应当是这样的。比如一个劳动力一天按一百元的收入计算，一个月就是三千元，一年就是三万六千元，分红就应当不低于三万六千元。

燕如山说："黄书记刚才那个数字是按劳动力全年计算的，问题是，咱们黑木耳从准备到采摘，也就八个月。"

黄永强说："我刚才是打了个比喻，具体按劳动时间计算就行。"

魏谦厚说："这么算下来，那就是两万四千元？"

张秀花转了半天眼睛，说："不对呀，当时这些贫困户八个月的工钱咱们已经给他们付了，再领八个月的工资，那不成了重复领工资吗？"

黄永强说："什么叫分红，这就是分红嘛。人家干那八个月，肯定得给人家八个月的工资呢。如果只给八个月工资，那还叫分红吗？那叫挣工钱。现在就等于拿他们这八个月的工资又入了一次股。你看那些上市公司配股时都是按 1∶1 比例配的，你入一万股，就再给你配一万股，你入两万股，就再给你配两万股。"

众人都不再吭声。

韩晓生说："两万四千元不少啦，这样下来的话，这些贫困户就全部脱贫了。仅分红一项的收入，就比国家划定的贫困户收入标准高出好几倍了。"

黄永强扭回头看了看燕如山，说：燕书记，不，燕董事长，这样分的话怎么样？我觉得正好实现了当初咱们设计的让贫困户脱贫的初衷。"

燕如山笑了笑，说："黄书记，你就别调侃我了，叫什么都行。咱们这个合作社建立的首要目标就是让贫困户脱贫，我觉得你刚才那个分红方案可行。那其他几项资金怎么分配呢？"

刘宇轩说："大棚的话，上次咱们也咨询过牛如意了，一座基本是五万元，十座的话就是五十万元；如果明年按八十万菌棒的数量生产的话，原材料和人力成本大约是一百二十万元；技术员服务费是十万元；院子硬化，做成水泥面就行，这样省费用，而且只硬化田间以外的部分，最多也就十万元；在网上建店铺和宣传推广费，预估上十万元，目前主要在自治区范围内宣介；监控设备预估三万元。这些数字有的是预估的，可能有些出入。其余利润留在账面上，以备他用。如果明年'挂袋'木耳取得成功的话，后年将生产规模直接提到一百万棒，即'挂袋'二十万棒，'地摆'八十万棒，这样就实现了机器设备的满负荷运作。鉴于咱们现在还在前期探索试验阶段，规模控制到现在这个程度也是可以的。这是我个人一点建议，仅供大家参考。"

燕如山说："我看行。大家是什么意见？"

大家一致表示同意。

当贫困户中的九户正常脱贫户和一户未脱贫户每户拿到两万四千元的分红时，整个 D 村沸腾了。大家奔走相告，"分红"一词以毫无争议的绝对优势成为村里的年度热词。

几个月后，D村正式退出贫困村序列。与此同时，全村的九户正常脱贫户和一户未脱贫户全部划入了稳定脱贫户。D村的贫困户全部提前脱贫。

又过了半个月，燕如山找到刘宇轩，脸上洋溢着幸福与惊讶并存的表情，说："刘队长，告诉你一个好消息，现在村里老百姓的经营意识被咱们这个合作社给带动起来了。"

刘宇轩有些好奇，问："怎么讲?"

燕如山说："村里的稳定脱贫户，包括一些非贫困户，都主动到村委会找我们，咨询购买黑木耳菌棒事宜，都想在自己的院子里进行小规模养殖黑木耳，还一笔笔算起账来了，什么一棒能出多少干木耳，一两干木耳能卖多少钱，除了人工费和那些浇灌用的配套设施，养殖多少棒就可以盈利。你听听，这一个个的都具备了商人的头脑了。这在以前，都是没有的事情，想都不要去想。"

刘宇轩听后有些激动，说："我们要的就是这个效果。现在，一些地方出现了干部作用发挥有余、群众作用发挥不足的现象，'干部干，群众看''干部着急，群众不急''靠着墙根儿晒太阳，等着别人送小康'。所以，党中央一直强调，要注重调动贫困群众的积极性、主动性、创造性，注重培育贫困群众发展生产和务工经商的基本技能，注重激发贫困地区和贫困群众脱贫致富的内在活力，注重提高贫困地区和贫困群众自我发展能力。从大家现在的表现看，咱们非常好地发挥了这方面的作用。对了，我有个想法，供你们合作社董事会参考。对于稳定脱贫户购买菌棒的，咱们应当给予补贴；对于非贫困户购买菌棒的，咱们只按成本价出售。他们采摘下来的黑木耳，咱们按不低于市场价的价格回收。这样就实现了咱们成立黑木耳养殖合作社的第二个目标——带领全村的老百姓致富。你觉得怎么样？"

燕如山拍了一下大腿，说："我终于和刘队长想到一块儿去了，就应当在政策上给予他们倾斜和支持。"

这些老百姓果然付诸了行动，在第二年菌棒生产出来后，他们纷纷进行了认购，合作社的技术员进行了全程免费技术指导。他们在认购菌棒时，合作社基本参考了刘宇轩当时提出的建议，对稳定脱贫户都进行了价格补贴，对非贫困户都按成本价进行了销售，黑木耳采摘结束后，合作社全部按不低于市场的价格进行了回收。

四十三　技术员

时间像长了翅膀一样，转眼间已飞到了年底。

合作社又开始为来年的生产工作做准备了。燕如山和魏谦厚将需要的原辅材料等按照八十万菌棒的生产规模进行了预备。这八十万菌棒里，包括"地摆"木耳六十万棒，大棚"挂袋"木耳二十万棒。在那次董事会扩大会议后，合作社就着手落实会上定下来的事项，而落实的第一项工作就是建设十座大棚。前前后后一共也就一个多月的时间，十座大棚就拔地而起了。根据规划设计，每座大棚可养殖"挂袋"木耳两万棒。

在开始正式生产的前一个星期，燕如山拨通了牛如意的电话，问技术员什么时候能过来，这头其他工作已经全部就绪了。

电话那头牛如意支支吾吾地说："估计我们的技术员够呛能去你们合作社了，因为我们来年也要扩大生产规模。今年之所以能给你们派过去技术员，是因我们的生产规模还不算太大，两个技术员有点儿多，一个技术员略显紧张，但我们咬了咬牙，加大了另一个技术员的工作量后，才给你们派过去一个技术员。"

听完牛如意的话，燕如山立马就有些急了，说："既然是这种情况，你怎么不早说呢？我们这头也好有个准备啊！当初咱们不是说好了吗？来年继续从你们这里聘请技术员，而且马上就要生产了，这么短的时间内，你让我们从哪里找新的技术员啊？最关键的是，今年我们的生产规模扩大了，是八十万棒的规模，在'地摆'木耳多出十万棒的基础上，同时生产二十万棒的'挂袋'木耳，'挂袋'木耳我们是头一次接触，啥啥都不懂，你这不是坑我们吗？"

牛如意满嘴的歉意，说："燕书记，你先别着急，这个事确实是我们的失误，本来打算提前告诉你们一声，但最近手头事多，打了个岔，就给忘记了，实在不好意思啊！这样吧，我再帮你联系一位技术员，我们这几年没少和技术员打交道，手头技术员的信息挺多。"

燕如山说尽快啊！然后气呼呼地挂断了电话。

一个小时后，牛如意给燕如山回过来电话，说："技术员联系好了，是我们现在一位技术员的老乡。"

燕如山问这位技术员什么时候能来。牛如意说："今天他准备一下，明天就能到你们那里。我一会儿把他的联系方式给你发过去。"

第二天下午，燕如山开车将技术员从火车站接回了合作社。

在燕如山的陪同下，技术员把合作社大院转了一圈，从田间到大棚，再到整个生产线，有时驻足凝神，有时详细询问，不时频频点头。

等全部参观完后，在合作社的会议室内，大家进行了一个简单的座谈交流。

"你们这个合作社整体规模还是不错的，在我走过的这么多地方里，算不上最大，也不算最小，大小适中吧。我在这个黑木耳行业干了三十多年，就是闭上眼睛也能知道个八九不离十。其实这个黑木耳很简单，没有大家想象得那么难。在我们老家，黑木耳又叫'水菜'，顾名思义，就是它离不开水，所以浇灌很关键，水浇得太勤了不行，不勤浇还不行，把这个度把握好就行……"技术员在滔滔不绝地讲着，大家在安静地听着。因为合作社已经有了一年的养殖黑木耳的经验，所以人们再听技术员讲解时，已不再像当年考察牛如意黑木耳厂时一脸的茫然与好奇。

"对了，我刚才看你们实验室里用的是液体罐，这个不太好。在我们老家，液体菌种早已淘汰了，一般都使用固体菌种，因为液体菌种容易感染杂菌，且出耳率不如固体菌种高。"听到这里，大家相互交流了一下眼神。

之后，双方又相互了解了一些其他细节，座谈交流就结束了。

趁技术员上厕所的间隙，魏谦厚说了一句："感觉这个技术员知道的东西不少呢。"

黄永强说："说得倒是确实不错，就是不知道做起来怎么样。"

燕如山说："如果确实像他说的已经干了三十多年的话，那就一点儿问题也没有。三十多年，那就真是专家啦。"

刘宇轩问了燕如山一句："牛如意有没有介绍说这个技术员水平怎么样？"

燕如山说："这个我还没细问，他推荐的人应当不会太差吧？"

说话间，会议室外传来了技术员的声音："好的，好的。我正要进去。嗯，会议室。"

说罢，技术员推门走了进来，说："不好意思，各位领导，媳妇刚打来电话，家里有点儿急事，我晚上得回去一趟。正好一个小时后有一趟火车，我得往火车站赶一下，还得麻烦你们送我一趟。后天我就回来啦。请大家放心，晚一天两天的，不影响木耳的生长。"

燕如山说："这么急？吃了晚饭再走呗？"

技术员一副慌忙怕误了车的样子，说："时间不赶趟了，误了这趟火车明天才能走呢。我也不太饿，一会儿在火车上吃一口就行。再说了，我后天就回来了，到时候咱们再一起吃。"

燕如山说："既然你家里有急事，我们也就不硬留你了，后天回来好好给你接风洗尘。"

刘宇轩叮嘱燕如山和技术员路上慢点，注意安全。

技术员和大家一一握手后，上了燕如山的汽车。

看着车子渐行渐远，黄永强略带遗憾地说赶得真巧，刚来了就又走了。

众人又聊了一会儿合作社的其他事情后，就散了。

两天后，依旧没有技术员的消息。刘宇轩有点儿着急了，给燕如山打了一个电话，问技术员有没有联系他。燕如山说对方没有联系他，可能是家里的事还没有处理完。刘宇轩说："你给对方打过去问一下，看看事情办得怎么样，咱们这头也着急呢。"五分钟后，燕如山又回过来电话，说打了，对方不接。刘宇轩说是不是对方没听见，估计一会儿会回电话。又过了几个小时，燕如山又打过来电话，说对方还没给回电话，他又打了几个电话过去，还是没人接。刘宇轩说看明早会不会回电话。

第二天一早，燕如山又打过来了电话，说对方还没给回电话，他又打了几个电话，也不接，估计有情况。

刘宇轩问有什么情况？

燕如山说这小子十有八九是跑了。

刘宇轩有些不解，说为什么要跑呢？放着十万元的钱不挣？

燕如山说骗子呗，估计来了一看干不了，直接跑了。他昨晚分析了一晚上，这小子极有可能是因为不会培育液体菌种，也不会使用液体菌罐，所以找了个借口溜了。

刘宇轩有些不解，问为什么是因为液体菌种？

燕如山说："刘队长，你记不记得他在会上说了一堆液体菌种的弊端？我是根据这个推测出来的。"

刘宇轩停顿了一会儿，说："照你这么说，好像有那么点意思。这样吧，你现在给牛如意打一个电话，问一下他到底是怎么回事？这个技术员干或不干，给咱们一个明确的答复。不干的话，咱们再找别人；干的话，就按干的来。"

半个小时后，燕如山打过来了电话，说："牛如意让他的技术员和对方联系了，那个小子就是跑了。跑的原因一是他确实不会培育液体菌种；二是他以前做的都是小打小闹，只能弄五万棒左右木耳，一次性八十万棒的规模，他压根儿就没弄过；三是他只会弄'地摆'木耳，不会弄'挂袋'木耳。"

刘宇轩叹息了一声，说："夸夸其谈了半天，原来是个南郭先生。白白浪费了咱们几天宝贵的时间，那技术员怎么办呀？"

燕如山说："牛如意说了，他会尽快帮咱们再联系一位技术员，而且保证这次找的技术员一定是个技术过硬的。不瞒刘队长，我很不客气地说了他一顿。"

刘宇轩说："燕书记，你发现没有，技术员对黑木耳产业和合作社的发展起到了至关重要的作用。你看，咱们所有的准备工作都做好了，就一个技术员就能让整个产业停顿。"

燕如山也是一番感慨，说一年十万元找一个好技术员都这么费劲。

刘宇轩说："这几天我一直在琢磨一个问题，就是要培养自己的技术员。只有技术掌握在自己手里，才会不受制于人。这就像打仗，手里没有武器怎么打啊？当年陈炯明的叛乱，让孙中山意识到依靠别人的力量是办不成事的，所以他决定创办黄埔军校，培养自己的军事人才。毛主席也说过，枪杆子里面出政权。没有枪杆子是不行的。枪杆子就相当于咱们现在的技术员。"

燕如山说："道理就是这么一个道理，问题是技术员也不是一下子就能培养出来的。咱们的黑木耳产业也运作一年多了，对技术含量的要求确实高，这一点咱们也都见识了，我觉得这个东西不是一下两下能学会的。"

刘宇轩说："是一下两下学不会，但不学永远也不会。咱们一年学不会，两年学不会，三年还学不会吗？技术员一年聘用的费用就是十万元，关键是即便花了这么多的钱，依旧受制于人，从长远考虑，这终究不是一个办法。这些钱如果让咱们村里的老百姓自己挣了，是不是更好？那样一来，技术咱们自己掌握了，钱也自己挣了，这不是一举两得的事情吗？"

燕如山"嗯哪"了两句，说："刘队长说得对，从长远发展看，咱们合作社一定要有自己的技术人才。"

刘宇轩接着又说:"我觉得从现在开始,就让咱们村的人跟着技术员一起学习,什么时候出徒了,什么时候就不再对外聘请技术员。这样一来技术掌握在了咱们自己手里,二来解决了一些人的就业和收入问题。何乐而不为?"

"好主意,还是刘队长高!"燕如山终于发出了爽朗的笑声,将连日来的阴霾一扫而尽。

刘宇轩说:"不用表扬我,如果没有这一出跑路的事,也许我还会安于现状,不去思考这些问题。"

燕如山说:"虽然同样经历了跑路这一出事,我们几个也没有想到培养自己的技术员,所以和刘队长的差距永远是隔着一座山。"

稍微停顿了一会儿,刘宇轩问:"咱们村里你觉得谁适合学习这项技术?"

燕如山说:"我觉得应该从这些稳定脱贫户里选择,这样学会一项技能后,直接从根儿上就脱贫了,岂止脱贫,简直就致富了。"

刘宇轩说:"我也是这么想的。"

燕如山说:"刘队长觉得姜少春怎么样?那小子重体力活也干不了,如果他愿意学的话,干这点儿技术活一定没问题。"

刘宇轩笑了笑,说:"咱俩又想到一块儿去了,你问问他愿不愿意学。"

中午时分,燕如山再次打来了电话,说姜少春说了,他愿意学,而且之前他还专门看过食用菌方面的书籍,机缘巧合,算是有一点儿基础。

一天后，牛如意给燕如山打来了电话，说技术员帮选好了，但技术服务费要增加两万元，一共是十二万元。费用增加的原因是，一来对方技术确实过硬，所以要价较高；二来合作社来年的黑木耳生产规模增加到了八十万棒，数量比去年增加了三十万棒，而且模式也从去年的"地摆"一种增加到了"地摆"加"挂袋"两种，这样操作起来比较麻烦，工作量也大了。如果合作社同意十二万元费用的话，对方明天就过来。

刘宇轩显得很无奈，说："现在时间不允许了，马上就得生产，能有什么办法？鉴于涉及技术员费用支出的问题，建议你们还是上董事会研究一下。"

燕如山说："还是刘队长昨天讲的，一定要培养自己的技术员，否则处处掣肘。"

燕如山即时召开了合作社董事会会议，大家一致同意该笔费用的支出，并同意姜少春跟着技术员学习黑木耳养殖技术。

一天后的下午，又一位技术员被燕如山用汽车从火车站接了回来。

这位技术员姓纪，年纪在五十岁开外，中等身材。程序和上一位技术员来时基本一样，先参观了解了整条生产线，然后大家进行了座谈交流。

在座谈会上，技术员说："大家叫我老纪就行，虽然可能在座的有比我年龄大的，但大部分人应该比我小。这么多年，人们都叫我老纪，已经习惯了。"老纪说完后笑了笑，又说："我在这个行业干了二十多年，说熟悉也熟悉，但黑木耳对气候、温度、湿度这些条件要求都比较高，而且每一个地方的环境又都不一样，所以没有一成不变的经验来复制、套用，只能因地制宜，不断探索……"

大家不停地点点头，觉得老纪说得挺有道理，至少是符合辩证法的。

晚上，燕如山在合作社的食堂为老纪进行了简单的接风洗尘。刘宇轩、冯唯一、黄永强、魏谦厚和董事会其他几位成员都参加了。上官如玉这几天重感冒，没来村里。周振云这几天也没有来村里。上官如玉一不开车，周振云便无法独自来村里了。

饭桌上，大家又聊了一些关于黑木耳的事情，考虑到老纪路上奔波了一天，便早早结束了。

白天的时候，燕如山让周全又腾出一间空屋子，让老纪住在了那里。这样，除了刘宇轩和冯唯一外，宿舍里又多了一位常住人口。

晚饭结束后，大家都散了。黄永强刚要发动汽车，手机铃声响了，他打算接完电话再走。这时，梁小军摇晃着身子从他的车旁走了过去，然后推开宿舍走廊门，径直进了刘宇轩的宿舍。

"刘队长还没休息呢？"梁小军舌头略打卷。

"没呢，你喝酒了？"刘宇轩问。

"没多喝，喝了四五两。有个事，我想和刘队长汇报一一下。"

这时，黄永强也推门走了进来。

"什么事？还汇报呢？我又不是你们领导。"刘宇轩笑道。

"在我们心中，你就是我们的领导。"他随即又说道，"成立合作社的资金是你们帮着协调回来的吧？但是在购买机器设备时，你们没有参与吧？"

"合作社成立后的具体事宜是由董事会负责运作的，我们帮扶单位不能干预董事会的具体事务。有时候，有些议题我们是应邀列席董事会的。"刘宇轩说道。

"这就对了！需要你们时，他们就会邀请你们列席会议；有好处时，或者不能被你们知道时，或者不想让你们知道时，他们就自己操作了。"梁小军又说道。

"你好像话里有话哟。"黄永强说道。

"你们是真不知道，还是装不知道？"梁小军一副不屑的表情。

"不知道就是不知道，这还有什么好装的？"黄永强语气不太好。

"村里都传呢，说他们在采购机器设备和原辅材料时，都吃回扣呢。再就是虚开增值税发票，比如五元的东西开十元的发票，十元的东西开二十元的发票。"梁小军又说道。

"这个是老百姓的猜测，还是他们手里有确切的证据？"刘宇轩问道。他觉得以他对燕如山和魏谦厚的了解，他俩还不至于干出这种事情。

"确切的证据倒是没有，人家买设备，老百姓也不在跟前，谁能知道呢？这就像捉奸要捉双，是一个道理，需要有现场证据。但话又说回来了，有句话叫'无风不起浪'，是不？"梁小军又说道。

"采购这项工作本来就容易让人产生联想，老百姓有些想法也是正常的。但扶贫专项资金，国家最后都是要审计的。谁要是真敢在这上面动手脚，到时候恐怕要吃不了兜着走。"刘宇轩说道。

"那咱们就等脱贫攻坚工作结束后，坐等审计结果吧。到时候，是骡子是马，是贪官还是清官，就都知道了。"梁小军一脸幸灾乐祸的表情，"不打扰二位领导了，我先走了。"说罢，推开门又摇晃着身子向外走了。

"现在干点工作难啊！除了工作本身需要干好外，还要面对外界的闲言碎语，甚至恶意中伤。"黄永强感叹道。

"这都是正常的。不过，就如刚才梁小军所说，等审计结果吧。到时候清者自清，浊者自浊。"

黄永强也长叹了一声："大家一起共事这么多年，我倒是真心希望老百姓的这些话是传言。"

刘宇轩没有说话，凝视着窗外。窗外已一片漆黑。走廊大门外的灯光投射到院子里，隐约可见那片已经枯黄了的桑格花。

四十四　黄鼠狼娶媳妇

晚饭后，刘宇轩、冯唯一和老纪经常在厂区附近的那条水泥路上行走。

在刘宇轩刚来的那一年，这是一条不时伴有大坑和雨天被车辆碾压后形成坚硬深辙的土路。刘宇轩搞基础建设的那一年，这条土路被水泥路取代了。

三个人每天基本雷打不动地行走在这条坚硬的水泥路上。在刘宇轩一个人驻村扶贫的那段时间，傍晚时分，他要么沿着废弃的砖厂大院行走，要么沿着这条当年还是土路的路面行走，像一个赶路的行脚僧。等冯唯一到来后，他俩经常沿着这条水泥路行走。等老纪来时，他们的行走队伍就扩大到了三人。

迎面或背后常会飞驰过一辆汽车，见到他们几人时，从不减速，甚而有加速的嫌疑。山寂人静，在一公里以外，基本就能听到汽车轮胎与地面摩擦的声音。于是，一听到那聒噪的声音，几人都会小心翼翼地避到道路边，恭恭敬敬地目送着车辆疾驰而去，顺道向荡起的尘埃与留下的汽车尾气致以崇高的敬意。

散步不能光散步，嘴还得动着。

在路上，三人经常要聊天。聊天的内容五花八门，几乎有包罗万象的气势。除了聊天，偶尔，三人中的一人会给另外两人讲一个故事。故事讲完后，其他两人都会"哈哈"大笑，以资鼓励。当然，故事本身都很精彩。大笑，是对故事情节情不自禁的赞赏。

三人中，老纪的故事讲得最好。一旦讲起来，绘声绘色，娓娓道来，仿佛他就在现场一样。他讲的很多故事，确实他就在现场。

刘宇轩非常佩服老纪讲故事的能力，并自愧不如，尽管老纪一直标榜自己是小学二年级文化。对于其学历，刘宇轩和冯唯一都表示怀疑。小学二年级文化的人能讲出这么动听的故事？老纪却说："不管你们信不信，反正我说的是真的。"

"黄鼠狼娶媳妇"是老纪众多故事中很具吸引力的一个。

老纪说，在他十多岁时的一天，和几个小朋友正在院子里玩耍，彼时天色已暗。这时，在院子里墙根儿旁边一处柴火垛下面吹吹打打地走出了一队黄鼠狼，约有二十只。柴火垛不是直接放在地面上的，这样容易受潮。在柴火垛的下面有一个底座——数根木头架在石头上面。这队黄鼠狼是从木头下面走出来的。

听到响声后，几个小朋友立即悄悄蹲在附近的木栅栏旁边，闭气凝神，观看着这支浩浩荡荡的娶亲队伍。

只见四只黄鼠狼抬着一顶轿子。轿子很简易，由几根较粗的枝条构成。轿身上坐着一只黄鼠狼，头上顶着一块小红布。在轿子的前方和后方是乐队。有身子立起来，一只爪子拿着罐头盖子，另一只爪子用木棍敲打的；有嘴里含着一根莜麦秆"吱吱"吹着的……

当黄鼠狼娶亲队伍向着对面的一座柴火垛走去时，小朋友们"哗啦"一下都站了起来，朝着它们追了过去。听到这突如其来的动静后，娶亲队伍瞬间乱作一团，"抬轿子"的扔掉了枝条，"敲锣"的扔掉了罐头盖子，"吹唢呐"的扔掉了莜麦秆……向着即将到达的柴火垛迅速逃去。

听完老纪的故事后，顷刻间，刘宇轩笑得前仰后翻，眼泪沿着脸颊流出了二十厘米的长度。冯唯一则只咧嘴笑了一笑。

刘宇轩一本正经地问老纪这是真事吗？

老纪一本正经地回答：真事。

几十天后，刘宇轩又让老纪讲了一遍这个故事，老纪居然和上次讲得一模一样，一点儿也看不出编造的痕迹来。刘宇轩还是不死心地问：这真的是真事吗？

老纪依旧一本正经地回答：真事。

谁信了？刘宇轩还是摇了摇头，就像老纪说他是小学二年级学历时刘宇轩流露出的表情一样。

一日，又是傍晚时分，又在同一条水泥路。老纪说："刘队长，你也给我们讲一个故事。"

刘宇轩停顿了一会儿，说："小时候，我家里有一张新中国成立后的面值三元的人民币，现在拿到市场上的话，估计值钱啦。"

"面值三元的人民币？"老纪突然盯着刘宇轩，充满了好奇地问，"我怎么没见过面值三元的人民币？"

冯唯一也用专注的眼神瞅着刘宇轩。

刘宇轩边走边继续说道："其实除了这张面值三元的人民币，我家里还有一张面值四元的人民币。"

老纪又一次用吃惊的眼神看着刘宇轩："我说刘队长，你家里怎么尽是些我们没有见过的人民币？"

冯唯一再次用专注的眼神瞅着刘宇轩。

停顿了几秒后，刘宇轩突然笑出了声。

老纪顿时反应了过来，说："刘队长，你这不按规矩来，咱们说好的是讲故事，你这是编故事呢。不算，不算。"

"讲故事和编故事有区别吗？"刘宇轩止住了笑声，反问道。

"有啊，编出来的故事全是假的；讲出来的故事有可能是真的，也有可能是假的。就像你刚才说的面值三元和四元的人民币，这一听就是假的。我活了这么大年纪，还没见过市面上有这么两种面值的人民币呢。"老纪说。

"真或假，不能按你见过或没见过来衡量，对不对？就像我也活了这么大年纪了，还没见过'黄鼠狼娶媳妇'呢。"刘宇轩说。

"但'黄鼠狼娶媳妇'是真的呀，因为我见过呀！"老纪坚持说。

"面值三元和四元的人民币也是真的呀，因为我也见过呀！"刘宇轩笑着说。

随即，三人都"哈哈"大笑起来。

四十五　蛇

那是一个夏季的早晨，刘宇轩正要到厨房去接自来水，这时传来了冯唯一的惊叫声——蛇！蛇！

刘宇轩赶紧跑出厨房，顺着冯唯一手指的方向，在宿舍过道的西侧看到一条灰白色、食指粗、约六十厘米长的蛇正在蠕动。

除去在院子里见到的不计其数的蛇，这是刘宇轩在过道里第二次见到蛇了。在他入住宿舍的头一天晚上，他与蛇在过道里第一次相逢。

刘宇轩自从离开村庄后，已有多年没与蛇相遇了。这么多年来，蛇尽管早已离开了刘宇轩的视野，但在梦中，他与它们却经常相会。如果在梦中见到一条或两条蛇，也不足为奇，但这些家伙要么不出现，要么就成群结队地出现，三步一条，五步一堆，毫无下脚之处。更为恐怖的是，其中一条会猛地在他身上咬一口，或者径直从衣服领口钻进去。每次梦见这帮家伙，刘宇轩都会被吓醒，浑身是汗。

如果说刘宇轩对什么东西比较讨厌或害怕的话，那就非蛇莫属了。

真是冤家路窄。刘宇轩想都没有想到，在两千多里外的地方，在这个曾经废弃的院子内，在蛇还没有冬眠的季节，居然天天能见到它们。

让他一直纳闷儿的是，他头一次见到的那条蛇再没有出现过。就在燕如山安排人打扫其余几间屋子的当天，刘宇轩还特意叮嘱燕如山，有一条蛇钻进了他隔壁的宿舍。燕如山当时就用钥匙打开了宿舍门，还将刘宇轩那天放置的那根铁棍拿开了。在他拿铁棍的时候，刘宇轩还提醒他不要拿走铁棍，这条铁棍是专门用来堵蛇的。但屋门打开后，屋子里空无一物，除了满地的灰尘。刘宇轩当时非常诧异，说明明蛇就钻进了这个屋子，怎么就没有了呢？燕如山笑了笑说，门缝这么宽，人家溜达进来后，估计待了一会儿又溜达出去了，走廊的门缝同样那么宽，说不定人家当晚又溜达到院子里了，这叫"免费一日游"。刘宇轩说："你看，这根铁棍明明还在门缝处放着呢，它怎么能钻出来呢？"燕如山说："说不定这条蛇是白蛇或青蛇转世，专门看你来了，结果一看你挺怕它，它很失落，然后就伤心地化作一缕白烟或青烟走了。"刘宇轩笑了笑，说："那我就是许仙啦？"两人又都"哈哈"大笑。

刘宇轩飞快地跑回宿舍取出手机，边靠近蛇，边录着像。看见有人向它走来，蛇加快了游动的速度，分叉的芯子从嘴里不停地吐着，尾巴快速地晃动着。靠近一看，刘宇轩才发现，这条蛇的头部呈三角形，身上有花纹。

听到吵闹声后，老纪三步并作两步赶了过来，直奔蛇而去。蛇的前半截身体已沿着过道钻到监控室的门缝内，几人都有点儿紧张，一旦它钻进监控室里，啥时候出来就不得而知了。监控室里堆满了各种大小物件，进去把它找出来可就费劲了，而且人如果进入监控室被其突袭咬一口，后果不堪设想。说时迟，那时快，就在蛇的后半截身体即将钻入监控室门缝的一瞬间，老纪的一只大皮鞋已踩到它身上。冯唯一赶紧从厨房找出一截铁棍来，约八十厘米长，刘宇轩一看长度有点儿短，老纪的手很容易被蛇咬到，于是赶紧从旁边拿来一根两米长的铁棍递给了老纪。自从合作社投产后，各种工具也多了起来，比如铁棍、铁锹等。

老纪用铁棍按住蛇的身子，将自己的脚解放了出来，用力一扒拉，将其从门缝里重新弄回到了过道里，并再次用铁棍将其按住，使其无法动弹。

几人围了过来，七嘴八舌地分析着它有无毒性。老纪说他试一下看其有没有攻击性。在他那只硕大的皮鞋伸向蛇头时，蛇突然做出了一个攻击的动作。他再伸皮鞋，它再次攻击。他伸一次，它攻击一次。针锋相对，毫不相让。最猛烈的一次攻击是，它居然试图将整个身子扑过来咬住老纪的皮鞋。

刘宇轩拍完这段老纪与蛇相互攻击的视频后，起身回到了宿舍，准备编辑一下文字，发到朋友圈，让人们看看这新鲜的事情。几分钟后，等刘宇轩再次返回现场时，一切已恢复了平静。蛇已不见了踪迹，老纪也不在过道里。刘宇轩走到老纪的宿舍，问蛇哪儿去了。老纪正躺在床上翻看着手机，从牙缝里蹦出几个字——被我打死了。

蛇出现在了它不该出现的地方，转眼间把自己的一条小命搭进去了。

这突如其来的事件弄得几个人都心神不宁。

坐在餐桌旁，大家都吃得心不在焉。冯唯一说他现在心脏还在加速跳动。其实，刘宇轩心脏也很不舒服，感觉有点儿堵。

刘宇轩边吃边琢磨着这条蛇。从体形上看，这条蛇应当算是一条小蛇，有可能属于未成年范畴。既然一条未成年的蛇能来到这里，就不排除一条成年的大蛇也会来到这里。从概率上分析，大蛇和小蛇来到这里的机会是均等的。倘若大蛇真的来了，几人还能像今天一样将其顺利捕获吗？几人还能确保不被其咬伤吗？现在还无法知晓其有无毒性，但从其攻击性看，它也不是什么善茬。它如果属于毒蛇，那就更可怕了。

饭后，几人赶紧调取了监控，试图发现它是什么时候从哪里进来的。但监控画面显示，它是早晨从监控室的门缝爬到过道里的，它在过道里晃悠了没多久就被冯唯一发现了，紧接着就发生了后面的事情。

问题又来了，它是什么时候进入监控室的？刘宇轩从手机的监控软件翻到当天晚上十二点整，也没有发现任何蛛丝马迹。手机软件最多只能回放到当天凌晨十二点，大家决定从监控室里的电脑看一下，这样可以回放的时间更长。但紧接着合作社又有了别的事，几人又都忙去了，中间一打岔，便将此事忘记了。其间，冯唯一坚持认为，这条蛇至少在监控室里已待了一天。事后证明，冯唯一的猜测是正确的。

由于这条蛇的突然闯入，当天中午用餐时，大家还在谈论着这个话题。

周全由于昨晚又和村里的人喝了酒，起床比刘宇轩他们几人晚了一会儿，整个惊心动魄的场面他没有见到，等战场被清理后，他才起来了。做好早餐后，他又消失了。等中午用餐时，他才出现，并发表了自己的意见："其实应当将蛇放生，它也是一条生命呢。"

老纪反驳道："你没听说过'见蛇不打三分罪，打蛇不死罪三分'吗？"

周全一下子让老纪驳得有点儿反应不过来，一摊手："和你这种人没法交流。"

刘宇轩检讨道："其实这件事我也有责任，不能全怪老纪，那个铁棍是我给他递过去的，我应当算帮凶。"

老纪一听来了劲，面部表情呈喜笑颜开状，似乎终于找到可以开脱的借口，说："对，责任主要在刘队长，如果他不给我拿棍子，我也不会打死它。"

刘宇轩反驳道："我怕蛇把你咬一口呢，才给你拿了一根长棍，没想到你却用长棍把它打死了。"

老纪又说："反正不管咋说，你也有份。"

刘宇轩说："是了，这件事我肯定有份，我刚才说了，我应当属于帮凶。"

坐在一旁的周全口中接连发出了数声"阿弥陀佛"。

老纪调侃道："莫不是晚上要给它做个超度？"

周全认真地说道："我中午就做。"

"我的天！"老纪撇了撇嘴，"假如有一条毒蛇咬你时，你会不会还手？"

"肯定不还手。"周全平淡地说。

"你不怕它把你咬死？"老纪又问。

"咬死就咬死呗。"周全还是那么平淡。

"这境界！"刘宇轩笑道，"我如果没有记错的话，你当年曾一脚踩死过三只蛐蜒，难道蛐蜒就不是生命吗？"

周全停顿了一下，像在回想往事，然后说道："那不一样，蛇有灵性呢，蛐蜒没有。你看这个村子里谁往死打蛇呢？没有。这也是这里蛇多的一个原因。"

冯唯一在旁边突然笑了："万物有灵，你既然承认蛇有灵性，怎么能说蛐蜒就没有灵性呢？"

周全一时想不出更好的反驳理由，坐在那里喃喃说道："反正蛇不能杀，蛇有灵性呢。蛐蜒不一样，和苍蝇、蚊子一样，打死就打死了。"

老纪"呵呵"笑了，笑声似乎是对周全观点的否定。

这顿饭总算结束了。

老纪与蛇相互攻击的视频在朋友圈引来大量围观。大部分人留下了"太恐怖了，吓死人了"的留言；也有人留言"蛇不应打死，应当放生，这种动物报复性很强"；还有人留言"它是小青，是来找许仙的，说不定你们那里就住着许仙呢"；还有人留言"这是一条小蛇，说不定它的父母会来找自己的孩子"；还有人留言"蛇是小龙，进入住宅是吉兆"……

刘宇轩在想，如果当时有一个捕蛇工具可以将其生擒的话，谁还愿意杀死一条生命呢？但当时情况紧急，条件又不允许，或许只能如此。

在此后的几天里，几人都提心吊胆的，生怕真有大蛇前来。

又过了几天，刘宇轩忽然想起了翻看监控这档子事。但一番操作后发现，监控只能保存十天的记录。当回放到十天前的画面时，刘宇轩发现这条蛇居然从监控室的门缝爬到了过道里，玩儿了一会儿后，又从过道爬回了监控室。也就是说，它在监控室已待了好多天。这也证实了冯唯一的猜测。再想往前回放，电脑已没有了记录。于是他很懊悔，如果事发当天就回放监控的话，说不定真能查出个来龙去脉。过了几天再看，已成为悬案。

若干天后，老纪说他在院子南面的草丛中发现了一条大蛇，有酒瓶口那么粗，一米多长，这次他吸取了上次人们辩论时的教训，没敢再将其杀死，而是找了一根长棍将其挑到了院子外面。

又过了若干天，在田间干活的两位女工说，她们在院子的厕所旁见到了一条大蛇，直径比水黄瓜还要粗一圈，就在她们被蛇吓得发出惊叫声时，那条蛇居然将半个身子立了起来，随时准备向她们发起攻击。

面对这些蛇在院内的频繁活动，刘宇轩思考了一个问题：究竟是谁闯入了对方的领地，是我们之于蛇，还是蛇之于我们？

一次，当刘宇轩和黄永强聊到院子里蛇的话题时，黄永强说证明这里的生态确实好，否则哪有这么多蛇呢？刘宇轩摇了摇头，说可能是这里的食物链出现了问题，蛇的天敌少了，或者没有了，再加上当地老百姓没有人打蛇，所以它们就泛滥了。黄永强听后点了点头，没有反驳。

四十六　"三禁"

又一个星期一的上午，按照惯例，村里召开"双书记"例会。黄永强正在传达县里的一份文件，坐在他旁边的魏谦厚的手机铃声突然响了。

"村主任，我刚才在山上放羊，镇里来的综合执法局的人把羊全逮走了。你快帮想想办法，把羊要出来啊！"电话里传来一个男人急促的声音。魏谦厚的手机音量很高，不但坐在他两侧的人听到了，而且整个会议室里的人也听到了。就在他接通电话的一刹那，黄永强停止了文件的宣读。

"一共逮了多少只？"魏谦厚问。

"十二只，全逮了。"对方依旧一副着急的声音。

"嗯哪，我知道了。"

"快点啊！"对方似乎还有点儿不放心。

"谁了？"黄永强问。

"梁小军。"

"这小子，还村民代表呢？！不知道县里这段时间'禁牧'吗？"黄永强有些生气。

"他怎么能不知道呢？全村的老百姓都知道每年的休牧时间是从 4 月 15 日到 10 月 15 日，他又是村民代表，能不知道吗？"魏谦厚说。

"既然知道为啥还要把羊放出来呢？"黄永强有些急了。

"黄书记，你又不是不知道，不让老百姓把羊放出来，羊吃啥呀？就那点饲料根本不够嘛。"魏谦厚说道。

"这个我也知道。问题是让他们发展青贮饲料窖，他们又不弄。弄一个窖储存上一些饲料，一年都够吃了，还能让人家把羊全逮走呢？"

"这不是老百姓有顾虑嘛，对这个青贮窖还是不太放心。"

"有啥不放心的？政府推动的工程还能坑老百姓吗？"

"坑倒不至于，周边几个村子不是有青贮饲料发霉的案例嘛，所以老百姓有顾虑也是能理解的。"

"那是个别户没有按人家规定的程序操作好，操作好的话，青贮窖是没有问题的。"

"嗯哪，老百家担心的是怕成为那个极少数嘛。有句话怎么说来着……"魏谦厚稍微停顿了一下，"想起来了，叫'时代的一粒灰落到个人头上，就是一座山'，对吧？对政府来说，哪家青贮窖失败了，最多不过是一个失败案例，但对个体老百姓而言，那就是相当大的损失，是吧？"

魏谦厚说完后，扭过头看着黄永强。

"你说得也对。"黄永强说完后便不再吭声。

"青贮窖下一步肯定得发展，到时候咱们严格按人家的规定程序来操作，问题应该不大，毕竟咱们县里绝大多数的青贮窖是成功的，失败的也就那么几户。老百姓把羊、牛或其他牲畜放出来，是和政府出台的'三禁'政策相违背的。当然，老百姓的顾虑也是能理解的，咱们把相关东西都解释清楚，打消他们的顾虑。到时候请专家全程指导他们，就不会出错。"刘宇轩接过了话茬，"当务之急是协调一下镇里的综合执法局，和人家说说情，看在初犯的分儿上，能不能把羊放出来。"

"应当能放出来呢。这是咱们村第一次被他们逮住，其他村经常有这种被逮住的现象。我了解的情况是，逮住后和他们打个招呼，基本都放出来了。"燕如山说道。

"谁去协调一下呢？"刘宇轩瞅了瞅黄永强和上官如玉，"你们俩都是镇里的，综合执法局的人员也是你们的同事，你们谁和他们熟悉一些？"

黄永强低着个头不吭声，目不转睛地盯着手头念了半拉的文件，不知是真在看，还是假装在看。

上官如玉瞅了一眼黄永强，又瞅了瞅刘宇轩："刘队长，我去协调吧，他们办公室就在我们办公室隔壁呢。"

"你和他们熟吗？"刘宇轩问。

"还行吧。"

刘宇轩点了点头。

会议继续进行。黄永强重新拿起他那念了半拉的文件，接着念了下去。

散会后，刘宇轩和冯唯一又按惯例步行回宿舍。

周振云又像往常一样，搭乘着上官如玉的车走了。其他人顷刻间全消失得无影无踪。

"刘队长，有个事我一直没有整明白，我也没敢在会上问，县里为什么要出台一个'三禁'政策呢？"冯唯一边走边说。

"为保护和改善生态环境啊。"

"保护和改善生态环境肯定是好事，这个我能理解。但为什么要'三禁'呢？"

"不'三禁'的话，怎么保护和改善生态环境呢？"

"我的意思是，'三禁'里的'禁垦'和'禁伐'能理解，但为什么要'禁牧'呢？"

"不禁牧的话，照样破坏生态环境呀。"

"刘队长，您想过没有，生态近几年被破坏，是因为动物的原因吗？"

"那肯定不是，主要还是人为破坏得严重。你看那些山丘被挖坑、植被被破皮，全是大型挖掘机干的，动物哪有那么大的破坏力度呢？最多是踩踏几脚。"

"这就对了。人类与牛、马、羊共生了几千年，相安无事，也没有听说生态环境被破坏到哪里去。近几年生态的恶化主要还是人类自己造成的。本来是人做的事，结果却让动物来担责，这样不太合适吧？"

刘宇轩一时语塞，没能马上回应。

"这就像前几年的'临时工'一样，什么坏事最后都是'临时工'干的，所以'临时工'当时还有一个称呼，叫'背锅侠'。可能后来有些人自己也觉察出让'临时工'背的锅有点儿多，已经引起人们的广泛关注啦，于是就换了一个背锅对象——老天爷。所以，很多事情，本来是'人祸'，最后却变成了'天灾'，这就成功把锅甩给了老天爷。'临时工'还长着嘴会说话呢，锅背得多了也会抗议几句，但老天爷又没长嘴，扣个什么帽子就是个什么帽子，也不会反驳。这多好啊！"

"行啊，你小子现在理论是一套一套的。"刘宇轩笑道。

冯唯一腼腆地笑了笑："再一个就是，'三禁'政策出台后，执行得确实不怎么样。"

"怎么说？"

"刚才会上燕书记也说了，执法人员前脚刚把羊抓走，后脚一有人打招呼就放了，这叫执法必严吗？这样的政策简直形同虚设。"

"不放怎么办？让执法人员自己去养羊，还是执法人员专门雇人去养羊，还是把羊直接卖了？这几样显然都行不通吧？所以最后只能把羊放了，然后罚点款。"

"这么一来，所谓'三禁'最后不就成了罚款吗？"

"罚款不是目的，罚款只是手段，让他们不要再去放牧。"

"这个勉强算说得过去吧。"冯唯一显然对这个答案并不特别满意，只不过苦于没有更好的反驳理由，继而又说道，"还有一个现象，不知道刘队长发现没有？"

"什么现象？"

"咱们周围的山上半夜老有人打手电。"

"半夜上厕所的时候，见过那么几次。"

"您知道他们打手电干什么吗？"

"不是走夜路或在山上找东西吗？"

"不是。以前我也是这样想的，后来发现不是。"

"那是干什么呢？"

"他们在偷偷放牧。"

"你是怎么知道的？"刘宇轩吃了一惊。

"我看见过。"

"天漆黑一片，山离咱们也有一段距离呢，你是怎么看见的？"

"我等啊。有一次，我挺好奇，一直等了好长一段时间，等手电光近了时，我才发现他们是放牧的，一个人赶了几头牛。"

"真有你的。你不是半夜上厕所挺害怕的吗，怎么敢一个人在院子里等呢？"

"是啊！我当时确实犹豫了一阵子，但最后还是好奇心战胜了恐惧。"

"那你也不能为了等一束手电光，在院子里站半天啊。"

"我也不是专门死盯着手电光，在等待手电光靠近的时间里，我站在院子里看星星呢。不知道刘队长发现没有，这里的星空特别干净，这里的星星也特别明亮，这是在城里看不到的景象。也只有这里的星空，才是接近大自然的星空。"

刘宇轩瞅了一眼冯唯一："没发现你还挺有情趣。"

"刘队长可不要忘了，咱俩见面的第一天您就发现我会写诗。我可是一位诗人。在一些报纸和刊物上也发表过不少诗歌呢。诗人当然离不开星空，也离不开月亮。有月亮时我就看月亮；没月亮时，我就望星空。所以说，诗人的世界是最干净的。"

"你讲得有道理。诗人确实有点儿不食人间烟火。等你啥时候出诗集时，一定送我一本签名版的，我拜读一下。"

"没问题。真有出诗集的那一天，我一定送刘队长一本。"

"对了，刚才你提供的这个信息很重要，看来'禁牧'工作得引起咱们足够重视了。如此一来，建立青贮饲料窖还真是势在必行了。"

四十七　视察

夏季的太阳总是提前照在 D 村。

刘宇轩曾问魏谦厚，夏季时，这里的太阳几点就出来了？魏谦厚说："这个问题你算是问对人了，我还真专门观察过，在我们这里，凌晨三点五十太阳就出来了。"

不知是受太阳早出的影响，还是其他什么原因，自从来 D 村扶贫后，刘宇轩比在 H 市时早起了好几个小时。

一次，冯唯一问刘宇轩："刘队长，您怎么每天早早就起来了？"

刘宇轩笑了笑，说："入乡随俗嘛，这里的太阳升得早，落得也早，所以人们睡得早起得也早。"

冯唯一听后摇了摇头，说："我还保留着 H 市的生活习惯，晚睡晚起。"

刘宇轩说："你还年轻，觉多。其实我也是名义上早早睡下了，实际入睡很困难，尽管这里的人晚上很少打电话，因为他们在九点左右基本就睡下了，但 H 市的那帮人不了解咱们这里的作息习惯，晚上十点、十一点、十二点，随时会打来电话，尤其是那些喝高了的同学和朋友，哪管你是几点呢，想几时打就几时打。"

冯唯一听后一脸的感同身受，连说几个"对"，说："所以我最后也放弃了早睡的幻想，而我这个人睡眠时间又长，一旦睡下，没有八个小时起不来，所以睡得一晚，早晨就起得晚了。"

刘宇轩说："你这是完整地保留了 H 市人的作息时间，我已经被同化了。"

这一天，刘宇轩又像往常一样早早地起来了，一拉开窗帘，就被外面的世界吸引了。

浓浓的大雾弥漫了整个院落，就连离窗户只有不足两米距离的桑格花也被完全吞没了。太阳并没有按时出现，不知躲到了哪里。

刘宇轩走到院中，湿润的雾气扑面而来，那是久违了的味道。他突然想起了小时候的一个场景。那是一个午后，一场大雨刚刚结束，大雾笼罩了整个村庄，伸手只能见五指。刘宇轩与小伙伴们穿着雨鞋在浓雾中奔跑、穿梭，呼吸、触摸着这上天赐予的特殊礼物，仿佛闯入了仙境。那味道沁人心脾，直达周身，令人心旷神怡。然而多年后，一个叫"雾霾"的词语横空出世了，一时让纯洁的雾受到了牵连。其实，有害的只是霾，与雾无关。

这场清晨大雾是什么时候出现的，刘宇轩并不知情。约莫一个小时后，他眼睁睁看着大雾渐次退去，直至消失。

院子里鲜艳的桑格花又露出了它们美丽的容颜。

就在刘宇轩要转身回屋时，邢石开着他的私家车来到了合作社。

刘宇轩有些吃惊地说："稀客啊！这是哪股风把邢镇长吹来了？居然还这么早！"

几年来，除了有上面领导来视察，很少能见到邢石来这里，尽管他是这个村的包片领导，尽管这里的合作社已成立了几年。

邢石笑了笑，说："刘队长就别挖苦我了，平时单位一堆事，来你们这里次数也少，我这个包片领导确实做得不到位啊。今天自治区的领导要来你们合作社，我得提前来做些准备工作。"

邢石倒是没有遮掩，依旧保留了除了领导来他才来的一贯作风，这一点，倒是与其上司徐若谷保持了高度统一。黄永强曾和刘宇轩说过，邢石就是一个典型的形式主义者，热衷做表面文章。刘宇轩笑了笑，说哪个单位、哪个地方都不缺乏这样的人。

和刘宇轩简单说了几句后，邢石就走到墙根儿处立着的一把竹子扫帚前，抄起扫帚扫了起来。

刘宇轩又吃了一惊，问："邢镇长，为什么要扫院子呢？"

邢石边扫边说："我刚不是说了嘛，上午自治区领导要来你们合作社。"

刘宇轩说："来就来呗，干吗要扫院子呢？"

邢石说："扫一扫不是更干净吗？卫生首先要搞好嘛，这是面子上的事。"

刘宇轩说："这院子不是挺干净的吗？"

邢石说："不行，你看地上还有一些让风吹落下来的花瓣呢。还有，你看那一片水泥地上还有尘土呢。"说着他用手指了指前方。

刘宇轩说："这就是咱们平时工作和生活的环境，这也是咱们本来的面目，让领导了解一下咱们真实的状况不挺好吗？"

邢石摇了摇头，说："不行，不行，让领导看到这环境多不好呢。刘队长，你忙你的，我扫一会儿啊。"说罢，继续挥舞着那把长长的竹子扫帚，不再搭理刘宇轩。

刘宇轩说："那邢镇长你忙，我还没洗漱呢。"说罢，走进了屋里。

冯唯一起床时，邢石还在扫着院子，而刘宇轩、老纪和周全已经用过了早餐。冯唯一的那一份盖在锅里，早餐是馒头和小米粥。

"人要是活到这份儿上，其实也挺没意思。"冯唯一用过早餐后，来到刘宇轩宿舍，站在窗户前，看着邢石弯腰的样子说道。

"每个人的世界观、人生观、价值观都不一样，所以表现出来的行为举止就各不相同。他只不过是为了应付上级领导检查，做做表面文章。有的人为了自己的仕途，可谓'豁出去'了，所以什么样的事情都有可能干出来，即便有损尊严。"刘宇轩说道。

"陶潜曾感叹：'吾不能为五斗米折腰，拳拳事乡里小人邪！'可惜现在像陶潜这样的人太少了。"

"别说是五斗米了，现在有些人为了蝇头小利就折腰了。在这个社会上，最不缺少的就是没有骨头的人。一个人如果连骨头都没有，更何谈骨气呢？"

"我看邢镇长扫得挺辛苦，用不用咱们出去帮帮忙呢？"冯唯一笑着问刘宇轩，脸上一副嘲讽的表情。

"你说呢？"刘宇轩反问道，"如果今天不是因为有领导要来他才扫院子，我一定会帮他。"

"我懂了。"冯唯一笑了笑。

说话间，燕如山、魏谦厚两人先后来到院子里，从他们各自的车上又下来几位妇女。

"所有屋子的玻璃，包括走廊门上的那两块大玻璃也都擦一下。"邢石拎着那把竹子扫帚走了过来，叮嘱着燕如山和魏谦厚。几位妇女立即分布在各个屋子的窗户玻璃前。

"刘队长发现没，其实领导来视察也有好的一面，除了人们普遍反映的加重基层负担外。"冯唯一看着院子里不断开进来的陌生汽车说道，"这几年大大小小来到 D 村的领导有数十拨儿，一个好处是领导准备要视察的地方环境卫生都得到了整治，就连领导车辆可能路过的沿线地方，环境卫生也变好了。再就是有些群众长期反映但得不到解决的问题，领导一来视察，当地政府官员提前就解决了，这也是领导视察的另一有益面。"

"凡事都应当一分为二地去看待。领导视察时，确实有些事情得到了推动和解决，或主动，或被动，或捎带。"刘宇轩说道。

大约一个小时后，跟随着前面领路小轿车，一辆中巴车驶入了合作社的院内，后面又有几辆尾随着的小轿车。

中巴车的电动门徐徐打开，一位中年男子缓缓走了下来。顷刻间，一帮拿着照相机和摄像机的记者围了上去，"咔嚓""咔嚓"的响声环绕在中年男子的四周，演奏出一个个动人的音符。

在中年男子身后，又陆续走下来十多个人，这些人的着装和中年男子一模一样，都是深蓝色的夹克衫、白色的衬衣、深蓝色的裤子。

这时，从几辆小轿车上提前下来的其他人也都围了过来，中年男子立即成了人群中的核心。X 县的县委书记引导着这位中年男子沿着合作社的黑木耳生产线介绍着，其他人全都跟随在中年男子的后面。刘宇轩和冯唯一站在人群的最后面。

甄建设从人群中向刘宇轩和冯唯一招了招手，示意他们不要站在那里，要跟上来。

约莫二十分钟后，中年男子看完了整条黑木耳生产线，然后又在县委书记的引导下，来到了"挂袋"木耳大棚。顷刻间，人们又将大棚围了个水泄不通，拿着照相机和摄像机的记者们又都赶紧围了上去。

刘宇轩和冯唯一一直跟随在人群的最后端，最前面的中年男子说了些什么，他们啥也听不见。通过拥挤的脑袋与脑袋间空出来的缝隙，他们看到中年男子似乎对挂在半空中的黑木耳很感兴趣，用手捏了捏正盛开着的黑木耳，然后顺势摘下一朵，放在眼前端详。

看完"挂袋"木耳，中年男子走出大棚，和人群简单说了几句话，转身上了中巴车。中巴车随即启动。那些从小轿车下来的人，迅疾返回各自的车上，生怕跟不上中巴车前行的车轮，然后像来时的顺序一样，引路的引路，尾随的尾随，伴随着几缕汽车尾气，又都消失得无影无踪。

合作社的大院顷刻间恢复了平静，仿佛这群人不曾来过一样。

整个院子里又只剩下了刘宇轩、冯唯一、黄永强、老纪和周全。据说周振云和上官如玉直接到村部去了，他们可能并不知道今天有自治区的领导要来视察，或者是他们知道了，觉得没有必要过来。

　　周全率先打破了沉默："刘队长，中午咱们吃什么？煮挂面？"

　　"咋都行。"刘宇轩说。

四十八　波折

世界上永远没有一帆风顺的事情。

当人们还沉浸在黑木耳养殖合作社带来的收入喜悦中，并积极为来年的生产准备原辅材料时，老纪打来了电话。

电话是老纪从医院的病床上打给燕如山的。

电话里，老纪告诉燕如山一个非常不好的消息，说他在老家出车祸了。

在之后燕如山断断续续的复述中，刘宇轩、黄永强几人听明白了事情的原委。

按照往年惯例，老纪这几天该动身从老家来合作社了。这一天的上午，他和老伴儿准备去一家商场买一身来合作社替换着穿的衣服。

在一个十字路口，看着红灯变成了绿灯，老纪的老伴儿斜拤着老纪的胳膊沿着人行横道向对面走去。这时一辆右转拐弯的汽车疾驰而来，毫无减速的迹象。老纪的老伴儿看到了这一幕，急忙向后退了一步，并下意识地拽了老纪一把。但眼睛瞅着前方的老纪并没有注意到紧挨老伴儿身旁的这辆汽车，还在自顾自地向前走着，尽管老伴儿使劲拽了他一下，但他的半个身子还是探了出去。刹那间，"嘭"的一声巨响，老纪被车头重重地撞击了一下，在弹射出两米多远后，又重重地跌落在地上。看到这突如其来的情况，走在他们后面的几位行人都惊呆了，发出一连串的惊叫声。一些停靠在那里等待绿灯通行的司机纷纷摇下车窗，伸出了脑袋。另一些没有摇下车窗的司机将脑袋直接伸到挡风玻璃和中控台之间，拔长脖子向前张望着。

老纪的老伴儿呆呆地站在那里，一时竟没有反应过来，几秒钟后，她朝老纪跑了过去。老纪躺在地上一动不动，微闭着双眼，像熟睡了一样。老伴儿吓得"哇哇"大叫，半跪在地上，抱起老纪的头，不停地喊着老纪的名字。她无法想象，刚才两人还并肩走着，瞬间竟被无情地分开了。她也无法想象，刚才两人还有说有笑，瞬间一方就闭上了眼睛。这一切都来得太突然了。

肇事车辆终于不再疾驰了，老老实实地停在那里。从车上下来一个年轻人，朝老纪跑了过去。年轻人不断地向老纪的老伴儿重复着两句话——"对不起""当时没注意到前面有人"，然后和老纪的老伴儿一起将老纪抬上了汽车后座。在拥挤的道路上，汽车行进了二十多分钟后才来到了最近的一家医院。在老伴儿跑到窗口挂号的时候，老纪慢慢睁开了眼睛。

医院的结果很快出来了。老纪左大腿粉碎性骨折，中度脑震荡，双臂、后背皮肤轻度擦伤，需要住院接受治疗。

老纪和燕如山说，当他听到"嗵"的一声后，后面的事情就不记得了。之后的情景都是他老伴儿给他讲述的。

通过燕如山断断续续的讲述，人们还了解到，老纪觉得他这次出车祸是逃不掉的，是冥冥之中注定的，因为在出事之前，他收到了三个提示。第一个是，在头一天晚上，他做了一夜的噩梦，梦中他被一群恶狗一直追着咬。老纪说，通过他几十年来对梦境的总结，以及结合他的床头书——原版《周公解梦》的讲解，梦到被狗咬不是好梦，结果第二天果真就出了事。另一个他收到的提示是，他早晨起来后右眼皮一直在跳，并且一直跳到他被汽车撞上去的那一刻。民间有"左眼跳财，右眼跳灾"之说，看来是正确的。第三个提示是，在他被撞的前几分钟，他莫名地出现了心慌的症状，这在之前是从来没有过的事情。老纪最后感叹了一句：真是人生无常，大肠包小肠。燕如山在给大家复述老纪的最后这句话时，特意点评了一下：老纪这家伙看来在医院闲得没事干，就刷视频了，网络流行语他都学会了。

对于老纪的"三个提示"，冯唯一不认同，并逐一进行了否定。他说："第一，关于梦这个东西，按照目前的科学，人们还没有找到一条梦与现实有密切关联的证据。至于原版《周公解梦》有多大的权威性，大家也都清楚。不知是盗版的原因，还是书籍编校人员的不认真或不专业，目前市场上常见的原版《周公解梦》里面有很多内容前后矛盾，比如对同一个梦境居然前后有两种不同的解释。再加上里面错别字很多，直接影响了对梦境的解读。因为里面有很多古汉语，古汉语大家都知道，每一个字代表的意思都是不一样的，所以一旦有错别字，解读出来的内容就大相径庭了。第二，视力疲劳时，就容易造成眼皮跳动，并不能预示什么。有一年，他的右眼皮曾连续跳动了一个月之久。他也以为有什么不祥的事情要发生，在提心吊胆地度过了一个月之后，结果啥事也没有发生。第三，睡眠时间少、过度劳累、心脏神经官能症、心律失常等都有可能造成心慌，没听说过心慌就要出事。"

冯唯一说完后，大家再没有就老纪的观点进行继续讨论，因为比这更重要的事情还摆在面前，那就是来年黑木耳生产的技术问题怎么解决。

大家都不约而同地想到了姜少春。随即，这一念头又都从几人的脑海中消失了。姜少春尽管已经和老纪学习了一年的黑木耳养殖技术，且进步非常快，但离独立操作还有一段距离。

燕如山用力吸了一口烟，将烟头拧在了烟灰缸里，说这个问题还得和老纪商量一下，看老纪有什么好的方法。

几人表示同意，技术上的事毕竟老纪是权威。

一通电话后，燕如山脸上出现了笑容，一扫刚才的一筹莫展。老纪说伤筋动骨一百天，他一时半会儿下不了床，不能等他，为了不影响来年的生产，可以由他进行远程视频指导，由姜少春进行现场操作，问题应当不大。

大家觉得老纪这个意见应当可以。一来姜少春尽管还不能独立操作，但毕竟跟着老纪已经干了一年，各个环节如何操作都很清楚。二来，用视频进行远程指导虽然和本人在现场指导有一定的区别，但在时间紧、任务重的情况下，也是相对可靠的一种方式。如果抛开这两种方式，再从社会上重新找一位技术员，大家谁也心里都没底。毕竟，当年有过一次失败的经历。

按照之前的规划，来年是按一百万棒的规模准备的，这一百万棒中，八十万棒为"地摆"木耳，二十万棒为"挂袋"木耳。而八十万棒"地摆"木耳中，又有村里老百姓提前认领的五十万棒，在合作社田间摆放的为三十万棒。

前期的工作都非常顺利，一百万的菌棒如期生产了出来，如期进行了接种，如期进入了养菌室，如期打了孔，并如期下了地和挂了袋。在下地的时候，五十多户老百姓高高兴兴地将认购的菌棒拉了回去，摆放在了各自的院子里。由老纪以视频指导、姜少春现场协助的方式进行技术指导。然而谁都没有想到，在最后一个环节——出耳时，出现了问题。

这一年，D村出现了有气象记录以来时间跨度最长的大风天气，应了老百姓经常调侃的一句话——一年刮两次风，一次刮六个月。

早晨人们一睁开眼睛，就能听到"呼呼"的风声；夜晚人们闭上眼睛时，大风依旧没有停歇的意思。有时，在深更半夜，人们还会被聒噪的风声吵醒。

合作社院中央悬挂着的那面国旗，成为大风天气的最直接见证者。从挂上去的那一刻起，那面旗子就一直在"哗啦啦"地快速抖动着，没有停止过。

每周一，燕如山都会换上一面崭新的旗子，但等到下周一时，这面旗子便像缩水一样，小了好几圈。于是，另一面崭新的旗子在周一时又被替换了上去。但同样是一周的时间，这面旗子又缩小了好几圈。

燕如山每次更换旗子时，都会咒骂一句老天爷——他妈的，你这不是吹旗子了，简直就是啃旗子了。

持续发力且毫无收敛意图的大风也影响了田间的"地摆"木耳。

当滴管的喷头将水喷洒到木耳菌棒上时，几分钟的时间，上面的水就被风吹得一干二净，了无痕迹。

刘宇轩曾提醒姜少春，这么大的风会不会影响"地摆"木耳对水分的吸收，用不用在"地摆"的田间四周建围墙，用塑料布或者其他东西以遮挡来势凶猛的大风。姜少春不置可否，说问一下他师父老纪。随后，他带来的答复是，他师父老纪说了，不用建围墙，风力应当构不成这么大的威胁，再过几天看看。

时间一天一天地过去，眼看着到了黑木耳该从菌棒里钻出来的时候，但整个"地摆"菌棒还是白花花一片。透过菌棒最外层的塑料袋，可以清晰地看到那些已经露出了头的黑骨朵躲藏在塑料袋内，就是不肯从打好的孔往外钻，像不愿意开花的花蕾，又像永远也长不大的金针菇的小脑袋。

而此刻大棚里的"挂袋"木耳已经像一朵朵盛开的鲜花，绽放在菌棒上。

每天清晨起来，刘宇轩做的第一件事情就是到田间观察这些黑木耳的长势。几天下来，他觉得这些"地摆"木耳不对劲。他再次找到姜少春，问需不需要建围墙来遮挡毫无减弱趋势的大风。姜少春依旧不置可否，说再问一下他的师父老纪。老纪的答复基本和上次一样，说应当不用，这么多年来他还从来没有给黑木耳建围墙的先例。老纪的结论是，继续再观察几天。

甄建设依旧保持着对黑木耳产业的关注，几年来一直没有改变。尤其是在菌棒下地后，他会经常过来。他过来的时候依旧让司机直接把他拉到田间地头，几分钟后，又坐车离开。

像刘宇轩一样，甄建设同样表现出了对"地摆"木耳长势的担忧。他也曾多次询问姜少春，今年的"地摆"木耳能不能长出来。姜少春依旧复述着老纪的答复。

相比之下，燕如山和魏谦厚则悲观得多，两人再一次表现出了认识的高度一致性。

"完了，今年的'地摆'木耳长不出来了。"成了挂在燕如山嘴边的一句话。

而魏谦厚的用词更直接、更肯定了一些："'地摆'木耳今年绝收了。"这是他对"地摆"木耳的一个基本判断。

麻烦的事接踵而来。村里那五十多户老百姓眼看着自家的黑木耳躲在塑料袋里没有露头的迹象，一个个都着急了，他们隔三岔五地来到合作社，七嘴八舌地表达着各自的忧虑。

最初，他们是朝姜少春去的，希望能够得到一个满意的答复。但姜少春从他师父老纪那里复制过来的"再过几天看看"与"继续再观察几天"在重复使用了几次后，便不再灵验。

这些老百姓已对姜少春不再抱有希望，又都朝着燕如山和魏谦厚这些既是合作社领导又是村里的领导去了。

燕如山和魏谦厚起初试图继续重复老纪的那几句话来安慰这些对"地摆"木耳已越来越失望的老百姓，期望几天之后真的能够出现奇迹，以挽救这些白茫茫一片的菌棒。但奇迹一直没有出现，老百姓来找他们时直截了当地指出问题的核心："'挂袋'木耳已经开始采摘了，'地摆'木耳还没有露头，根据以往我们认购菌棒的经验，这些木耳肯定出不来了。这种现象有一个专业术语叫'憋袋'，即憋在袋子里出不来了，这是我们从网上查来的。大家都是明白人，要打开天窗说亮话，不要揣着明白装糊涂。我们花钱是买能长出木耳的好菌棒，不是来买这些'憋袋'的废菌棒。你们生产出来的这些菌棒压根儿就不合格，尽是次品。今年这些黑木耳的损失谁来负责？怎么赔偿这些损失？"

燕如山把一双本来就已经很大的眼睛瞪得更大了，说："好好的菌棒怎么就成了次品和不合格的了？不合格的话，'大棚'里的菌棒怎么能长出木耳呢？这些菌棒都是同样的流程生产出来的。'地摆'木耳没有长出来，是因为今年风太大。"

带头的老百姓一声冷笑，说："你们这是惯用的套路吧？把责任又推给老天爷了？"

燕如山觉得和他们解释也没有用，一来他们不听，二来听了也未必懂，三来即便懂也未必信。于是，他气呼呼地转身走了。

带头的老百姓穷追不舍地跟了出来，说："燕书记，你倒是说话呀？怎么个赔偿法？想溜？跑了和尚还能跑了庙？躲过初一还能躲过十五？"

燕如山恶狠狠地转回了身子，说："谁跑了？我上个厕所还不行吗？"

对方"哼"了一声，不再言语。

燕如山果然走进了厕所，然后乘人不备翻过了院墙，一溜烟消失得无影无踪。

事情已没有继续拖下去的必要。于是，一个关于怎么补偿老百姓黑木耳损失的董事会扩大会议召开了。刘宇轩、冯唯一、黄永强、周振云、上官如玉又被悉数邀请列席了会议。姜少春也破例列席了会议。

在会上，燕如山当场给老纪打了一个电话，说明了这段时间以来"地摆"木耳的情况，以及老百姓的动向，并询问老纪在正式启动补偿之前，还有没有什么补救的办法。为了让参会的人能够更好地领会老纪的意见，燕如山特意将手机弄成了免提，并提前告知老纪要开启免提功能。电话那头的老纪"嗯"了两声，以示同意。当谈到应当采取什么样的补救办法时，老纪没有了动静。在燕如山的几次催问之后，老纪嘀咕了一句，像自言自语："补救？怎么补救呢？我从来没遇到这种情况。"

坐在一旁的刘宇轩提高了分贝，朝放在桌面的燕如山手机说："可不可以将塑料袋割开，将菌棒全部裸露在外面，这样憋在里面的木耳就可以正常生长了。"

老纪在电话那头又长叹了一声，说这几天他一直在琢磨这件事情，最后的办法也许只能如此了——割袋。割袋后，至少可以挽回一部分损失。

关于对老百姓损失的补偿，会上基本达成了一致意见，即不管什么原因导致的"地摆"木耳没出耳，都不能让老百姓受损失。会议决定，将老百姓认购的五十万菌棒全部运回合作社，进行统一割袋，然后每棒按合作社历年的最高产量一两二进行回收，回收价格不低于当年的市场价。

老百姓悬着的心终于落了下来，他们开始将自家院子里的菌棒重新装车，运回合作社。合作社的大院内，又是一派繁忙的景象。一头是合作社自己养殖的三十万菌棒开始割袋，一个个白色塑料袋从菌棒的身上被剥离下来。没有了塑料袋的菌棒像一具具裸体站在那里。另一头是认领菌棒的老百姓将一车车的菌棒卸到了合作社的田间。

看着这场面，刘宇轩、燕如山几人一个个面色凝重，像是打了败仗的逃兵，又像是在战场上被擒获的俘虏。

姜少春更是蹲在地上，一根接着一根吸烟，脑袋耷拉着，脸部与地面呈平行状。

虽然割袋后的菌棒依旧采摘了几茬，但减产已成定局。等将最后一拨晾晒干的木耳过秤后，一年的黑木耳总产量也出来了。"挂袋"木耳实现了每棒一两二的产量，"地摆"木耳每棒的产量仅为七钱。

"地摆"木耳的减产让大家陷入巨大的低落情绪之中。姜少春的精神状态更跌到了谷底。他数次和燕如山几人表达了内疚之情，说都是自己笨手笨脚、笨头笨脑，没有领会师父老纪的精神和意图，才造成了"地摆"木耳的大面积减产，他难辞其咎。每当说到这里时，他都会揉搓着那双像肉做的锉子一样粗糙有力的大手，低垂着头，仿佛一个在老师或家长面前认错的孩子。

每次姜少春在做出这样近似"忏悔"的自我检讨时，燕如山和魏谦厚都一声不吭，既不肯定，也不否定，在这一点上，两人仿佛已经达成了共识。他们这种默不作声的态度，释放出来的语义是明确的，即这一年"地摆"木耳的减产，责任就在姜少春，而且就如姜少春本人所说，他难辞其咎。

每一次姜少春"忏悔"时，刘宇轩和黄永强都会安慰他。他俩安慰的话语也基本相同：黑木耳养殖对技术的要求本身就高，且不容易掌握，一般没有六七年的时间是不容易出徒的，否则技术员的费用就不至于达到十多万了。今年"地摆"木耳的减产，和风大应当有直接的关系，姜少春已经尽力了。"挂袋"木耳不是很成功吗？要认真吸取这次失败的教训，总结经验，在以后的生产过程中，把控好风力、温度、湿度这些关键因素。

每次听完刘宇轩和黄永强安慰与鼓励并存的话语后，姜少春都会再次揉搓着他那双像肉做的锉子一样粗糙有力的大手，将低垂的头往上稍微抬一抬，像重拾了信心。

尽管合作社对认购菌棒的老百姓进行了补偿，但村里的老百姓依旧在私下里对这次减产窃窃私语。他们的议论尽管都是在小范围内进行的，但最后都传到了合作社的管理层——董事会。这些声音里，有说当初老纪受伤来不了时，就应当再请一位技术员，请来的技术员技术再怎么差，也比姜少春这个没出徒的人强。有说将一百万菌棒的规模交给一个还没有出徒的姜少春来做，尽管有老纪视频指导，但毕竟不是现场指导，合作社太过草率。有说老纪的技术确实没什么问题，但实战经验还是不足，遇到这种极端大风天气就束手无策了。还有说老纪压根儿就不把合作社当自己家看待，当初刘队长提醒他建围墙堵风，他根本不听，结果造成了减产，关键是减产对他没有任何损失。还有说……

三个月后，在大家又为下一年黑木耳生产做准备的一个冬季的下午，老纪跛着一条腿来到了合作社。

老纪说，他可能是最后一年给合作社当技术员了。一来腿部尽管已经痊愈，但还是留下了后遗症，走路时多多少少有点儿一瘸一拐。而且每遇要下雨、降温等天气变化时，他的伤口就提前感知到了，很不舒服，其准确率比天气预报要高出好几十个百分点。二来姜少春经过两年的学习，已基本掌握了黑木耳的养殖技术，虽然今年"地摆"木耳减产了，但"挂袋"木耳成功了，证明在黑木耳生产的前几个环节都没有问题，问题只出在了最后一个环节。这段时间他边养伤边分析总结"地摆"木耳减产的原因，觉得根源还是在风上。如果当时采取一些挡风措施的话，不至于如此，是他本人低估了这场旷日持久的大风对黑木耳生长的影响，责任全在他自己，与姜少春无关。当老纪说到这里时，人们把目光都投向了刘宇轩。

老纪接着说，根据姜少春目前掌握的技术情况，以及他本人勤奋好学的特质，再和自己学上一年，出徒是一点儿问题都没有的。其实他原本打算不来合作社了，但不忍心扔下这个摊子，而且也不忍心姜少春就差那么一丁点儿就可以出徒，自己却走了。另一个他顾虑的因素是，他怕如果他明年一旦不来，姜少春又不能直接上手，合作社从社会上聘用一个"二把刀"，会给合作社带来不可预估的损失。老纪最后说："合作社不能再失败了，咱们输不起。"

听完老纪的一席话，大家眼睛都有些湿润。大家也都明白，就凭老纪的技术，在老家是完全可以轻松挣到这些钱的，确实不需要再出来了，尤其是在他腿部受伤后。这几年大家朝夕相处，彼此建立了深厚的友谊，老纪确实不愿意看到合作社再有任何闪失，这是他的心里话。再者，老纪确实觉得姜少春是这方面的一块儿好料，如果半途而废，实在可惜了。老纪就这样提前来到了合作社，比往年早了近一个月。

于是，在之后的将近一年时间里，人们经常会看到这样的一幕：一个一瘸一拐的中年男人身后，跟着一个比他年龄还大的男人，两人时常一前一后出现在田间或大棚里。夕阳西下时，两个修长的身影投射在合作社的院中，像两棵没有树枝的树干。

四十九　新冠肺炎

　　一场突如其来的新冠肺炎席卷了整个中华大地。蝙蝠、武汉、封城、一次性医用口罩、N95 口罩、75％酒精、84 消毒液、发热、干咳、测量体温、板蓝根、勤洗手、多通风、少聚集、居家隔离、集中隔离、14 天、报备、疫苗、核酸检测、健康码、行程码、绿码、黄码、红码、密切接触者、次密切接触者、高风险地区、中风险地区、低风险地区、清零、动态清零、时空伴随等词汇突然间闯入了大众的视野，成为生活中想躲也躲不过的重要组成部分，并长时间成为人们谈论的热词，包括但不限于茶余饭后。

　　按照上级有关指示，原本计划春节后返回 D 村的刘宇轩和冯唯一只能待在 H 市原地待命。上面的指示非常明确，相关工厂、企业、饭店、电影院等机构在没有得到政府有关部门正式批准之前，不得提前开工。

　　整个社会仿佛突然进入一种凝固状态。昔日街上车水马龙、人来人往的景象消失了，变得肃杀而冷清。H 市这期间也出现了病例，口罩、75％酒精、84 消毒液出现了"一罩难求"与"一瓶难求"的局面。人们都在家里老老实实地待着，小区已限制人员出入的频率，各种销售生活物资的微信群如雨后春笋般冒了出来，以弥补小区封控后带来的生活不便，如"花卷、馍、擀面皮群""蔬菜肉类生活用品群""送菜群""调料群"……

与此同时，一个带有哲学色彩的问题发生在居民与疫情防控人员之间，但凡要进入小区的居民，都要被疫情防控人员进行灵魂三问：你是谁？你从哪里来？你要到哪里去？

刘宇轩和D村的联系全靠电话和微信。黄永强、燕如山和魏谦厚不时会传来D村的消息。D村所在的W市还算安全，没有发现确诊病例或疑似病例，但D村防疫的弦一直紧绷着，他们几人二十四小时轮流值守在村口，防止外来人员入村。燕如山告诉刘宇轩，有的村已采取了挖路的措施，直接切断了外界与本村的联系。刘宇轩说："这样极端的做法咱们还是不要去做，防疫可以，但破坏基础设施就不对了。"燕如山在电话那头频繁地说着"嗯哪"。

又过了几个月，传来了新的政策，说可以有序复工复产了。刘宇轩和冯唯一开始着手返岗的事情。H市依旧属于高风险地区，但W市没有一例确诊病例或疑似病例。D村传来的消息是，当地政府已经组织相关企业开始复工复产了。县里的领导也来黑木耳养殖合作社进行了调研。县领导的意见是，一边加强防疫，一边开始恢复生产，但要控制规模和数量，建议来年生产十万棒为宜。

在合作社准备正式复工的前几天，刘宇轩拨通了燕如山的电话，问他和冯唯一现在是否能过去。燕如山说："村'两委'班子成员肯定希望你们能尽早过来，你们来了之后，我们心里就有主心骨了。但怕村里的老百姓有顾虑，毕竟现在H市还属于高风险地区。"刘宇轩说那就再等上几天看看，燕如山说那也行。

几天后，疫情果然得到了缓解，H 市从高风险地区调整为中风险地区，全市仅剩下一例确诊病例。

燕如山就像掐着点儿一样，H 市从高风险地区调整为中风险地区刚半个小时，就给刘宇轩打来了电话，说："刘队长，我觉得你们是不能来了？"

刘宇轩说："只要老百姓心里没有顾虑，我们随时都可以返岗。"

燕如山说："按照相关政策，从高风险和中风险地区来的，都要居家隔离十四天。即便是这样，要说老百姓心里完全没有顾虑，我觉得也不太可能。这样吧，你们来了之后，在合作社的宿舍里悄悄隔离观察上十四天，不要让老百姓知道。十四天后没啥问题了，你们再露面。"

第二天，刘宇轩和冯唯一买上从 H 市到 W 市的机票，直奔机场而去。

在去机场的路上，冯唯一和刘宇轩说："不知道刘队长有没有那种感觉。每次咱们从 H 市到扶贫点的时候，为了赶上第一趟航班，天没亮就得从家里出发，整条街上只能看见三类人：一是环卫工，二是醉鬼，三是不知是情侣还是偷情者。尤其是在冬季，窗外一片漆黑，一轮弯月挂在半空，残星点点。那一刻，多少人还在梦中，而咱们在行色匆匆地奔向机场。每次看到这种场景，心里总会掠过一丝酸楚，就会想起那句话——星光不问赶路人，时光不负有心人。但有时候也会想，咱们这么付出，到头来真的值得吗？"

刘宇轩心里酸酸的，一时无语。

此时机场里没有多少乘客，但工作人员全穿着防护服，戴着护目镜，高度戒备。

登机后，飞机上的乘客也寥寥无几。根据出票系统提前设置好的程序，每排座位只坐着一位乘客，大家保持着适当的距离。

根据刘宇轩和燕如山在电话里的商定，为最大限度减少与他人的接触，燕如山开车来到机场，接上刘宇轩和冯唯一后，直接向 D 村驶去。中间减少了一个以往都需从 W 市到 X 县的环节，而这个环节需要乘坐大巴车。

临近 D 村村口时，燕如山说需要刘宇轩和冯唯一配合一下。刘宇轩问怎么配合。燕如山说："村口都有村里的值勤人员呢，你们到时候把身子躺平一下，别让他们发现了，我一脚油就过去了。"刘宇轩说："躲得过初一躲不过十五，村里的老百姓终究会知道。"燕如山说："初一和十五之间正好是十四天，过了十五咱们就没事了。"三人"哈哈"笑了起来。刘宇轩将副驾的座椅调到最低，整个身子几乎躺了下去，冯唯一也侧身躺在后座上。值勤人员看是燕如山的车子，伸长脖子瞅了瞅，见车上只有燕如山一个人。燕如山也不往下摇车窗，只在车内和大家挥了一下手，按了一声喇叭，车子就放行了。

燕如山说麻烦两位领导再坚持五分钟，马上就到合作社了。

"贵村的防控工作也不怎么样啊！这么大两个活人就随随便便进来啦。"刘宇轩躺着身子调侃道。

"堡垒最容易从内部攻破。"燕如山笑道，"看来这句话是真的。"

"感觉我俩像逃犯，你像在窝藏逃犯。"冯唯一侧着个身子说道。

"逃犯不准确。准确的表述应该为：两位领导为了 D 村的脱贫攻坚事业，忍辱负重，能屈能伸，就像现在刘队长的'躺平'与小冯的'侧身'姿势，你们两人加起来正好体现了能'屈'能'伸'。"燕如山又笑道。

"看来疫情期间燕书记的文化水平又提高了一大截，成语都能引申着用了。"冯唯一笑道。

"我刚才琢磨，对于网络热词'躺平'也不能一味地去批评，'躺平'也不是一无是处。你看，现在我们就非常需要'躺平'。"刘宇轩说道。

几人又都笑了起来。

车子很快驶进了院内。

燕如山一改往日停车的姿势，将车身整个横在了走廊门的前面，与走廊门仅有一尺的距离。"两位领导赶紧进去，趁工人们现在都在车间没有出来。"燕如山说道，"进去以后，不要拉开窗帘，要保持原貌，晚饭我稍后送来。还有，等晚上工人们都走了以后，你们再出来透气。"

刘宇轩和冯唯一像做贼一样，蹑手蹑脚地来到自己的宿舍门前，取出钥匙，打开各自的屋门。一股长时间不通风的味道扑面而来。进屋后，两人赶紧从里反锁了屋门。

约莫着两人已收拾妥当，燕如山若无其事地从车上走了下来，推开走廊门，打着口哨在过道里走了一圈。走到刘宇轩和冯唯一的门前时，还用手分别转了一下门把手，确认已从里面反锁，压低声音说了一句："委屈两位领导了，一会儿我就带晚饭过来。"然后，打着口哨又推门出去了。

大约一个小时后，天色已完全黑了下来。窗外传来了工人们下班的声音，有聊天的，有发动摩托车的，有启动电动三轮车的。几分钟后，院子里恢复了平静。

又过了半个小时，宿舍门外传来了燕如山的声音："两位领导开门，晚饭来了。"随即传来了液体喷洒在门上的声音。

两人打开了屋门，燕如山戴着口罩，手里拿着两个塑料袋子，里面装着饭。旁边站着魏谦厚，同样戴着口罩，手里拿着一个喷壶。刚才喷洒液体的声音显然是他制造的，因为浓浓的84消毒液味道还在空气中飘荡。

"两位领导好，刚才我已经把你们的门都消毒了，包括门把手。"魏谦厚说道。

"为保险起见，宿舍里的灯最好也不要开，否则容易被过往的村民发现屋子里有人。我觉得两位领导可以打开宿舍门，借一下过道的灯光。"燕如山说道，"古人不是有凿壁偷光的典故吗？咱们比古人方便多了，一不用凿，二不用偷，直接借，而且光明正大地借。"

冯唯一没有吭声，望着刘宇轩，似乎觉得燕如山和魏谦厚有点儿小题大做。刘宇轩看出了冯唯一的心思，朝燕如山说道："没事的，特殊时期，可以理解。"

"谢谢领导理解。"燕如山拱了拱手。

刘宇轩和冯唯一将屋里的椅子拉到宿舍门口，借着过道里的灯光吃了起来，"这饭是从哪里来的？"刘宇轩问。

"是你嫂子给做的。"燕如山说道，"特殊时期，饭店都关门了，盒饭也买不上。"

刘宇轩说："谢谢嫂子啦，还专门为我们做了饭。"冯唯一也朝着燕如山微笑了一下，以示谢意。

燕如山说："啥专门不专门的，我们也得吃饭嘛，只不过是做饭的时候，多做了一点儿而已。"

魏谦厚在旁边说："明天我给两位领导送饭。我和燕书记一替一天。"

燕如山说："不用一替一天，分那么清干吗呢？一共不就十多天嘛，我每天送就行。"

魏谦厚说："让两位领导换换口味，同时我也表达一点儿心意。"

刘宇轩说："那就麻烦两位嫂子了。"冯唯一也说麻烦两位嫂子了。

燕如山说："那你们吃，我们就不打扰两位领导了。"说罢，和魏谦厚转身离开了这里。

两人吃完后，推开走廊门来到了院子里。

外面已是漆黑一片。满天的星星分布在群山上空，一闪一闪的，仿佛在向刘宇轩、冯唯一眨着顽皮的眼睛。新鲜的空气扑面而来，呼吸一口，感觉都是负氧离子，这是大自然最真实的味道，也是饱受污染的城里人无法享受到的味道。两人没敢打开院子里的灯，摸黑溜达着。

"刘队长，咱俩至于这样鬼鬼祟祟吗?!"冯唯一终于憋不住了。

"为了消除村里老百姓的顾虑，特殊时期，采取一些特殊措施，这也是没有办法的办法。"

"咱们只是从中风险地区来的，但不是所有从中风险地区来的人都携带了病毒。而且作为中风险地区的 H 市，目前也只有一例确诊病例。如果真是中风险地区的老百姓都感染了病毒，那就不叫中风险地区，该叫高风险地区了。即便当初的武汉，也不是全城都感染了，只是感染了一部分，对不对？我觉得他们有点儿小题大做。"

"这个地方毕竟属于低风险地区，村子里突然回来两个中风险地区的人，老百姓有畏惧心理也是正常的。"

两人边聊边在漆黑的院子里溜达着。整个合作社只有宿舍区走廊和过道里的灯光和天上的星星遥相呼应着。刘宇轩和冯唯一的屋子同样一片漆黑，制造着无人居住的假象。

冯唯一和刘宇轩说："刘队长，'昼伏夜出'是不就是说咱俩现在这种状态呢？"

刘宇轩笑了笑，说："'见不得阳光'也是说咱俩现在这种状态呢。"

两人都"哈哈"笑了起来。

在这十四天的时间里，刘宇轩和冯唯一白天躲在宿舍里，拉着窗帘，晚上也不开灯，只在院子里活动。到吃饭时间，燕如山或魏谦厚会偷偷摸摸地将饭菜送来，然后再偷偷摸摸地走掉。在这十四天的时间里，刘宇轩和冯唯一都体温正常，没有出现干咳、鼻塞、流涕、乏力、咽痛、嗅（味）觉减退等症状中的任何一种。

在第十五天的头上，刘宇轩和冯唯一出现在了合作社的院子里，这是半个月以来，他们首次与太阳正面交锋。

工人们看到突然出现的两人时，顿时露出一脸的惊诧，并伴之以程度不同的轻微恐慌。

燕如山看出了大家的心思，说："刘队长和小冯到咱们这里已经十五天了，之前他们完成了十四天的隔离，一切正常，请大家放心。从今天起，刘队长他们将和大家一起工作。"

工人们紧张的情绪得到了缓解，僵硬的脸上出现了久违的笑容。

从这一天起的每个早晨，刘宇轩和冯唯一负责测量工人的体温，并做好登记。之后，他俩便与工人们一起到车间开始一天的工作。

鉴于疫情依旧反反复复没有结束的意思，而 D 村的口罩却有些吃紧，本着防疫和工作两不误的原则，刘宇轩向单位紧急申请了三千只口罩，四天后快递邮寄到了 D 村。

半个月后，十万菌棒全部生产完毕。按照黑木耳的生产流程，这些菌棒在走完既定的流程后被全部运输到了养菌室。几个月后，在走完既定的流程后，这些菌棒又全部下了地。姜少春操控着每一个生产环节，该到什么时候做什么，他已驾轻就熟。这十万棒的规模对他来说已经是小儿科啦，毕竟当年他也是操作过一百万棒的，在师父老纪的视频远程指导下，尽管当年的"地摆"木耳受大风影响减了产，但二十万棒的"挂袋"木耳是成功的。这是他正式以技术员的身份进行黑木耳生产的第一个年头。跟着老纪学习了三年就已出徒，姜少春创造了黑木耳技术员出徒的纪录。"'世上无难事，只要肯登攀'，只要你用心去学、去钻研，根本用不了传说中的那么长时间。再就是我师父老纪确实厉害，名师出高徒嘛!"当人们惊叹他只用三年的时间就掌握了黑木耳养殖技术时，他都用这句话来回应。

这一年的黑木耳取得了好收成，等到秋收时，每棒的产量达到了一两三。

自从在合作社跟随老纪学习黑木耳养殖技术后，姜少春本人发生了许多变化。最大的变化就是他家的卫生状况发生了根本性改变。从院子里到家里，姜少春每天都收拾得干干净净，连一根多余的秸秆都很难找到。一次，他特意找到刘宇轩聊天，说当初大家劝他收拾好家里的环境卫生，他不太理解，现在他明白了，人活一辈子，其实主要还是活个心情，家里的环境卫生好了，心情自然就好了，这世界上还有比每天有一个好心情更好的事情吗?另一个变化是，姜少春花五万元买了一辆国产小轿车。这是他正式当合作社技术员后的事了。他说他家离合作社比较远，上班时需要一个代步工具。梁小军调侃姜少春说:"代步工具有电动三轮车就够了，还用小轿车?你这是当了合作社的技术员后，有了十万元的技术服务费，有钱了，代步工具也得与身份相匹配，对吧?"姜少春也不反驳，只是"呵呵"地笑。

五十　高压用电

在一次"双书记"例会上，燕如山感慨地说："咱们 D 村老百姓的生活现在过得已经非常好了，自从黑木耳养殖合作社成立后，整个村子早已退出了脱贫村序列，贫困户也全部提前脱贫了，就连曾经的未脱贫户姜少春都开上了小轿车。每年合作社仅劳务支出一项就是二十多万元，也就是说咱们村的老百姓在合作社每年打工的收入就有二十万多元，这还不含姜少春的十万元技术服务费。这在过去是想都不敢想的事情。但是有一件事一直困扰着我们，就是这个高压电压一直不稳定。如果能把这个问题解决了，咱们 D 村就圆满了。"

上官如玉说："高压电压不稳有什么表现呢？我这个文科生对这方面还不太懂。"

燕如山说："简单地说，就是老百姓用电量一大，就跳闸了。尤其是中午或晚上集中做饭时，经常跳闸。"

刘宇轩接过了话茬，说："我怎么一直没听你们说过？入户时老百姓也从来没有提到过。"

燕如山说："大家都觉得这不是个什么事，都觉得用电量大跳闸是正常现象，所以都没有把它作为一个问题提出来。其实之前我也不懂，前段时间和一个电工聊天，人家告诉我说这是高压电压不稳。我也是二道贩子，贩卖一下知识。"

刘宇轩问："这个问题好解决吗？"

燕如山摇了摇头，说："据说不是一般的难解决，是非常难解决，这个得架设高压线，咱们村现在没有高压线。"

刘宇轩说："那咱们先去县电力部门咨询一下怎么解决。虽然说这不是一件特别大的事，但也不是一件小事，这说明咱们的工作还有很多不到位的地方，至少做得不够细致。"

大家都把头低了下去，不再吭声。

散会后，刘宇轩、黄永强乘坐着燕如山的汽车朝县电力公司驶去。上官如玉问用不用大家一起去。黄永强说反映问题有两三个人就够了，去多了，人家以为要聚众闹事呢。周振云在一旁说："他们三个人基本就能代表咱们了。如果是打架的话，咱们就都去，这样人多势众。"周振云说完后，引得众人一阵大笑。

在县电力公司总经理办公室内，一位四十岁左右的男子接待了他们。听完几人的叙述后，男子说："这个问题已超出了我们的职权范围，架设高压线路，归我们上级主管部门 KV 电力公司管。"黄永强问 KV 电力公司在哪儿办公。对方说在 W 市。男子回答这句话时，一脸的笑。这笑里包含着毫不掩饰的嘲讽意味，言外之意是，一个村子的领导班子居然想解决高压用电问题，真是自不量力。

几人走出了县电力公司。

燕如山问："怎么办？去不去 W 市？"

黄永强说："这个问题看来确实有难度。你看刚才那个总经理的表情，感觉这件事像要到月球上找嫦娥一样不可能实现。"

刘宇轩说："我们老家有句话，叫'硬让碰了，也不能误了'。"

燕如山问："这句话是什么意思？"

刘宇轩说："意思就是我们还是去试一试。"

燕如山一拍大腿，说："哎妈呀，你们这些文化人，急死我们这些棒槌了，直接说去不就得了。"

几人又都笑了起来。

燕如山又问："现在走吗？"

刘宇轩说："现在就走。"

汽车又朝着 W 市驶去。

KV 电力公司怎么走，大家谁也不知道。

黄永强说："打开导航呗。"

燕如山说："嗯哪，忘开导航了。"又说："这个导航不知道是谁发明的，想去什么地方直接就去了，真是方便多了。不像过去，去个陌生的地方，还得沿路向人问路。"

黄永强说："方便是方便，但是这家伙习惯性绕路。世界上最遥远的距离就是导航。明明有近路，它偏不给你导，怎么绕路它怎么导。如果你不按它指定的路线行驶，它就会立即提示你'新路线节约五分钟，少走两公里'。这说明什么？说明它压根儿就知道有既节省时间又少走里程的近路，但为什么就不给你直接导过去呢？结论只有一个，那就是它故意在绕路。"

燕如山扭过头问："为什么要故意绕路呢？"

黄永强笑了笑，说："你专心开车，不要瞅我。我分析啊，这个导航公司有可能和石油公司签有秘密协议，每多绕路一公里，就给提成多少钱。"

燕如山又好奇地把头扭了过来，问："提成多少钱？"

黄永强又笑了笑，说："刚才不是和你说了，专心开车，不要瞅我。提成多少钱，我能知道啊？我只是猜测。"

燕如山不再扭头，开始专心开车。

一路上，导航指引着大家，大家调侃着导航。两个半小时后，进入了市区。在穿过几条街，拐了几个弯，过了几个红绿灯后，来到了 KV 电力公司。

大厅里，一个保安模样的人问："找谁呢？"

"总经理。"黄永强说。

"预约了吗？"

"预约了。"黄永强又说。

保安用疑神疑鬼的眼睛瞅着黄永强，似乎有些不情愿放行，黄永强不再瞅保安，和刘宇轩、燕如山聊起了天。

"来，登记、测量体温。"保安又说道。

一个用 A4 纸装订的本子放在保安前面的桌子上，A4 纸最上面的一行表格里罗列着姓名、手机号码、身份证号、单位、访问对象、访问时间、访问事由等。旁边放着一支中性笔。黄永强在上面逐一填写了三人的信息。随即，他们走向旁边的电梯。

"几楼？"燕如山低声问。

"三楼。"黄永强也低声说。

"你怎么知道是三楼？"燕如山又问。

"你没看大厅里的示意图吗？我刚才瞅了一眼，总经理办公室在三楼。"黄永强又说。

"真是眼小聚光啊！"燕如山"嘿嘿"笑了，"对了，刚才那个保安问你预约了吗，你为什么说预约了，你明明没有预约啊？"

"我如果说没有预约，咱们能上来吗？"

"哎妈呀，第一书记居然也撒谎！"

"阎王好见，小鬼难缠。这帮人可势利呢！你看刚才保安那架势，根本就没有让咱们上去的意思，幸亏我灵机一动撒了一个善意的谎。"

"一个善意的谎？还是你们文化人厉害，撒谎还是善意的。"燕如山又"嘿嘿"笑出了声。

说话间，三人已来到一间标有"总经理"字样的办公室门前，刘宇轩刚要敲门，对门一个戴着眼镜的年轻人快步走了出来："你们找李总？"

刘宇轩点了点头。

年轻人又问："和李总约好了吗？"

刘宇轩稍停顿了一下，又点了点头。站在旁边的燕如山一副想笑又不敢笑硬憋着没笑的表情。黄永强则面无表情地站在那里。

"几位到会议室稍等一下，李总办公室有别的客人呢。"年轻人说，随即做了一个"请"的手势，将刘宇轩几人引到了旁边一个小型会议室，并用一次性纸杯给每人倒了一杯白开水。"你们是哪个单位的？"年轻人问。

"我们是 X 县 Y 镇 D 村村委会的，这是自治区厅局级帮扶单位的刘队长，这是我们 D 村第一书记黄书记，我是村支书燕如山。"

"几位领导好，请稍等一会儿。"年轻人正说着，外面传来一个低沉的声音："小张。"

年轻人赶紧向外走去，边走边说："李总叫我呢。"

两分钟后，年轻人又返了回来："几位领导进来吧。"

刘宇轩轻轻敲了一下总经理办公室的门，里面传来一个和刚才一模一样的低沉的声音——"进！"虽然只有仅仅一个字，释放出来的霸气与威严却令人生畏。

刘宇轩推开门，三人走了进去。一张硕大的木质办公桌后面坐着一位五十岁左右的男子，一副近视眼镜挂在其方形的面庞上。在总经理的办公桌前还坐着一个人，头发有点儿花白。看起来两人正在交谈着什么。三人进来后，两人停止了说话。总经理平淡地扬了扬手，示意刘宇轩几人坐下，然后又将脸扭了过去。刘宇轩几人便坐在紧挨门的三人长条沙发上。这时一个奇怪的现象引起了他们的注意。总经理跷着二郎腿坐在椅子上，脚尖在不停地转着圈；对面那位男子也跷着二郎腿，脚尖也在不停地转着圈。感觉两人像在暗自较劲，看谁的功力深厚。

"几位什么事？"待刘宇轩几人坐稳后，总经理又将脸扭了过来。对面那位男子头往后仰了仰，没有看刘宇轩几人一眼，仿佛他们是空气一样。

刘宇轩站了起来，往总经理的办公桌前走了一步，说道："李总您好，是这样的，我们是 X 县 Y 镇 D 村村委会的。我们村的高压电压一直不稳，老百姓集中用电时，经常出现跳闸现象，贵公司能否为我们村架设一条高压线，解决老百姓的用电问题。"

刘宇轩说话时，总经理没有看刘宇轩，眼睛眯缝着，像在听。

等刘宇轩说完后，总经理睁开了眼睛："你说的这个问题很多村子存在，今年我们的项目计划在年初时已经上报到上级主管部门了。等明年吧，明年我们在立项时，也许会统筹考虑这些问题。"总经理说完后，把脸又扭了回去，不再朝刘宇轩方向多看一眼，仿佛刘宇轩几人真的成了空气。

"您看今年还有没有追加项目的可能性？这个电压问题确实非常影响老百姓的正常生活。"黄永强站了起来，也向前走了一步，朝总经理说道。

总经理像没有听到黄永强的话，尽管黄永强说话时的声音比刘宇轩刚才的声音高出了好几个分贝。

"何局长，那咱们晚上吃饭时再商量。"总经理朝坐在他对面的男子说道。

"你小子真是够磨叽的，行，那就晚上吃饭时再商量。"对面的男子将头从椅子上抬了起来，朝总经理笑了笑。

刘宇轩一看总经理已无搭理他们几人的意思，和黄永强对视了一下，三人转身走了出去。

刚走出总经理办公室没几步，燕如山嘴里就骂骂咧咧地开炮了："一个电力公司的总经理，有什么可牛逼的，他妈的，什么素质?!"

刘宇轩说："没办法，什么叫电老虎？垄断行业就是这样。"

燕如山稍微平息了一下火气，问："刘队长，咱们这件事还有希望吗？"

刘宇轩说："你看那个总经理，对咱们几个爱搭不理的，就凭咱们几个人估计够呛了。你们发现没有，坐在他对面的是一位局长，他都那副模样。"

黄永强问："下一步咱们怎么办，是等明年电力公司统筹考虑，还是怎么着？"

燕如山说："听总经理刚才的语气，明年也够呛。"他又说："他原话是这样说的——'明年我们在立项时，也许会统筹考虑这些问题'。他说的是'也许'，也就是充满了不确定性，或者说这就是一种推辞。"

刘宇轩说："这个事这样吧，我和冯唯一回去找一下单位领导，让单位的领导出面和 KV 电力公司的上级领导直接对接吧，厅长对接厅长，问题也许好解决一些。"

黄永强和燕如山同时看向刘宇轩，两人眼里都是感激的神色。

两天后，刘宇轩和冯唯一回到 H 市。两周后，刘宇轩和冯唯一返回 D 村。

三个月后，KV 电力公司将高压电线架设到了 D 村的上空，老百姓在中午和晚上集中用电时，再没有出现过跳闸现象。

一次，燕如山神秘兮兮地问刘宇轩："刘队长，你们回去都做了些什么工作，这么快就把高压线架起来了？"

刘宇轩笑了笑："怎么说呢，一级领导有一级领导的水平，一级领导看问题有一级领导的高度，一级领导干一级领导的事。很多事情，下面的人即便付出了千辛万苦，经历了千磨万难，被碰得千疮百孔，也不如上面领导的一句话好使。有些人对其他人可能连眼皮都不愿意抬一下，但其顶头上司的一句话，他们就会屁颠屁颠地遵照执行。人性就是这样。"

燕如山似有所悟地点了点头。

五十一　验收

2020 年底即将到来，关于验收组要来各个厅局级单位的帮扶点进行验收的消息也在传播着。在再有五天就宣告十二月结束的时候，验收组来到了 D 村。在信息发达的时代，人们获取消息已非常便捷而迅速。

这一天，一场大雪覆盖了整个 D 村。清晨时分，当刘宇轩拉开窗帘时，外面已是白茫茫一片。远处的群山、近处的田间、眼前的整个合作社全部换了颜色，整个世界银装素裹。

刘宇轩打开宿舍门向外走去。在过道北面的窗户外，一尺多厚的积雪贴在了玻璃上，显然是北风昨夜的佳作。

打开走廊门，刘宇轩走向了院子。一脚下去，整个鞋面瞬间埋在了雪里。久违的大雪啊！在刘宇轩的记忆中，小时候是经常下雪的。雪大的时候，那些向外开着门的人家会无法正常开门，只能从窗户钻出去将门外的积雪铲掉，一家人才能出去。小朋友们会沿着屋后或墙根儿的积雪向上奔跑，一口气跑到屋顶或墙上。再后来，冬天下雪已成为一种奢望。雪都去哪儿了？

洁白的雪地里，几辆汽车压出了深深的车辙，车辙一直延伸到 D 村村部，验收组一行三人在车辙的尽头从车里走了下来。

在村部会议室，验收组召开了村"两委"班子成员参加的验收会议。刘宇轩、冯唯一、周振云、上官如玉悉数参加了会议。

双方互相做了介绍。验收组三人中，一人为组长，一人为副组长，另一人为工作人员。

为首的组长介绍了此行的验收程序：听取驻村队员工作汇报——查阅相关资料——贫困户现场打分——个别人员谈话，主要是对帮扶单位落实帮扶工作政治责任情况、驻村队员工作情况、帮扶项目实施情况等方面进行全面考核。考核结果分为合格、良好、优秀三个档次。组长又说，此次主要验收厅局级单位帮扶成果，其他单位的帮扶情况不涉及。刘宇轩听后微笑着点了点头。冯唯一显得有些紧张，也跟随着刘宇轩点了点头。周振云长出了一口气。上官如玉脸上再次泛起了红晕，不知是屋内的温度有点儿高，还是被现场紧张的气氛所感染，抑或是其他。

验收组组长话音刚落，突然朝刘宇轩问了一个问题："你知道'两不愁，三保障'是指什么吗？"

刘宇轩一愣，他事先并不知道还有现场提问这一环节，刚才组长介绍验收程序时也没有提到有现场提问这一环节，显然这是突然袭击，让人毫无心理准备。但刘宇轩的思路随即回归了正常，回答道："'两不愁'是指不愁吃、不愁穿；'三保障'是指义务教育、基本医疗、住房安全有保障，现在又加了一项饮水安全有保障。"

坐在桌子对面的验收组几人交头接耳了一番，副组长低声对组长说道："刚才那个村的驻村队员居然连这也没有回答上来，这个驻村队员还行，回答上来了，而且还补充回答了饮水安全。"

组长又朝刘宇轩说道："刚才那道是送分题。"随即又问："'四个不摘'是指什么？"

经过刚才的突然袭击，刘宇轩已有了心理准备，回答道："贫困县摘帽后，要继续完成剩余贫困人口脱贫任务，实现已脱贫人口的稳定脱贫。贫困县党政正职要保持稳定，做到摘帽不摘责任；脱贫攻坚主要政策要继续执行，做到摘帽不摘政策；扶贫工作队不能撤，做到摘帽不摘帮扶；要把防止返贫放在重要位置，做到摘帽不摘监管。"

组长点了点头，副组长点了点头，工作人员点了点头。组长又说："验收环节本来没有现场提问，是我们临时加的，主要是想看一下驻村工作队员对脱贫攻坚理论知识掌握的程度，不错，这个环节就过去了。"

随后，验收组听取了刘宇轩代表帮扶单位所做的工作汇报。在报告里，刘宇轩按照验收要求，简明扼要地回顾了这几年单位帮扶工作开展情况、帮扶项目实施情况以及他与冯唯一驻村工作情况。验收组一行又都点了点头。

紧接着，验收组查阅了刘宇轩的周工作日记，每周给单位和上级纪检组上报的工作报告，建档立卡贫困户资料等相关材料。当看到刘宇轩每周给单位和上级纪检组上报的工作报告时，验收组发出了赞叹声，组长说人家这个做得好，每周除了文字报告外，还有图片，有图有真相啊！

随后，已被提前十多分钟召集过来的稳定脱贫户根据验收组下发的资料对驻村工作队进行了现场打分。现场打分环节是在另一个会议室进行的，具体都有什么内容，刘宇轩和冯唯一并不清楚。他俩需要回避。

最后一个环节是个别人员谈话。燕如山是第一个被谈话对象。

组长问："驻村工作队员在驻村和工作方面情况怎么样？"

燕如山抬头看了一眼坐在桌子对面的三人，清了清嗓子，说道："根据规定，驻村工作队员每月可以回家一次，但他们好几个月才回家一次，有时候好几个月都不回家，今年一年他们很少回家。怎么说呢，我觉得我也活了这么大岁数了，也见了很多国家公职人员，但还没有见过像刘宇轩刘队长这么认真负责、兢兢业业、吃苦耐劳的干部，而且从他身上我们也学到了一种精神——百折不挠。刘队长来D村帮扶的这几年，做了很多事情，比如给老百姓分基础母羊、农田上水浇地、修路、盖砖瓦房、建立村部综合体、成立黑木耳养殖合作社等，但这些事情没有一件是一帆风顺的，都是在重重困难中一步一步向前推进的。这期间，我们还成功组建了养牛合作社，建成了青贮饲料窖。就拿养牛合作社来说吧，成立之初，高死亡率、低产奶率是合作社面临的两个最大难题，但刘队长动用个人关系，找到了在疫苗公司工作的大学校友，最后为每头牛全程免费接种了疫苗，结果死亡率降低了，产奶率提高了。再就是那个青贮饲料窖。有一户人家没有严格执行程序，结果出现了饲料发霉的现象，刘队长二话没说，自掏腰包补偿了这家饲料的损失。这家之后严格按程序重新发酵，最后青贮饲料成功了。青贮饲料窖的建成极大地配合了县里提出的'三禁'工作，有效保护了地方生态环境。所以还是那句名言说得对：'前途是光明的，道路是曲折的。'这几年，刘队长就是这样带领我们一路走过来的。再一个就是过本命年这件事，以前还有三十七八岁过本命年的，刘队长来了以后，让大家改变陋习，现在变化真的是很大的，过本命年的都是一些六十岁以上的老年人，年轻人少了，这就是改变。"

"除了队长外，队员表现怎么样？"组长又问。

"表现不错。在刘宇轩队长的带领和熏陶下，别说是他们单位自己的队员了，就是其他单位的帮扶队员也都一样，大家心往一处想，劲往一处使，形成了非常好的凝聚力和向心力，发挥出了 1+1>2 的良好效果。而且这些队员在这几年的脱贫攻坚中，进步和成长都非常快。包括我们村委会的领导班子，也跟着刘队长学习到了很多东西。有些是受益终身的。比如之前的酒驾问题，虽然法律早有规定，但人们还是存有侥幸心理，认为村里没有交警，或者街里半夜时没有交警，酒驾还是很普遍的。但在刘队长来了这五年里，通过他的言传身教，已经很少能看到有人酒驾了。其他方面还有很多，我就不一一列举了。"

"驻村工作队员有什么不足之处吗？"组长又问。

"我觉得没有，如果有那就是我们故意在找碴儿，或者叫'寻衅滋事'。"燕如山说完自己也笑了。

组长点了点头："看得出来，你们相处得非常融洽。咱们先谈到这里。请下一位进来吧。"说罢，他瞅了一眼放在眼前的名单，低声念道："黄永强、魏谦厚、韩晓生……这样吧，挨个来吧。"

随后，黄永强、魏谦厚和韩晓生等"两委"班子成员挨个进去，然后又挨个出来。

将近中午时分，谈话环节结束了。

刘宇轩和冯唯一又被验收组叫了进去。

"这几年的脱贫攻坚工作，两位付出了很多，辛苦啦。我代表验收组向你们表示诚挚的敬意。验收工作已全部结束。验收结果出来后会尽快向你们单位反馈。"组长说罢，又站起来和刘宇轩、冯唯一握手，副组长和另一位工作人员分别和刘宇轩、冯唯一握手。

三天后，刘宇轩收到了单位的反馈意见，验收结果为优秀。

在和大家安排好来年黑木耳生产的任务后，刘宇轩和冯唯一准备回 H 市过年了。

这期间，疫情依旧反反复复，一会儿紧张，一会儿不紧张；一会儿已清零，一会儿又反弹。不时有专家出来陈述自己的观点。比如：几个月后，疫情就有可能得到根治，到那时人们将会彻底告别口罩。又比如：接种新冠疫苗后，人们将不会感染新冠病毒。然而一段时间后，这些专家就被反弹的疫情"啪啪"地打脸。脸被打后，专家们又开始"修正"自己的观点，比如：病毒会与人类长期共存，疫情防控将会常态化。又比如：并不是说接种疫苗后就不会被病毒感染，而是会减轻被感染的症状。

在临行前的几天，燕如山问刘宇轩："刘队长，你们回 H 市应当没什么问题吧？"

刘宇轩说："没有什么问题吧，有新规定出来了？"

燕如山说："我看新闻报道，每个地方的政策都不一样。最近有个很火的词叫'恶意返乡'，不知你关注到没？"

刘宇轩听后吃了一惊："恶意返乡？返乡还有恶意的？人们在外面拼搏了一年，好不容易春节能回家了，怎么能叫'恶意返乡'呢？而且返乡过年是几千年流传下来的传统，怎么能叫'恶意'呢？你是从哪里听到这么一个词的？"

燕如山一副沾沾自喜的表情，说："你看，刘队长，这回你OUT了吧？我是从哪里听到的？我是从你经常批评的心灵鸡汤中知道的。某省一位县长说了，对从中高风险地区'恶意返乡'的人员，先隔离再拘留。这个词就是这么来的。"

刘宇轩平复了一下情绪，说："这句话能出自县长之口，我确实OUT了！照这么说，很多最正常不过的事情都成'恶意'了？比如恶意上班、恶意开会、恶意加班、恶意讨薪、恶意贴春联、恶意享受带薪休假……这都是什么逻辑啊？外地返乡人员增多会增加地方抗疫的难度，这是可以理解的。但因此而不让人返乡，那就不可接受了。抗疫的目的是保民生、保人权，而不是保某些官员的乌纱帽。如果为了保住自己的乌纱帽而不惜牺牲民众的利益，这样的抗疫只会凉了民心。"

燕如山像一下子来了激情，说："刘队长说得太对了！现在有些官员的行为举止简直不可理喻，难以按正常人的思维去理解。我觉得他们当中的极个别人是在明目张胆地和老百姓对着干，比如过年时不让贴春联。除了故意和老百姓对着干外，也是赤裸裸地和几千年的传统文化宣战。贴春联就影响市容了吗？"燕如山说到这里时显得非常激动。

"恶意返乡"一词蹿红后，随之引来媒体的一边倒批评，刘宇轩和冯唯一借着这股东风，没有受到太多的阻力返回了H市。冯唯一路上感慨地说："如果这个社会没有媒体，真不敢想象会是一个什么样子。"随即他又说了一句："天不生仲尼，万古如长夜。"刘宇轩听着冯唯一的这两句话，感觉怎么都联系不到一起，但他没好意思去说什么。诗人的内心世界毕竟和普通人是不一样的，腾挪跳跃、天马行空，似乎是他们的共有特征。

在他们返回 H 市的前一晚，大家吃了一顿饭，算是给刘宇轩和冯唯一饯行。

席间，燕如山有些沮丧地说："不知道刘队长你们这次走后，还回不回来了？"

黄永强说："燕书记你这个乌鸦嘴，什么叫还回不回来了？肯定能回来。你不看上面的精神非常明确，'四个不摘'里面就有一条'扶贫工作队不能撤，做到摘帽不摘帮扶'。"

韩晓生在一旁分析说："不好说，扶贫工作队是不撤，但不排除会换人。"

魏谦厚显得忧心忡忡，说："换人的可能性非常大，因为脱贫攻坚结束后，下一步是乡村振兴，这是两码事。当然，中间还有一个衔接期。"

上官如玉坐在那里一言不发，脸红一阵白一阵的。

周振云接过话茬，说："两种可能性都有，现在不好说。"

刘宇轩笑了笑，说："如果上面有硬性换人的要求，那就不说了。如果上面没有硬性换人的要求，我们还会回来和大家并肩战斗。"他这次笑得有些不自然，和大家相处几年，彼此确实建立了深厚的友谊，而且此次回去，能不能再来，还真是一个未知数。

冯唯一也笑了笑，说："我时刻追随刘队长，时刻准备着和大家再聚首。"

黄永强说："咱们不说这些伤感的话题了，干杯！"

几人将酒杯碰在一起，都是离别与悲伤的声音。

五十二　表彰

2021 年 2 月 25 日上午，全国脱贫攻坚总结表彰大会在北京人民大会堂隆重举行。

一大早，刘宇轩就坐在电视机前，等待着看直播。其实用手机从网上也能看，但刘宇轩还是破例选择了电视。他觉得电视屏幕大，看得清楚。这也是他多年后又一次观看电视。自从有了网络、电脑和手机后，他就基本和电视说再见了。刘宇轩怕冯唯一忘了时间，特意给他打了一个电话，提醒他到时看电视直播。冯唯一笑着说现在都什么年代了，除了老年人谁还看电视。他一会儿用手机看直播呀。刘宇轩也笑了，说："随便你吧。"然后再次端坐在电视机前。就这样，他一个人静静地坐在那里，庄严而肃穆。

在《欢迎进行曲》中，党和国家领导人步入会堂。会场内人们起身站立，掌声跟随着音乐的节奏，长时间回荡在大会堂的上空。

在电视的特写镜头里，刘宇轩看到胸前佩戴着大红花的全国脱贫攻坚荣誉称号获得者、先进个人和部分先进集体代表在会场的前排就座。

会场气氛隆重而热烈。

10 时 30 分，大会开始。解放军军乐团奏响《义勇军进行曲》，全场起立高唱国歌。

会议上宣读了《中共中央 国务院关于授予全国脱贫攻坚楷模荣誉称号的决定》。

刘宇轩认真聆听着《决定》的内容。

……经过 8 年持续奋斗，脱贫攻坚取得全面胜利，现行标准下近 1 亿农村贫困人口全部脱贫，贫困县全部摘帽，困扰中华民族几千年的绝对贫困问题得到历史性解决，书写了人类减贫史上的奇迹，为全面建成小康社会作出了重要贡献，为开启全面建设社会主义现代化国家新征程奠定了坚实基础。

在波澜壮阔的脱贫攻坚伟大实践中，涌现出一批政治坚定、表现突出、贡献重大、精神感人的杰出典型。他们的事迹……充分反映了共产党人不忘初心的使命担当和全心全意为人民谋幸福的深厚情怀，感人至深、催人奋进。

……党中央、国务院决定，授予毛相林等 10 名同志，河北省塞罕坝机械林场等 10 个集体"全国脱贫攻坚楷模"荣誉称号。

…………

随后，在雄壮的《向祖国英雄致敬》乐曲声中，全国脱贫攻坚楷模荣誉称号获得者迈着稳健的步伐上台领受奖章、证书和奖牌。全场响起一阵阵热烈的掌声。

会议上宣读了《中共中央 国务院关于表彰全国脱贫攻坚先进个人和先进集体的决定》。

…………

为隆重表彰在脱贫攻坚历史进程中涌现出的先进个人和先进集体，在全社会营造崇尚先进、学习先进、争当先进、赶超先进的浓厚氛围，党中央、国务院决定，授予康柏利等1981名同志"全国脱贫攻坚先进个人"称号；授予北京首农供应链管理有限公司等1501个集体"全国脱贫攻坚先进集体"称号。希望受到表彰的个人和集体珍惜荣誉、再接再厉，充分发挥模范带头作用，不断为党和人民事业作出新的更大贡献。

…………

随后，为受表彰的先进个人和先进集体代表颁奖。

看着电视里这些激动人心的画面，刘宇轩想起这五年来自己所吃过的苦、流过的汗、遭受到的不解和委屈，以及过往的点点滴滴……

当听到"我国脱贫攻坚战取得了全面胜利，现行标准下9899万农村贫困人口全部脱贫，832个贫困县全部摘帽，12.8万个贫困村全部出列，区域性整体贫困得到解决，完成了消除绝对贫困的艰巨任务，创造了又一个彪炳史册的人间奇迹！……在脱贫攻坚斗争中，1800多名同志将生命定格在了脱贫攻坚征程上，生动诠释了共产党人的初心使命。脱贫攻坚殉职人员的付出和贡献彪炳史册，党和人民不会忘记！共和国不会忘记！"时，他已泪流满面。

男儿有泪不轻弹，只因未到动情处。

"都过去了。"他自言自语地说了一句，站起身来，关掉电视，朝屋外走去。

五十三　老主任

2021 年 6 月 22 日上午，自治区脱贫攻坚总结表彰大会召开。大会回顾总结了自治区脱贫攻坚的历程和成就，表彰了全区脱贫攻坚先进个人和先进集体。会议强调，要深入学习贯彻习近平总书记在全国脱贫攻坚总结表彰大会上的重要讲话精神，大力弘扬脱贫攻坚精神，深化运用脱贫攻坚经验，巩固拓展脱贫攻坚成果，全面推进乡村振兴，坚定不移朝着共同富裕目标扎实迈进，在新时代新征程新阶段书写好地区发展新篇章。会议上宣读了《×××自治区党委　人民政府关于表彰全区脱贫攻坚先进个人和先进集体的决定》，595 名同志被授予"全区脱贫攻坚先进个人"称号，400 个集体被授予"全区脱贫攻坚先进集体"称号。会上，自治区领导为受表彰的先进个人和先进集体代表颁发了奖章和证书，向受到表彰的先进个人和先进集体表示热烈祝贺，向为脱贫攻坚作出贡献的全区各级党政机关和企事业单位，农村牧区广大基层组织、党员干部和各族群众，驻村第一书记和工作队员、志愿者，各民主党派、工商联和无党派人士，人民团体以及社会各界致以崇高敬意……

会议一结束，刘宇轩就接到了部门老主任的电话。

"在哪儿呢？"老主任开门见山地问。

"在单位上班呢。"

"扶贫点就彻底不去了吧？"

"不去。表彰大会都开完了。脱贫攻坚就算结束了。下一步就是乡村振兴了。"

"我刚看报道，自治区这一级的受表彰名单里没有你？"

"没有。"刘宇轩淡淡地说。

"你付出了那么多，做了那么多的事情，成绩有目共睹，将近600人的表彰名单里怎么没有你这个扶贫工作队队长呢？国家那个层面的，咱们就不说了，自治区这个层面的，怎么也没有呢？你是代表一个厅局级单位去扶贫的，而且你代表的单位在自治区脱贫攻坚考核验收中是被评为'优秀'的啊！得'优秀'的厅局级单位一共也没有几个啊！"老主任的语调里充满了不可思议。

"我也听到一些消息，上面让报脱贫攻坚先进个人时，咱们单位压根儿就没有报送我和冯唯一。"

"人家让报脱贫攻坚先进个人，不报在一线驻村扶贫的工作队员，报谁呢？唉，一群败家玩意儿！"老主任一声长叹，随后又问，"怎么会这样呢？这也太不重视多年奋战在一线的扶贫干部了！"

"此一时，彼一时了。"刘宇轩说，"当年分管扶贫工作的副局长也退休了，赵处长也被提拔到别的单位当副厅长了。单位里剩下的那些领导已经没有人重视扶贫工作了。他们所谓的'重视'也都停留在嘴上，表表态，说说而已。"

"那单位主要领导也没换啊！"

"主要领导确实是个好同志。但现在不是要求'民主集中制'

嘛,'集中'前面不是有个词叫'民主'吗?既然是'民主',就得听听其他班子成员的意见,而有些班子成员连单位扶贫点的门从哪个方向开都不知道,这些人会重视扶贫工作吗?"

"唉!"老主任又是一声长叹,"我也听说了。这群不讲政治的玩意儿!这可是党中央制定的决策啊!"

"那又怎样?"刘宇轩笑了一声。

"一个不讲政治的地方,没有什么干不出来的事情。就像一些口口声声标榜自己是'政治家办报'的媒体人一样,根本不讲政治,别看级别挺高。"老主任又长叹了一声,随即又说道,"这件事你要看淡,人生在世,不如意的事十常八九,不能太过在意,太在意了就容易生气,生气后就容易产生癌细胞,这样人就早早死了,这是多么不划算的事情啊!因为别人的不地道,反过来把自己气死,就有点儿想不开了。很多人的死其实和生气有非常大的关系。所以一定要控制好自己的情绪,无论遇到什么事情。当然了,很多事情说起来容易,做起来难。所以,对待这件事,一要看淡,二要看开。"老主任似乎生怕刘宇轩气出一身病来。

刘宇轩笑了笑:"请老主任放心,他们报不报我和冯唯一,我真还没当回事。在驻村的这几年里,我的言行举止、我的付出,对得起单位、对得起组织,我没负单位、没负组织,我问心无愧。我当年同意去驻村扶贫,也不是为了让他们最后给我申报一个荣誉。但我没有想到的是,张嘴闭嘴就代表组织的某些领导,居然会这样做。因为这件事情,冯唯一愤愤不平了好长时间。他说他之前确实高看了某些所谓的领导了,没想到他们如此不讲武德!"

老主任"哼"了一声:"不讲武德的事现在还少吗?你看有些单位,一有好事时,有些领导想到的首先是自己的团队,即嫡系部队。嫡系部队该得的都得到时,才会想到关系再近一点儿的人。当这类人也都安顿好时,才会想到这个世界上还有一个'公开、公正、公平'的原则,才会想起那个没有关系的普通群体,而这个群体可形象地被称为'外三环'。这些人根本没有什么大局观,别看平时在主席台上装模作样。虽然党中央一直三令五申,不能搞团团伙伙,不能拉帮结派,不能搞人身依附,但有些单位什么时候少过这些?没有!只不过是从过去的明目张胆换成了现在的含蓄婉约,仅此而已。这些都是从落马官员的通报中披露出来的,不是我编造的。

"你再看那些上面有关系的官员,路子早已有人给提前铺好了,在这个岗位上待两年,再到那个岗位上待三年,一步一个台阶,一到年限立即提拔,一步也不拖沓。所以有些官员像坐上火箭一样,几年的时间就能从科员提到正处级,等到正处年限一到,立马就又提拔成副厅长了。这些人都按工程图纸提拔,哪年该到哪个台阶,都提前规划好了。你再看那些上面没有关系的干部,全靠自身业务过硬在熬,而且大多数情况是在每一个岗位上都要超期工作好多年,没有上限。

"你如果再仔细琢磨就会发现,一个干部越往后发展就越考验其综合实力。这个综合实力里面就包括了一个人的工作能力、家庭背景、经济实力、人脉等各种因素。所以很多人早期发展得还挺快,越往后就越停滞不前了,为什么呢?就是综合实力不行了。"

刘宇轩突然闪过一个念头："主任，您说的这些是不是少数现象呢？"

老主任在电话那头稍微停顿了一下："怎么说呢？应当是少数吧。时代发展到了今天，无论是法治还是文明进程，总的方向是向前发展的。但这个世界上公平只是相对的，也正是因为这些人的存在，构成了这个社会的不公平……"

刘宇轩静静地听着老主任的电话，虽然老主任声音不高，语气也很缓慢，但字字珠玑，直达肺腑。他突然明白了一个道理，为什么有人经常说"我们都是过来人"，意指他们经历了很多事情，明白了很多道理。以前当他听到有人自称"我们都是过来人"时，他打心里有些不佩服，觉得这些人有倚老卖老的嫌疑，现在看，盐还真没有白吃的。

"主任，咱们也有挺长时间没有一起吃饭了，择日不如撞日，今晚我约您一起吃个饭吧，好当面继续聆听您的教诲。"

"你不嫌弃我这个糟老头啰唆，能听我这么长时间的絮絮叨叨，我就很高兴了，哪敢称得上教诲！这也是你这样的年轻人，换成其他年轻人，早就挂断电话了。晚上的饭就别吃了，我现在上年纪了，晚上吃东西胃消化不了。人就是这样，年轻时胃像钢铁一般，没有消化不了的东西，但那个时候没有什么东西可供消化。现在生活条件倒是好了，想吃什么基本都能吃到什么了，胃却又受不了了。"

刘宇轩赶紧说道："那咱们就改到中午？"

"中午也不行啊。我现在每天帮儿子看孙子呢。中午儿子和儿媳都不回来，我和你老嫂子两人看着一个孩子，才勉强应付得过来。年纪大了，一个人看孩子居然还有点儿力不从心。"老主任又停顿了一下，"这样吧，等过段时间小孙子上了幼儿园，我就能稍微轻松一点儿，到时候我给你打电话，我约你。"

"好，好，我听您的。"

老主任在电话那头停顿了好一会儿，没有了声音，刘宇轩以为老主任已经挂断了电话，赶紧"喂，喂"了两声，电话那头又传来了老主任的声音："我听着呢。我在思考一个问题，一直想和你交流，但一直没有和你交流。你现在扶贫也结束了，正好和你交流一下。"

"什么问题？您说。"

"你说国家费这么大精力、抽调这么多的人力、调派这么多的财力和物力去开展脱贫攻坚，这些被帮扶对象就真能脱贫了吗？"

"能啊！年底前都有专门的验收组呢，达到几项指标后才能算正式脱贫。国家层面对这个问题也是有所思考的，所以提出了对群众反映的'虚假式'脱贫、'算账式'脱贫、'指标式'脱贫、'游走式'脱贫等问题要高度重视并坚决克服，提高脱贫质量，做到脱真贫、真脱贫。"

"我不是这个意思。我是说仅靠外力来支撑，那得帮扶到什么时候啊？听说脱贫攻坚后，还有一个乡村振兴，在脱贫攻坚和乡村振兴中间，还有一个两者的有效衔接，防止一部分人返贫。意思是那部分低收入者将一直躺在别人的关怀下才能脱贫，是吗？"

"脱贫攻坚除了帮助那些低收入者提高收入外，还有一项工作就是激发他们的内生动力，所以国家层面提出了'志、智双扶'，既要帮他们出智慧，又要激发他们的志气或斗志，让他们自己振作起来，不能有'等靠要'思想。"

"你这么说我多少理解了一些。还有一个问题，我也思考了很久，你说脱贫攻坚这种人为解决贫困，能真正从根本上解决贫困？"

"能啊，怎么不能了？通过脱贫攻坚战，现行标准下近一亿农村贫困人口全部脱贫，贫困县全部摘帽，困扰中华民族几千年的绝对贫困问题得到了历史性解决。这不就是解决了吗？"

"我刚才表述得不太准确。我的意思是说老百姓的收入其实和整个经济大环境是关联的，就如改革开放以后，中国的经济得到了迅速发展，老百姓的腰包跟着一下子也就鼓起来了。有些国家的老百姓为什么穷，因为国家穷嘛；有些欧美国家的老百姓为什么生活富裕，因为国家有钱嘛。当国家的经济发展到一定程度后，老百姓的收入就会普遍得到提高，还用人为去脱贫攻坚吗？"

"脱贫攻坚和您的观点不矛盾。经济发展了，老百姓的收入肯定就提高了。您想，如果我们的经济实力不行的话，能拿出这么多的财力、物力进行全国范围的脱贫攻坚吗？我们之所以还存在那么多贫困人口，是因为发展不均衡，富的富、穷的穷，甚至富的太富、穷的太穷，甚而出现了两极分化。贫穷不是社会主义。所以，咱们要消灭贫穷，要解决绝对贫困问题。但不能说经济发展了，老百姓的收入就会自然提高了，所以就不需要进行脱贫攻坚了，坐等经济发展就行了。如果这样的话，怎么解决发展不均衡问题？怎么解决绝对贫困问题？怎样缩小两极分化？"

电话那头的老主任又沉默了片刻："你小子行，看来这几年确实成长了。"

"这只是我个人的一点粗浅思考，也不知道对不对。"刘宇轩笑了笑说道。

"年轻人能独立思考，不人云亦云，是非常好的品质。"

"刚才听您一番话，发现您退休后也一直没闲着啊，也一直在思考啊。"刘宇轩笑道。

"你以为我人一退休，脑子也退休了？还是觉得我一退休就该得老年痴呆了？"老主任笑道。

"哪敢？哪敢？照您这思维能力，长命百岁一点儿问题都没有。"

"借你吉言，就活他个长命百岁。"

两人在"哈哈"大笑中结束了通话。

五十四 尾声

那是一个星期五的上午，刘宇轩刚进办公室，手机铃声就响了，是一个陌生电话号码，在电话号码的下面显示着一行字——"快递送餐"，刘宇轩接通了电话。

个人信息的被泄露已经成为一个普遍的社会问题。所以各种各样的房产中介、保险理财、孩子兴趣培训班、诈骗电话都会轻而易举地找到你。而且这些电话打起来，毫无人文素养，不分时间，不分地点，想什么时候打就什么时候打，就连中午那宝贵的片刻午休时间有时也不放过。鉴于此，刘宇轩特意在手机里进行了设置，但凡被标记为"骚扰电话、诈骗电话、广告推销、房产中介、保险理财"的，都进行了自动拦截。他唯一放行的电话就是"快递送餐"。

对方说："有你一个快递。"

刘宇轩有些疑惑："快递？我最近没有从网上购物呀？"

对方又说："挺薄的，像是一份文件。"

刘宇轩说："我现在就下去取。"

快递很薄，果然像一份文件。刘宇轩拆开一看，里面是一封信。

信封上只写了五个字"刘宇轩亲启"，其中"刘宇轩"三个字较大一些，"亲启"两个字小一些。五个字写得都非常清秀，像出自一位女子之手。

"现在居然还有写信的，稀罕啊！"刘宇轩心里想。

在他的记忆中，写信这种方式都是多年以前的事情了。那时，刘宇轩家还在村里，寄一封信需要到十五里地之外的乡里的一个邮政点。他清晰地记着，在邮政点的大门前，摆放着两个绿色大铁桶，一个写着"区内"，一个写着"区外"。每一个铁桶的上面都留着一条细缝，正好可以塞进一封信。在将信件塞进细缝之前，还需要工作人员过秤，看是否超重，超重后还需要额外加钱。如果没有超重，就按正常程序邮寄。工作人员会卖给寄信人一张邮票，再加盖一个黑色的公章。这些程序全部完成后，就等于这封信履行完了所有手续，可以被放行了。这种通信方式一直持续到刘宇轩上大学。那时候，传呼机横空出世，人们的裤腰带上突然多出那么一个长方体玩意儿。可惜好景不长，江山代有才人出，各领风骚一二年。传呼机也就风光了几年的时间，手机就横空出世了。各种各样的手机如雨后春笋般充斥在市面上，有翻盖的、推拉的、直板的，有摩托罗拉的、诺基亚的、三星的，随之出现的名词如短信、彩信、16弦、32弦、64弦、2G、3G……一度成为人们饭后的谈资。紧接着，MSN、QQ、微信这些即时聊天工具又横空出世了，人与人之间的联系变成了弹指一挥间。信件就这样被一步步取代了，被那些动辄就"横空出世"的事物所取代，仿佛成为一桩尘封千年的往事。当信息传播的速度太快时，人们又开始感叹当年的"车马慢，书信长"是一种多么美好的意境，仿佛早已将当年期盼书信能够插翅飞翔忘记得一干二净。

刘宇轩优哉游哉地拿着这封信回到了办公室，不急不慢地打开，铺在桌子上念了起来。他压根儿没有想到，这封信居然是上官如玉写的。

宇轩哥：

　　请允许我这样称呼你一次。我怕错过了这一次，再也没有这样的机会来叫你一声"哥"了。

　　在你回到 H 市的这段日子里，你的身影每天都在我的脑海里浮现，挥之不去，欲罢不能，我像着了魔一样。这是我二十多年来从未有过的情况。也是在这段时间里，我才感受到了"一日不见，如三秋兮"的滋味。

　　多少个夜里，我辗转反侧，迁怒于自己的胆小，迁怒于自己所谓的矜持。多少个夜里，我在责问自己，为什么当你还在 D 村驻村扶贫的时候，为什么当你还在我身边的时候，我却没有勇气向你表白？

　　我当时天真地以为，你会主动向我开口。于是，就这样一天天地等了下去，直到你离开，我也没有等到那一句期盼已久的表白。我终于明白了一个词——傻等，傻傻地等。

　　我清晰地记得，那一天，周振云问你有没有女朋友时，你笑了笑，说还没有正式有。你不知道，在我听到你这句回答后，我内心多么兴奋。我在努力压制着自己激动的心情，不能外露，我不希望在场的人们看出我当时的情绪变化，哪怕是一丁点儿的变化。那一夜，我失眠了。记忆中，我不曾有过失眠。

也是从那一天起，我觉得我看到了希望，我的生活里充满了阳光。我的心情也突然莫名地舒畅了起来，就连往日里讨厌的阴天再见时也变得欢喜起来，感觉云层里好像隐藏着一个大大的太阳。也是从那一天起，当我和你再见面时，心跳总有一种加速的感觉，而且平白无故地害羞了许多。

在之后的日子里，我依旧信心百倍地在等待着你的表白。然而直到你真的要走时，我才发现，我等来的只是一场长久的离别，或者说是一场永久的别离。直到这时，我才害怕起来，我才明白"再见"的另一层意思是"再也不可能相见"。

你知道吗？每当周振云坐在我汽车的副驾和我一同前去D村或返回镇里时，我多么希望坐在副驾的是你而不是他。然而，这又是多么不现实的妄想，直到你走，我也没有迎来你坐在我副驾的那一天。

有时我也在想，你是不是对我一点儿感觉也没有。但直觉告诉我你不是，你并不讨厌我，或者说你还有那么一点点喜欢我。每当你与我的眼神交汇时，你都会瞬间错开，你"闪烁其词"的眼神暴露了你的内心世界。你表现出来的淡定或无动于衷，是你克制、压抑自己的结果，并不是你真实的内心世界。直觉告诉我，你一直在纠结，因为在你的心中有一种无形的东西在随时控制着你，让你保持着与我的距离，有时是刻意的。我不知道这是一种什么样的力量，能够让你如此冷静。我也曾大胆猜测，这种力量应当源自你心中早已有的"她"。我也曾幻想，如果我是你心中的那股力量，那该是人世间多么美好的事情啊！但随即我又否定了自己的猜测，因为那一天，是你亲口和周振云说的，你还没有正式的女朋友。

然而，就在我准备给你写信的前一天，我终于想明白了，一直控制着你的那股力量就是你心中的那个"她"，"她"是真实存在的。尽管你曾说你还没有正式的女朋友，但这并不矛盾，因为那个"她"虽然目前还不是你的正式女朋友，却早已留在了你的心间。当想到这一刻时，我再一次憎恨自己的愚蠢，恨不得找一个缝隙钻进去，我竟然还一直在傻傻地等待你的主动开口。我如果早明白一天，就会主动向你表白。我从来不相信宿命，所以也从来不相信那句什么"是你的，终究是你的，躲也躲不过；不是你的，终究不是你的，抢也抢不来"。我只相信爱拼才会赢。我后悔我反应迟钝，后悔我活得像一个傻瓜。我如果早醒悟一天，会和"她"去公开竞争。我即使输了，也输得心服口服。而现实是，我无动于衷，拱手相让。

在你要走的前一天，我整整纠结了一整天，在和自己的内心做斗争：要不要送你到车站，要不要向你表白？

我的怯懦再一次战胜了我的理智，我选择了退却。

当我得到你已坐上汽车的消息时，那一刻，我哭了。我哭得一塌糊涂，任凭泪水冲刷我的妆容，任凭泪水流进我的嘴里。那一刻，我听到我的泪水飞溅到地板上，发出了心碎的声音。

从那一刻起，我一直把自己关在屋子里，直到日落西山。我不愿意让下班回家的父母发现我的异常。我找到一顶大檐帽，几乎遮住了我半个脸颊，我不想让他们看到我已哭肿的双眼，就这样仓皇逃出了父母的视线，临走时给他们留下一句含糊不清的借口——晚上要加班。走出家门后，我一个人徘徊在街道上，漫无目的，像一具行尸走肉。我突然想起了电影《星语心愿》里那首歌曲："我要控制我自己/不会让谁看见我哭泣/装作漠不关心你/不愿想起你/怪自己没勇气/心痛得无法呼吸/找不到你留下的痕迹/眼睁睁地看着你/却无能为力/任你消失在世界的尽头/找不到坚强的理由/再也感觉不到你的温柔/告诉我星空在哪头/那里是否有尽头……就向流星许个心愿/让你知道我爱你……"我发现，这首歌原来是写给我的。

就这样，我依旧漫无目的地徘徊在街道上，直至母亲打来了电话。她说已经凌晨五点多钟了，还没加完班？我抬起头，这才发现，天边似乎已经发亮。

我已经失去过一次机会，不想再失去另一次机会，就当是补救。不管结局怎样，至少我做过了，哪怕被碰得鼻青脸肿。

说句心里话，从小到大，都是别人给我写信追求我，但我都没有回复，倒不是说我有多么优秀，只是没有那种感觉。爱情的事都是两相情愿的，不能将就，所以一直到今天，我依旧是单身。但是自从遇见了你，我突然发现你就是我这么多年里一直等待的那个人。等你给我写信那是不可能的事情了，一个连表白都不愿意的人，怎么会给我写信呢？

何况写信已成为过去式。

思前想后，我发现，也只有这种早已过气、土得不能再土的方式——写信，才是我向你表达感情的最恰当的方式，因为我没有勇气拨通你的电话。我怕在听到你声音的一刹那，原本想好的话语会烟消云散；我怕真的向你表白时，会"无语凝噎"。

我只希望你能告诉我一句话，你心里到底有没有过我？我们还能不能在一起？

我只需要一个明确的答复，如果我们还有一线希望，我会放弃我这里的一切，追随你而去，哪怕浪迹天涯。

上官如玉

当刘宇轩读完这封信时，眼泪已默默地流了下来，那一滴滴晶莹而温暖的泪水落在上官如玉清秀的笔迹上，将一个个黑色的字迹浸泡，扩散，直至模糊。

此刻，他的手机铃声再一次响了起来。他迟缓地将放在桌子上的手机拿在了手里，屏幕上显示着三个字——马晓倩。

"我说刘处长，你既然已胜利凯旋，不对，凯旋就包括了胜利的意思，两词不能连用。我重新表达一下，你既然已凯旋，公家的事已圆满完成了，个人的事是不也该提上日程了？而且你已经拖了五年了？是不是啊？"马晓倩调皮地说道。

"嗯哪！感谢这五年的耐心等待。"刘宇轩赶紧调整了一下情绪，用另一只手擦拭了一下眼角的泪水。

"我怎么听你说话有鼻音呢？是不是感冒了？"马晓倩关切地问。

"没有，可能是鼻炎犯了。"刘宇轩赶紧撒了个谎，一个善意的谎。

"鼻炎？你又不季节性过敏，怎么会鼻炎犯了呢？"

"可能是闻到过敏原了，我一会儿出去走一走就没事了。"

"那你一会儿出去呼吸点新鲜空气。"

"好。"

"刚才那句话说的，亏你还有点儿良心。"马晓倩又回到了正题，"那可是五年啊，不是五天，人生有几个五年啊？"

"嗯哪，人生能有几个五年值得等待啊？！"

"你听听，五年的时间里，你连当地的方言都学会了，这是多么大的变化啊！而且在这五年的时间里，你把我心爱的一头黑发几乎全给掉完了，给我返还回来一个光头强！"

"嗯哪，嗯哪。我尽快找中医调理一下，尽量让光头强变成三毛。"刘宇轩笑道。

"别'嗯哪'了，再'嗯哪'我也快学会'嗯哪'了。"马晓倩笑道，"中医必须得找，你在那头没时间也不方便调理，现在回来了得抓紧弄。咱们还是说正事吧，什么时候见双方父母？"

"你定，随时。"

"这还差不多。"

……

后 记

党的十九大报告中首次提出"三大攻坚战"（防范化解重大风险、精准脱贫、污染防治）时，我进行了认真了解和学习，但没有想到，在之后的日子里，自己居然亲身参与了其中的一大攻坚战。虽然两年半的驻村过程很艰辛，也付出了很多，但我始终觉得能参与这项人类历史上规模最大、力度最强、惠及人口最多的脱贫攻坚战，是我的荣幸。

最初并没有写书的想法，但在脱贫攻坚工作中，突然萌发了这一念头，觉得有必要将这一必将载入人类史册的壮举记录下来，以文学的形式。

当我还在琢磨以何种文学形式以及在什么时候开始创作时，接到了编辑的电话。在编辑老师的信任、鼓励和邀请下，提前开始了这一题材的创作，并基本定了调——就以目前成书的这种形式对脱贫攻坚工程进行文学再现。之后，编辑老师就该书的创作与我进行了探讨。正式完稿的那一刻，我长出了一口气，觉得没有辜负出版社两位同志的一片厚望。

在对书稿进行第四次修改后，我觉得我对这本书还是满意的，进而觉得其有着很大的现实意义。这本书可以让后人或者那些未参与脱贫攻坚伟大工程的人们，了解这一波澜壮阔的人类史上的奇迹。虽然这本书只以 D 村为原点展开了脱贫攻坚的叙述，但它是整个中国脱贫攻坚的缩影。

此外，以一个媒体人的视角，对社会和人性进行较为深刻的洞悉和思考，也是本书的一大特色和亮点。

相信，本书的面世，必将产生一定的影响。

刘　霄

2022 年 2 月 10 日